큰글
한국문학선집

김동인 단편소설선

좌평성충

佐平成忠

일러두기

1. 원전에는 '한자[한글]' 또는 '한글(한자)'의 형태로 혼재되어 있어 그대로 두었다. 다만 제목의 경우, 한자를 삭제하고 한글로 표기하고 이를 각주를 달아 한자를 알아볼 수 있도록 하였다.
2. 원전에서 알아볼 수 없는 글자는 '●'으로 표시하였다.
3. 이해를 돕기 위하여 편집자 주를 달았다.

목 차

아부용[1]

    아편전쟁(阿片戰爭)[2]은 세계전사상에서 최악의 전쟁이다. 호랑(虎狼) 영국 백 년의 동아 침략과 착취의 계기는 실로 이 아편전쟁에서 발단된 것이며 지나와 지나인에게 아편 구입과 사용을 강요한 영국의 전인류적인 죄악은 홍콩(香港) 약탈에서 배가된 것이다. 영국인 그 자신들도 아편전쟁을 가지고 영구히 지워 버릴 수 없는 오점을 영국사상에 새겨 놓은 것이라고

---

1) 阿芙蓉.
2) 1840~1842년 아편 문제를 둘러싼 청나라와 영국 간의 전쟁으로 역사상 가장 부도덕한 전쟁이다. 18세기부터 청나라에 증가한 아편의 수입량으로 인하여 여러 차례 아편 금지령을 내리게 되고, 결국 임칙서가 아편을 몰수하는 등 강경한 조치가 단행된다. 이에 영국 의회가 자본가들의 뜻에 따라 원정군을 파견하면서 아편전쟁은 시작되었다. 영국의 군사력으로 속수무책으로 당한 청나라는 결국 불평등한 남경조약을 체결하게 된다.

한탄하였다. 이 동아 침략의 아성 홍콩이 작년 십이월 이십오일 용맹과감한 황군(皇軍)에게 괴멸된 것을 기회로 본지는 거장 동인(東仁)의 붓을 빌어 이 세계 최대의 죄악사를 독자 제씨 앞에 전개시키려 하는 것이다.

아침 해가 동녘으로 떠오르고 시가는 새 날의 활동을 시작하였다. 물건을 사라고 외치고 고함지르는 이 나라 특유의 번화성은 이 나라를 대표하는 무역 도시인 대광동(大廣東)의 번창을 자랑하는 듯 세상이 떠나갈 듯 소란스러웠다.

이 활동의 거리 소란의 시가를 뚫고 헤치며 진내련(陳奈蓮)이는 걸음을 빨리하여 사람들을 헤치며 마구 치며 부딪치며 광주로(廣州路)를 달음박질하다시피 북쪽으로 갔다.

거진 귀덕문(歸德門)까지 이르러서 서쪽으로 벋은 약간 좁은 길이 있다.

내련이는 그 길로 들어섰다.

그 길로 들어서서 한 마장가량 갔다. 목적한 집 앞

에까지 이르렀다.

아직껏 길 걷기에 바쁘기 때문에 좌우를 살피지 못하고 오다가 목적지까지 이르러서 비로소 좌우를 살피며 목적한 집으로 몸을 돌이키려 했다. 그러나 돌이키려다가 다시 앞으로 향하여 그냥 걸었다.

좀 더 가면 네 길 어름 길이 있다. 거기서 왼편으로 꺾이면서 곁눈으로 뒤를 돌아보았다.

아직 서 있다. 그가 들어가려던 집 앞에는 순포(巡捕)[3] 두 명이 서 있다.

순포가 서 있으므로 그 집으로는 못 들어가고 필요 없는 길을 여기까지 온 것이었다. 여기까지 오노라면 순포도 자기의 갈 길을 갈 것이라 알았다. 순포가 그 집(내련이가 목적했던 집) 앞에서 다른 데로 옮기면 내련이는 다시 돌아서서 본시 목적했던 집으로 가려던 것이었다. 그랬는데 지금 돌아보매 순포는 그냥 그 자리에 서 있는 것이었다.

"제길!"

---

3) 조선시대, 밤마다 순장과 감군이 맡은 구역 안을 인정(人定)부터 파루(罷漏)까지 돌아다니며 통행을 감독하던 일.

혀를 채며 순포를 저주하였다.

저 순포는 저 갈 길이나— 갈 것이지 무엇하러 망두석같이 우두커니 서있담. 할 일이 없거든 어디든 자빠져 낮잠이라도 잘 것이지, 싱거운 자식 같으니. 연해 속으로 저주를 퍼부으며 하릴없이— 필요 없는 길을 왼쪽으로 한 이십여 집 갔다 거기서 다시 돌아섰다. 돌아서서는 지금 지나온 길을 다시 더듬었다. 더듬으면서 다시 네 길 어름에서 그 집을 곁눈으로 보았다.

그냥 서 있다.

의심이 문득 갔다. 순포는 일없이 서 있는 것이 아니라 그 집을 지키고 있는 것이 아닌가. 그 네 길 어름을 이번은 남쪽으로 한 이십여 집 갔다 거기서 다시 돌아섰다. 북쪽으로 가면서 다시 곁눈질해 보았다.

그냥 서 있는 것이었다. 더우기[4] 그 집을 손가락질하며 저희끼리 무엇이라 이야기하는 것으로 보아서 순포들은 그 집을 감시하고 있는 것이 분명하였다.

---

4) 더욱이.

기가 막혔다. 숨이 턱에 닿기까지 이 집을 향해 달려왔거늘 이 집은 순포가 지키고 있단 말인가.

마음은 여간 조급하지 않은데 인제 어떻게 해야 할지 거취는 얼른 생각나지 않는다.

연장(煙莊)을 찾아왔던 것이다. 아편연에 중독이 된 그는 아편연을 먹고 나지 않으면 이 날의 사무에 손을 댈 기력이 없는 사람이었다.

이튿날 아침에 쓸 아편은 늘 끊치지 않고 준비해 두고 하였는데, 불행 어젯밤에 친구가 찾아와서 오늘 아침에 쓸 아편을 어젯밤에 그 친구와 함께 죄다 피워 버린 것이었다.

오늘 아침 일찍이 이 연장으로 찾아와서 얼른 몇 대 피우고, 돌아가려던 것이었다. 그랬는데 이 집 앞을 순포가 지키고 있다.

아편은 국법으로 판매와 연장(煙莊) 영업이 금지되어 있다. 그러나 아편에 대한 이익이 굉장하므로 영국인인 아편 무역상과 청국인인 소매업자 및 연장 연업자들은 국법을 무시하고 아편을 굉장히 많이 수입판매하였다. 그리고 그 이익이 굉장하니만치 관헌에 뇌물도 후히 했고 관리들도 이 마약에 중독된 자이 많으므로 국법이 그다지 유효하게 시행되지 못했다.

그러나 북경의 중앙 정부에서는 첫째로는 국민 보건상 둘째로는 아편을 사기 위해서 청국 정화(正貨)가 외국으로 흘러나가는 것을 막기 위해서 지방관헌에게 아편 취체를 엄히 하라는 지령이 나날이 더 급했다. 그 때문에 이즈음은 꽤 취체가 엄하게 되었다. 더우기 아편 무역의 중심지요 근원지인 광동에 안찰사(按察使)5)로 온 진구(陳九-내련이의 아버지)는 꽤 아편에 대하여 단호한 수단을 취했기 때문에 광동 시내에서의 아편 판매는 모두 지하 행동으로 되어버리고, 연장도 대개 폐쇄되어서 시내에서의 판매며 연장 경영은 좀 어렵게 되었다. 그 가운데서도 아편 매매는 비밀리에나마 적지 않게 거래되었지만 연장 경영은 썩 어려웠다. 내련이가 아는 한계 안에서는 이 광동시의 남쪽 끝 귀덕문 안에 있는 집 하나와

---

5) 중국 송나라, 명나라, 청나라 때 지방 군현을 다스리며 풍속과 교육을 감독하고 범법을 단속하던 벼슬.

북쪽 끝인 용왕묘(龍王廟) 근처에 있는 집 서넛뿐이었다. 내련이가 거주하고 있는 안찰아문(按察衙門)에서 따져서 귀덕문 안이 용왕묘 근처보다 약간 가까웠다. 한 순시라도 빨리 연장에 들어서기 위해서 내련이는 귀덕문 안으로 달려왔던 것이었다.

이럴 줄 알았더면[6] 애당초에 용왕묘로 향했을 것을 이제 다시 돌아서서 용왕묘까지 갈 일이 아득하였다. 맥이 쏙 빠져서 한 걸음을 걷기가 싫었다.

용왕묘 근처에는 연장이 서너 집이나 있으니 혹 이 집이 감시되어 있으면 저 집으로 다음 집을 구해 볼 수도 있을 것이다.

아편 중독자 특유의 기분— 아편을 구하려다가 못 구한 때에 느끼는 실망낙담 노염 불쾌 등을 마음껏 느끼며 내련이는 용왕묘 근처를 목표로 다시 돌아섰다. 더욱이 어서 돌아가서 시치미 뚝 떼고 아버님께 아침문안을 드리지 않으면 안 될 것이 더욱 마음 급했다.

---

6) 알았더라면.

아버님도 무론 아들이 그것을 가까이 하는 것을 짐작한다. 들키기도 네 번이나 하였다. 처음 두 번은 꾸중으로 끝나고 세 번째는 벌을 받았고 네 번째는 엄벌을 받았다. 그 뒤로는 내련이도 꽤 삼가 비밀히 해서 다시는 들키지는 않았지만 아주 끊었으리라고는 아버님도 안 믿는다. 다시는 들키지 않았으니 무사하지만 인제 들켰다가는 무슨 벌이 내릴지 모른다. 아버님이 기침하시기 전에 얼른 귀덕문 안을 다녀 시치미 떼고 안찰아문으로 돌아가 아버님께 아침 문안을 드리려던 내련이는 이 홀연히 없어진 연관 때문에 불쾌와 노염이 극에 달하였다.

　　맥빠지고 급한 걸음을 돌이켰다. 용왕묘를 향하여 —.

　　맥없으나 조급한 걸음을 오륙십 보 옮겼을 때였다. 내련이는 무엇에 발이 걸려서 하마터면 넘어질 뻔하였다. 칵 성이 났지만 돌아보기도 귀찮아 그냥 다시 걸음을 떼려 할 때에,

　　"진 서방님."

　　작은 소리로 자기를 찾는다. 자기에게 발을 걸어

넘어질 뻔하게 한 그 사람이 자기를 찾는 것이었다. 찾기만 하고는 그냥 모른 체하고 앞으로 간다.

그러나 내련이는 그 뒷모양으로 그가 누구인지를 알아보았다. 거랑방이[7] 같은 행색을 한 그자는 분명히 연장에 있던 접객자였다.

말없이 가기는 가지만 분명 나를 따라오라는 뜻이었다. 순간 지금껏 울울하고 불쾌하던 내련이의 마음은 확 틔어 그의 무겁던 발걸음은 경쾌해졌다.

몇 골목을 돌고 빠지고 하였다. 내련이는(자취 잃지 않을이만치 뒤떨어져서) 따라갔다. 이리하여 몇 골목 지나서 그 사람은 어떤 남루한 집으로 뒤도 안 돌아보고 쑥 들어갔다. 내련이는 그 집 앞을 모른 체하고 몇 집 더 지나서 한 번 사면을 살핀 뒤 다시 돌아서서 그 사람이 들어간 집으로 들어갔다.

쑥 들어서서 보매 이런 집 첫방에 으례히 있는 더러운 방이었고 그 방에서 두꺼운 장을 늘인 다음 방에 사람들의 소리가 새어 들린다. 내련이는 서슴지 않고

---

7) 거렁뱅이: 거지를 얕잡아 일컫는 말.

휘장을 들치고 그 안으로 들어섰다. 동시에 구수한 아편 특유의 내음새[8]가 물컥 코를 찔렀다.

반 각경쯤 뒤에 내련이는 그 집에서 나왔다. 매눈같이 밝은 아버님께 눈치 안 채이려고 자그만치 피웠다. 한동안 쓸 것까지 애전[9]에 사 가지고 나왔다.

동시에 이즈음 차차 심하게 느끼어 가는 불쾌감 때문에 그는 낯을 깊이 가슴에 묻었다. 이 망국적 약에 중독되기 때문에 이 약과 아주 떠나서는 살 수가 없다. 이 약의 기운이 몰릴 때는 온갖 양심 체면 모두 없어지고 오직 마음은 그리로 달려가는 뿐이었다. 그러나 이 약이 몸에 알맞추 들어가서 육체적의 고통이 덜해지면 그때부터는 마음의 고통 양심의 고통이 일어나는 것이었다.

우연히 장난삼아―호귀한 집 도령으로 일종의 유희 도락으로 시작한 이 노릇이 오늘은 여기 사로잡혀 여기서 벗어나지 못하게까지 되었다.

---

8) 냄새
9) '애초(맨 처음)'의 잘못

그러나 대가집 교양 높은 젊은이로서의 양심은 아직 아주 망하지 않은 그는 이 약을 쓰기 때문에 자기에 장래가 어떻게 될지 뻔히 안다.

오늘날 이 나라 국민의 태반이 이 약에 사로잡혔다. 벌써 아주 망한 자도 부지기수요 절반만치 망한 자 혹은 아직은 채 망치지는 않았지만 사로잡히기 때문에 분명히 망할 자—이 약은 놀랍게 이 나라에 침입되었다. 자기는 아직은 망치지는 않았지만 사로잡혔으니 망한 것이나 일반일 것이다. 인에 몰려서 오금이 마비되어 올 때는 양심 염치 다 무시하고 그리로 달려가지만 육체적의 고통이 경감되면 양심의 고통은 지극하고 하였다.

이 약을 모를 때는 자기는 명문집 교양 있는 자제로 구만리 같은 전도는 오직 명랑하고 희망으로만 찼더니 지금은 어떠한가.

도대체 너무도 앞길이 암담하기 때문에 장래사라는 것을 생각해 볼 용기조차 없다. 그렇게 명랑하고 희망으로 찼던 장래라는 것을 다시는 생각해 보기조차 싫다.

무섭고 진저리나고 원수스러운 그 약이지만 이 원수를 거절할 수 없는 자기의 신세가 민망하다기보다 밉고 저주스러웠다. 자기를 이해하고 자기를 비판할 만한 교양을 가진 자기로서 스스로 이 약의 해독을 생각해보고 끊어보려고 몇 번을 노력해 보았지만 그 몇 번을 매번 실패만 거듭한 자기였다.

　　남보다 곱 되는 자존심을 갖고 자기의 과단성 결단력에 대해서도 충분한 자신을 가진 자기였었지만 이 약에 대해서만은 그 자존심도 과단성도 모두가 쓸데가 없이 굳게 먹었던 결심도(스스로도 꺾이는 줄 모르면서) 꺾어져 버리고 하였다.

　　이 약을 구하기 위해서는 보잘것없는 장사아치—더우기 자기가 자기의 직권으로 마땅히 처벌해야 할 간상배에게까지 머리를 숙여 약을 간구하는 자기였다. 아버님인 안찰사가 황명을 받잡고 간상배들을 탄압할 때에 자기는 도리어 간상배들이 없어지면 약을 어디서 구할까고 근심까지 하도록 비열하게 되었다.

　　스스로 돌아보아 가슴 아프기 한량없는 자기의 신세—인제는 신체조직상 병신이 되어 그 약이 생각날 때는 아무 다른 생각 못하고 허덕허덕 달려가지만 그 마약이 몸에 들어가 임시로나마 욕구망이 덜해지면 양심의 고통은 막대하였다.

쓰리고 괴로운 마음을 붙안고 안찰아문에까지 돌아왔다. 내아로 들어가서 아버님께 아침 문안을 드려야 할 일이 가슴 저리었다. 매눈같이 밝은 아버님께 들키지 않으려고 자그만치 쓰기는 썼지만 그래도 송구스러웠다.

내아에 들어서서 아버님께 인사를 드렸다. 아버지는 힐끗 아들을 쳐다보았다.

"어디 갔었느냐."

"네— 친구들과 조반을 먹기를 약속했어서 잠깐."

예사롭고 당연한 물음이었지만 내련이에게는 무슨 심문을 받는 것 같았다.

"조반을 먹었거든 외아로 먼저 나가 보아라."

"네…."

아버님의 아래서 부안찰(副按察)의 직책을 맡아보는 내련이는 조반도 못 먹은 채 외아로 나왔다. 막하 관원들의 인사를 받으며 제자리에 가 앉았다.

무슨 품청(稟請)을 하러 뜰 아래 기다리고 있는 백성들은 여기 한 패 저기한 패씩 기다리고 있다. 그 가운데 가장 먼저 눈에 띈 것은 한 외국인의 큰 몸집이었다. 고혼(외국인 관계의 지정 무역상)과 함께 서 있는 그 서양인은 모리손(毛利遜)이라는 영국 상인으로 이 광동에서 크게 아편 무역을 하는 사람이었다.

영국인 아편 수입상은 고혼을 통하여서 청국인 아편 무역상과만 거래를 할 수 있으므로 아편 수요자에 지나지 못하는 내련이는 개인적으로는 모리손과 면분이 없다. 무슨 품청을 하려 고혼과 함께 안찰아문에 흔히 오고 하므로 자연 알아진 뿐이었다.

처음에는 부안찰인 내련이는 그들을 접견해 보고 혹은 그들에 관한 사무도 맡아보았지만 내련이가 아편을 사용하는 것이 드러난 뒤로부터는 아버님께 그들 응대하는 권한을 금지당하였다. 내련이를 보고 인사드리는 고혼과 모리손을 내련이는 모른 체해 버릴 밖에는 없었다. 그리고 자기가 처리할 권한이 있는 용무만 차례로 보기 시작하였다.

이윽고 아버님이 나왔다. 좌정하자 하인은 무슨 물

품(종이에 싼 것으로 사면 두 치쯤 되는)을 갖다 당상에 바쳤다. 그리고는 고혼 상인과 모리손이 제일 먼저부터 와서 기다린다는 뜻을 아뢰었다.

"그 다음은 누구냐."

아버님은 분명 모리손의 뇌물인 듯한 물품을 탁자의 한편 모퉁이로 밀어 치우며 물었다. 역시 고혼이나 모리손에게 뇌물을 받은 듯한 하인은,

"고혼 상인과 모리손이 가장 ─"

다시 고혼과 모리손을 앞장세우려 할 때에 안찰사는,

"나는 그 다음이 누구냐 물었다."

크지는 않으나 꽤 엄격한 소리로 분부하였다.

여러 품청인들을 차례로 인견하였다. 그러나 고혼과 모리손은 그냥 버려두었다. 고혼은 누차 하인에게 채근을 하는 모양이었지만 안찰사는 그들을 부르지 않았다.

고혼 상인이 안찰아문에 바친 괘종은, 열시를 치고 열한시를 쳤었다. 아침에 폭주되었던 사무도 좀 뜸하고 마지막에는 고혼과 영인의 단 두 사람이 뜰 아래

기다리고 있게 되었다. 인제야 만나 줄 테지 하여 그들은 다시 하인에게 인견 재촉을 하는 모양이었으나 안찰사는 못 들은 체하고 이편 하관들에게로 돌아앉아서 한담을 하기 시작하였다.

시절은 겨울이라 하지만 아열대(亞熱帶)의 폭양 아래 한나절을 기다리고 그리고도 안찰사를 못 본 모리손은 고혼에게 대하여 강경히 담판하는 모양이었다. 그러나 고혼인들 안찰사가 만나지 않으려는 것을 어찌하랴.

이윽고 오정도 지났다.

그때 안찰사는 비로소 아까 하인의 바친(모리손의 뇌물인 듯한) 물품을 끌어집었다. 집어서 앞뒤 위아래를 한 번 돌리며 검찰한 뒤에 휙 뜰을 향하여 내어던졌다.

"쓸어다 버려라."

아연하여 쳐다보는 고혼이며 모리손에게는 얼굴도 향하지 않고 이렇게 분부하였다. 그리고는 몸을 일으켜 내아로 들어가 버렸다.

안찰사가 사무를 보는 것은 오전뿐이다. 그 다음은

안찰사는 들어가고 하료들이 잔무 처리를 하는 것이었다. 안찰아문의 뜰에는 고혼과 모리손과 및 내어던진 뇌물이 아열대의 폭양 아래 쬐어 있을 뿐이었다. 고혼과 모리손과의 새에는 무슨 논쟁까지 시작되는 모양이었다. 그것을 보면서 내련이도 몸을 일으켜 내아로 들어왔다.

시장하기 때문이었다. 두 가지가 시장하였다. 조반도 못 먹은 그이매 음식의 시장쯤도 느꼈다. 그러나 아편이 더욱 시장하였다. 아버님께 들키지 않기 위하여 부족하게 썼던 아편은 벌써 다 사라져서 아편 욕구심은 맹렬하였다.

자취를 감추어 가지고 제 방으로 들어온 내련이는 골방 안으로 몸을 감추었다. 좀 뒤에는 골방 문틈으로는 아편의 연기가 몰칵몰칵 새어나왔다.

2

"되련님. 되련님."

흔드는 바람에 내련이는 펄떡 깨었다. 할멈이 와서 흔드는 것이었다.

"되련님. 대방마님도 벌써 기침하셨는데 이게 무슨 잠이셔요?"

세상에서는 그를 서방님이라 부르나 늙은 할멈은 아직 그냥 되련님이라 부르니만치 사실에 있어서 내련이는 아직 장가를 안 들었다. 지금은 낙향하여 한가한 여생을 보내는 황 한림 댁 소저와 정혼은 했지만, 아직 혼례는 안했으니 사실에 있어서는 도령님이었다.

내련이는 할멈이 가지고 온 새옷을 갈아입었다. 오늘은 정월 초하루 도광십구년—서력 일천팔백삼십구년) 일찍 깨어서 몇 군데 세배를 가야할 것이었는데 어젯밤 친구들과 아편을 좀 지나치게 쓰기 때문에 정신없이 늦잠을 잔 것이었다.

"할멈은 나가게."

"어서 의대 차리셔요."

"내, 혼자 차릴게 나가."

"그럼 손숫물 곧 가져오리다."

"손숫물은 내가 부를 때 가져와."

"어서 차리서요."

"알았어. 어서 나가게."

어서 할멈을 쫓아내고 몇 대 피우지 않으면 안 된다. 더욱이 어젯밤 과히 쓰기 때문에 두통이 심하고 머리가 몽롱한 것은 어서 그 약으로 돌리지 않으면 안 된다.

할멈을 내쫓고는 곧 골방으로 들어갔다. 대개는 자기가 이 방을 나가기 전에는 누가 들어올 사람은 없겠지만 혹은 아버님이 자기를 감시하려 들어올는지 알 수 없다.

황황히 참기름불을 켜고 아침을 구웠다. 능란한 솜씨 아래 우지직우지직 아편이 끓을 때에 거기서 나는 내음새에 내련이의 마음은 무한히 끌었다.

얼른얼른— 그야말로 탐흡하였다. 아편 연기가 폐로 들어갈 때마다 각일각 아편의 기운이 퍼지는 것을 느끼면서 양심으로는 여전한 고통을 느꼈다.

쾌감과 불쾌가 아우른 가운데서 네 대를 얼른 피우고 골방을 나와서 골방 문 젖혀 놓고 연기를 모두 흩어 없애고 비로소 손숫물을 불렀다.

그 날 아버님께 문안드릴 때에 아버님은 이런 말을 하였다—.

"금년에는 네 온갖 탈 다 쾌유되거라."

내련이는 가슴이 선뜻하였다.

근년에 자기는 고뿔 한 번 앓은 일 없다. 이런 자기에게 '온갖 탈'이라 하는 아버님의 뜻은 내련이로는 짐작이 갔다. 자기 딴에는 비밀히 하느라고 했을지라도 아버님은 다 알고 계셨던 것이다.

아아 이 고질에서 어떻게 벗어날 수가 없는가. 아편을 내 나라에 퍼치는[10] 영국인을 절대 입국 금지를 하면 그 해독은 덜해질 것이다. 이 땅에서도 운남, 복건(雲南, 福建) 등지에 앵속[11] 재배가 없는 바가 아니지만 거기서 산출되는 분량으로는 대청국 사백 주에 약용으로만 쓰기에도 부족할지라 영국인의 인도 아편 수입만 없으면 오락용—망국적 아편은 없어질 것이다.

---

10) 퍼치다: '퍼뜨리다(널리 퍼지게 하다)'의 강원·전남 방언.
11) 양귀비

국가적으로 보아서는 그것이 필요하고도 또 절실히 희망되는 바이지만 그것이 없어지면 자기는 어떻게 사는가.

그래도 제 정신 들고 제 양심 회복되었을 때는 '나 같은 인종은 없어지는 편이 낫다'고도 생각이 되지만 그러나, 그 약의 생각이 문득 나기만 하면 온갖 의지 양심 한꺼번에 부서지는 그 마약, 저주스러우면서도 거절할 수 없는 마약이었다.

아편이란 것이 뻔히 마약인 줄 알면서도 그것을 오락이라 하여 첫 번 발을 들여놓았던 자기가 원망스럽기 한량없었다. 동시에 그런 마약을 이 나라에 갖다 판 영국인의 행사가 괘씸하고 가증하기 이를 데 없었다. 그 살—피부가 허여멀건 것이 잘 여물지 못한 것 같은 인종이라 덕이며 품성도 발달되지 못한 미개 인종일시 분명하니 그런 인종들에게 도덕을 논하면 무엇하고 품성을 다지면 무엇하랴마는 듣건대 그 인종들도 제 나라에서는 아편을 매매하지 않고 국법으로도 금하는 바이라 한다.

국법으로까지 금한 것을 보면 그 인종들도 아편이

해로운 물건 마약이라는 점은 잘 아는 모양이다. 그것을 가져다가 이 나라에 판다는 것은 아무리 상업 (商業)이라는 권업을 존중하는 미개 인종의 행사라 할지라도 괘씸키 한량없고 간을 씹어도 시원치 않을 일이다―. 그러나.

아무리 저 잘 여물지도 못한 미개 인종들이 비인도적 행사를 할지라도 내 나라에서 사 주지 않았으면 무가내하일 것이 아닌가. 남의 비인도적 행사를 원망하느니는 자기의 어리석음을 먼저 책하여야 할 것이다. 인제는 발 뗄 수없이 거기 사로잡힌 내련이는 오직 자기를 원망할밖에 도리가 없었다.

내련이는 집을 나섰다.

우선 아버님의 친구 몇 분께 세배를 돌았다. 그리고는 장래의 장인 되는 황 한림 댁으로 갔다.

장래의 사위―소년 준재로 이름 높은 내련이의 세배를 기쁜 듯이 받은 황 한림은 세배를 받은 뒤에 한순간 안색이 변하였다. 네 안색이 왜 그리 나쁘냐는 질문이 나오려 하는 것을 차마 정월 초하룻날 그런 질문을 할 수가 없어서 삼가는 모양이었다.

"안에서도 네가 오기를 기다린다. 들어가 보아라."

"네—."

안으로 들어가매 장모는 반가이 맞았다. 약혼자인 부용이는 얼굴을 약간 붉힐 뿐이었다.

장모의 분부로 젊은 남녀는 후원으로 들어갔다. 화단 앞의 정자에 들어가 마주 앉았다.

건너보면 제 이름 맞추어 이슬 머금은 부용 같은 이팔의 처녀는 머리를 다소곳이 숙이고 그러나 눈에는 환희의 빛을 띠고 아래를 굽어보고 있다.

최근 한동안은 만나지도 못하던 새였다. 차차 마약에 대한 욕구만 늘어 감을 따라서 여인에 대한 흥미도 줄어졌거니와 더우기 내 몸을 인젠 망친 몸이라는 비통한 단념심을 품고 있는 내련이는 스스로 마음에 가책되어 그다지 약혼자도 찾지 못했던 것이었다.

이슬을 머금은 부용꽃 같은 약혼자를 건너다볼 때에 내련이는 그 탐스러운 양 뺨에 향하여 무한 사죄하였다.

부용이는 제 약혼자인 이 내련이가 아편장이라는 불구자로 변한 것을 모르고 다만 처녀적 공상과 환희

만 느낄 것이다. 아아 내 죄는 과하구나. 저를 안해[12]
로 맞아다가 일생을 불쾌하고 적적하게 보내게 하랴.
혹은 파혼하여 버리랴. 무슨 사물에든 명석하고 분명
한 생각을 가지지 못하는 아편 중독자인 내련이는
막연히 그 탐스러운 뺨을 건너다보며 이런 생각을
하고 있었다.

내련이는 조금 의자를 끌어 부용의 가까이 나앉았
다. 진실로 탐스러운 무르익은 처녀—놓치기도 아까
왔으나 지금의 자기의 신상으로 그를 안해로 맞기는
더욱 죄송스러웠다.

"과세나 잘했어요?"

그 탐스러운 뺨을 들여다보다가 내련이는 이렇게
물었다.

부용이의 얼굴에는 횤 미소와 홍조가 스치고 지나
갔다.

"과세 인사를 지금 하서요?"

"아, 참."

---

12) 아내

그만 하하 웃었다.

요 석 달 전만 해도 그때 새로 혼약한 그들은 이 정자에 마주 앉아서 장차의 행복을 서로 토론하였다. 그때만 해도 내련이는 지금같이 심한 중독이 아니었다. 아직도 장래의 꿈을 생각하고 장래의 행복을 의논할 수가 있었다. 그랬거늘 지금은?

아아. 아아. 속으로 연해 탄식했다.

"신색이 좀 나쁘셔요 어디 편찮으셔요?"

아까 장인은 그에게 차마 못 물었던 말이다. 철없음인지 혹은 장인보다 더 마음 쓰이기 때문인지 부용이는 이렇게 물었다.

"무얼 구미도 좋고 기운도 좋고 아무렇지도 않은 걸."

대답은 이렇게 했지만 마음 쓰리었다.

"그래 부용이는 어떻소?"

"저요? 전 저 연못의 잉어같이 펄펄 뛰고 싶어요."

"그거 큰 변이로군. 내가 낚시질을 배야겠군 잉어를 잡아 휘려면."

"어제—섣달 그믐날 일을 했어요. 작년철 마지막

일로 노동을——."

미소하였다.

"무슨 노동을."

"땅을 파고 꽃을 심었어요. 어차피 난 못 볼 꽃이지만."

말하다가 홱 얼굴을 붉히고 말을 끊었다. 저 심은 꽃이 필 시절에는 나는 이 집 사람이 아니라— 즉 당신의 안해라는 말을 무심중 하다가 끊어버렸다.

내련이는 그 끊은 의미를 알았다. 가슴 아팠다. 이 꽃 피기 전에 이 안해를 맞게 될 것인가. 혹은 그때는 몸도 못 쓰도록 자리에 넘어질 것인가.

"무슨 꽃을 심었소?"

"부용꽃을."

"오, 한 부용이 없어지매 부모님께 대신 부용을 드리고자 심었구료."

대답 없이 얼굴만 붉혔다.

"작년에도 심었었소?"

"네, 작년에 아부용(阿芙蓉)을."

내련이는 칵 나오려던 질문을 입속에서 죽여 버렸

다. 아부용은 앵속을 가리킴이었다. 앵속을 심었으면 그 앵속각을 집에 두었느냐 묻고 싶었다.

마음이 아팠다. 이런 때도 오직 마음은 그리로만 향하는 제 심사가 딱하였다. 저주받을 약이여.

"부용꽃 못 보기가 아까우면 부용꽃 피었다 지기까지 기다립시다그려."

부용이는 힐끗 내련이를 보았다. 누가 부용꽃 못 보는 게 한이랍니까 하는 듯이 변명하였다.

"북경은 지금 눈이 올 터인데 여기선 꽃을 심고 ― 우리나라이 크기는 크군."

"섬서(陝西)[13]엔 얼음이 한 자는 졌을걸요."

아버지를 따라 섬서의 임지(任地)에는 가 본 일이 있는 부용이었다.

"어디 귀히 살겠나 손금이나 봅시다."

이 말에 부용이는 도리어 손을 뒤로 훔쳐 버렸다.

"아, 좀 봅시다그려."

"당신 손 보셔요."

---

13) 중국 중서부에 있는 성으로, 현재의 산시성이다. 황하강 중류 지역에 있으며, 서북 지역의 각 성들 가운데 가장 동쪽에 있다.

당신 귀히 되면 나도 귀히 됩니다— 이 뜻을 머금은 말에 내련이는 머리를 숙이고 말았다. 그리고 숙인 채로 눈을 굴려 화단을 보았다.

부용이가 부용꽃을 심고 그리고도 그 꽃 못 볼 것을 기약하고 있는 이 화단, 이 화단에 지난 여름에는 아 부용의 꽃이 만발하였던가.

즉 마약에 대한 욕구가 마음속에 문득 일었다. 이 생각만 일어나면 그 뒤로는 걷잡을 수 없이 마음은 그리로만 달음을 진맥해 보매 텁텁하고 답답해오는 것이 분명하였다.

인제는 어서 집으로 돌아가서 참기름 등잔에 불을 켜는밖에는 도리가 없다. 그것을 구울 때에 나는 구수한 내음새가 지극히 그리워졌다.

"아— 아, ×한림 댁에도 세배를 가야겠군. 내 사랑으로 나가서 아버님께나 인사드리고 곧장 갈 터인데 어머님께는 대신 말씀드려 주."

인제는 장모께 인사드리는 시간조차 아까웠다. 툭툭 무릎을 털며 일어섰다.

부용이도 뒤따라 일어섰다. 너무도 싱거운 회견에

부용이도 맥이 빠지는 모양이었다.

아까 손금을 보잘 때에 손금이라도 보여 드렸을걸. 아까운 듯이 뒤따라 일어서서 내련이의 뒤를 따랐다.

부용이는 안으로 내련이는 밖으로 서로 작별하였다.

사랑으로 돌아나와 보니 사랑 안에는 손님이라도 있는 모양으로 이야기 소리가 새어나왔다.

이것이 내련이에게는 도리어 다행이었다. 내련이는 하인에게

'손님이 계신 듯해서 뵙지 못하고 그냥 갑니다.'

는 뜻을 장인께 전하게 하고 다시 불리기를 피하려 황급히 그 댁을 뛰쳐나왔다.

반 각경쯤 뒤에는 그는 자기의 골방 속에 들어가 있는 자기를 발견하였다.

(『조광(朝光)』, 1942.2)

안 돌아오는 사자[14]

"또 한 놈-."

"금년에 들어서도 벌써 네 명짼가 보오이다."
"그런 모양이다. 하하하하."
용마루가 더릉더릉 울리는 우렁찬 웃음소리였다.
"어리석은 놈들. 무얼하러 온담."
저편 행길에 활을 맞아 죽은 사람들, 누각에서 내려다보며 호활하게 웃는 인물. 비록 호활한 웃음을 웃는다 하나, 그 뒤에는 어디인지 모를 적적미가 감추여 있었다. 칠십이 가까운 듯하나 그 안색의 붉고 윤

---

14) 안 돌아오는 使者

택 있는 점으로든지, 자세의 바른 점으로든지, 음성의 우렁찬 점으로든지, 아직 젊은이를 능가할 만한 기운이 넉넉하여 보였다.

"인제도 또 문안사(問安使)가 오리이까?"

"또 오겠지. 옥새(玉璽)가 내 손에 있는 동안은, 연달아 오겠지."

"문안사들이 가련하옵니다."

"할 수 없지."

함흥 본궁에 돌아와 계신, 이씨 조선의 건국자이신 태조 이성계. 지금의 위계로는 태상왕(太上王)이시었다.

태상왕께서 당신의(생존한) 맏아드님 방과(芳果-정종대왕)께 왕위를 물려드리고, 이 함흥 본궁으로 오신 지도 이미 수개 년. 그때 위를 받으셨던 정종대왕도 이미 퇴위하시고, 태상왕께는 다섯째 아드님이요 정종대왕(인젠상왕)께는 아우님이 되시는 방원(芳遠)이 등극하신 지도 또한 몇 해가 지났다.

함흥 본궁에 한거해 계시고 인젠 세상 잡무는 모르

신다— 표면에 이렇게 되어 있었지만, 그 이면에는 여러 가지의 사정이 있었다.

서울 왕에게서 함흥 계신 태상왕께 문안사가 오면, 태상왕은 만나 보시지 않고 오는 문안사마다 모두 멀리서 활로 쏘아 죽여 버렸다. 이전 고려조에 신사(臣仕)할 때부터 명궁(名弓)의 이름이 높던 태상왕의 살은, 벌써 수십 명의 왕사를 만나지도 않고 죽여 버렸다.

옥새라 하는 것은 당연히 왕이 가지셔야 할 것임에도 불구하고, 태상왕은 당신의 손으로 아직도 옥새를 맡아 가지고 계시고 아드님께 물려드리지를 않으셨다.

말하자면 왕위를 물려받으신 정종대왕이며 그 뒤를 또 물려받으신 태종대왕은, 왕의 위에는 오르셨다 하나 왕위를 증명하는 옥새는 그냥 태상왕의 손에 있었다.

마음이 오직 착하시기만 한 상왕(정종대왕)은, 옥새 없는 왕위를 이 년간을 그냥 지나셨지만, 패기만만한 현왕은 이런 허명의 왕위뿐에 만족할 수가 없으시기 때문에, 문안을 겸하여 옥새를 달라려 연하여 왕사를 함흥으로 아버님 태상왕께 보내셨다. 그러나 그 왕사는 함흥까지 가기는 가지만, 살아서 돌아오는 사람이 없이 모두 태상왕의 살 아래 애처로운 혼이 되었다.

호활하고 뇌락한 기품의 태상왕.
"하하하하."
칠십 노인답지 않은 호활한 웃음으로 이 세상을 눈 아래로 굽어보시는 듯이 마음에 아무 구애되는 일도 없으신 양으로 지내시지만, 태상왕의 가슴 깊이는 남의 헤아리지 못할 큰 근심이 숨어 있었다.

무너져가는 고려의 사직을 둘러엎고, 여기 이씨 조선의 크나큰 기업을 세워는 놓았지만, 이 기업이 흠집이 생기지나 않을까. 아직 자리 잡히지 않은 이 기업, 그 출발에 조그만 착오라도 있으면 장래에는 그것이 얼마나 벌려질지 알 수가 없을 것이다. 처음 출발을 바로 하지 않으면 안 될 것이다.

그런데 이 이씨 기업의 출발에 벌써 좋지 못한 그림

자가 띠었다.

　돌아보건대 당신 재위시의 일이었다.

　진안대군, '정종대왕', 익안대군, 회안대군, '태종대왕', 덕안대군―이렇게 여섯 왕자가 초후(初后) 한씨의 탄생한 분들이었다.

　무안대군, 의안대군―이렇게 두 분이 계비(繼妃) 강씨의 탄생이었다.

　여덟 분의 왕자를 거느리시고, 일국의 지존의 위에 계신 당년의 태상왕이었지만 가정적으로 매우 불쾌하고도 참담한 일을 겪으셨다.

　태상왕의 전비 한씨는 태상왕이 아직 이씨 조선을 건국하시기 전에, 한낱 무장(武將)의 안해로서 세상을 떠났다. 그 뒤에 맞은 계비(繼妃) 강씨는 만고절색이 일컬을 만한 아리따운 여자였다.

　태상왕은 매우 이 계비 강씨를 사랑하였다. 그러고 계비의 소생인 두 왕자, 방번 방석(즉, 무안대군과 의안대군)을 또한 유난히 사랑하셨다. 사랑하는 이의 몸에서 난 왕자며 그 위에 또 아직 어린애니까 사랑하시는 것이 당연하였다. 이 유난히 사랑하시는 점을, 좀 다른 의미로 본 사람에, 왕비 강씨와 총신 정도전(鄭道傳) 남은(南誾) 등이며 전비 탄생의 방원 등이 있었다.

비 강씨며, 정, 남 등은 왕(지금의 태상왕)께서 계비 탄생의 두 아드님을 유난히 사랑하시는 점을 이용하여 계비 탄생인 방석(芳碩)을 세자(世子)로 책봉하게 하도록 운동을 하였다.

이 밀모가 비밀히 진행되는 동안, 눈치 빨리 이 기수를 챈 사람은, 전비 탄생의 제오 왕자 방원(후의 태종대왕)이었다.

제오 왕자 방원—성미가 괄괄하고 그 패기며 야심이 만만한 인물인 방원은, 이씨 조선의 공에 있어서는 내부(乃父)인 태조보다도 오히려 더 많다 할 수 있는 인물이었다.

아직 고려조에 신사하던 시절의 이 시중(李時中)이 유예미결하는 일이 있을 때마다—아버지를 격려하고 충동하여, 드디어 이씨 건국의 대사업을 성취케 한— 건국 제일 공자였다. 주저하는 아버님을 격려하여 고려 충신 정몽주를 선죽교 위에서 박살한 것도 방원이었다. 주저하는 아버님을 뒤받쳐서 수창궁에 즉위케한 것도 방원이었다.

이만치 이씨 조선 건국에 있어서 제일 공을 가지고 있는지라, 아버님 왕만 퇴위하시면 당연히 자기가 그 위를 잇게 될 것으로 굳게 믿고 있었으며, 정식으로 세자의 책봉은 받지 않았지만 세자로 자처하고 있었다.

그런데 여기 의외에도 자기와는 배다른 동생되는 방석(芳碩)을 끼고 어떤 밀모가 진행되는 듯한 눈치를 볼 때에, 그는 이를 묵과할 수가 없었다. 이리하여 이씨 조선 개국 초에 벌써 왕족끼리의 살육이라는 불길한 사건이 일어났다. 방원은 자기를 도우려는 몇몇 신료의 무장을 인솔하고 적대편인 정도전 남은 등의 무리를 모두 죽이고 그 위에 나아가서는 자기의 이복 동생 되는 방번 방석까지 죽여 버렸다.

─이것이 소위 '방석의 변'이라는 것이다.

개국 벽두에 생긴 이 참변에 태조께서는 크게 깨달

은 바가 있었다.

이씨 조선의 만년지계를 도모하려면 먼저 왕위계승의 순서를 세워야겠다.

왕위는 왕의 맏아들이 이을 것, 맏아들이 일찌기[15] 없었으면 왕장손이 이을 것, 왕장손도 없는 경우에 한해서, 연장자의 순서로 왕자 중에서 왕위를 이을 것. 이러한 순서를 세워놓지 않으면 왕위계승 문제 때문에 이씨 자손은 대대로 다툼이 끊일 날이 없을 것이다.

왕도 사람인 이상에는 어찌, 많은 아들 중에, 특별히 귀여운 자식과 미운 자식이 없지 않으랴. 왕자들도 사람인 이상에는 반드시 맏아들이 공이 크고 작은 아들이 공이 적게는 될 수 없을 것이다. 그러나 이 애증의 염을 초월하여, 공의 유무를 막론하고, 출생의 순위로써 왕위를 계승한다는 철칙을 일찍부터 세워둘 필요가 있다.

---

15) 일찍이

이리하여 태조는 황황히 당신의 생존한 왕자 중의 맏되시는 방과(芳果)에게 선위를 하시고 당신은 개경으로 다시 함흥으로 피하신 것이었다.

그러면서도 그래도 마음에 걸려서 안심이 되지 않는 것은, 다섯째 아드님 방원의 너무도 큰 야심과 패기였다.

왕위를 떠나 상왕이 되셔서 함흥으로 떠나실 때에도 이것이 그냥 근심스러워서 상왕은 방원을 조용히 부르셨다. 그리고,

"형왕을 도와라. 아직 자리잡히지 않은 이 사직을 보전하기에는 형왕은 너무도 착하다. 네가 도와라. 너밖에는 도울 만한 사람이 없다."
고 타이르셨다.

이때의 방원의 대답은 무엇이었던가?

"네…."
하고 대답은 하였다. 그러나 분명히 불쾌한 안색이었다. 형이 이 사직을 지킬 만한 능력이 없음직하면 왜 제게 물려주시지 않았읍니까 하는 듯한 태도였다.

상왕은 알아보셨다. 알아보시고 속으로 몸서리쳤다.

상왕이 신왕에게 옥새를 전하시지 않고 그냥 가지고 가셨다는 점을 안 것은, 상왕이 벌써 함흥에 도착하신 뒤의 일이었다.

상왕은 옥새를 가지고 가셨다. 선위를 하면 당연히 신왕께 전해야 할 옥새를 상왕은 그냥 가지고 가신 것이었다.

옥새 없이는 선위를 못하는 것—이번에 신왕에게는 선위를 하였지만, 이 신왕은 자유로이 선위를 못하시리라 하시는 상왕의 심려였다. 당신만 함흥으로 가시면, 방원은 반드시 이 착하신 형왕을 육박하여 방원 자기를 세자로 책봉케 하고, 그 뒤에는 또 형왕을 육박하여 퇴위케 하고, 방원 당신이 설 것을 짐작하신 상왕은, 옥새를 가지고 가셔서, 이런 자유를 금하시려는 수단으로, 신왕께 전수하시지 않은 것이었다.

그러나 이 상황의 계획도 수포로 돌아갔다. 옥새가 없으니 정식 공문으로는 수수가 되지 않을 것이지만, 실제의 왕위 수수는 옥새 없이라도 하리라는 점을 상왕은 잊으셨다.

상왕이 함흥으로 가시기가 바쁘게 서울서는 왕사가 함흥에 뒤따랐다. 그리고 방원이 세자로 책립되었다는 것을 상계하였다.

상왕은 벌컥 노염을 내셨다—.

"그런 세자는 나는 모른다. 왕 전하께는 왕자가 있지 않으냐."

그 뒤를 연하여 세자책봉의 국서에 어새를 눌러야 할 터이니, 옥새를 보내주십샤 하는 왕사가 이르렀다.

"모른다, 몰라. 그런 세자는 나는 모른다."

상황은 버티셨다.

그러나 이때 상왕은 분명히 직각하셨다. 이후 대대로 왕위 계쟁 때문에 유혈극이 반드시 일어날 것을….

일 년이 지난 뒤에, 왕은 퇴위하시고 세자 방원이 등극하셨다는 왕사가 함흥 본궁에 오게 되었다. 옥새 없이도 왕위는 변동이 된 것이다.

이리하여 아직껏의 상왕은 태상왕이라는 존호를 받게 되시고, 왕은 상왕이 되시고 방원이 신왕이 되셨다. 즉, 태종대왕이시다.

한낱 허수아비와 같은 옥새를 붙들고 혼자 버티시던 상왕(인제는 태상왕)은 이 일에 드디어 격노하셨다.

공으로 보아서, 역량으로 보아서, 인심으로 보아서, 또는 기품으로 보아서, 여러 모로 뜯어보든간, 왕의 자격에 일 점의 부족도 없는 신왕이지만,

이씨 장래의 영원지책으로 보아서 이 몸서리칠 일에 태상왕은 너무도 불쾌하시기 때문에 그 보도가 이른 뒤 한동안은 수라도 잘 받으시지 못하였다.

"고약한— 고약한—."

연방 불쾌하신 듯이 이렇게 말씀하시며 침을 허투루 배알으시고[16] 하였다.

그 뒤부터 소위 후세에 이르는 바 함흥차사의 사건이 생겼다.

이 불충, 불효, 부제의 신왕을 좋이 볼 수가 없으신 태상왕은 신왕을 왕이라 보시지 않았다.

형왕의 위를 물려받으신 신왕은, 당신의 이 지위를

---

16) 뱉으시고

정식으로 고정케 할 필요상 옥새를 가져 와야겠으므로, 연하여 문안사를 함흥 본궁 태상왕께 보냈다. 그러나 태상왕은 그 문안사를 한 번도 만나 보시지 않았다.

멀리서 말을 달려서 오는 인물의 일행이 벌써 서울서의 문안사로 짐작되시면, 곁에 상비해 둔 활로써 쏘아서 문안사가 궁문에까지도 이르러 본 적이 없었다.

"하하하하"

문안사를 활로 쏘아서 거꾸러뜨리신 때마다 태상왕은 시신들 앞에서는 호활한 웃음으로써 그 내심뿐은 감추시고 하셨지만 벌써 칠순이 가까운 움직이기 쉬운 마음은 매우 괴로우셨다.

"또 한 놈!"

그러나 서울 계신 왕은 마치 태상왕과 경쟁을 하시자는 듯이, 돌아올 길 모르는 문안사를 그냥 연하여 보내셨다.

"─아직도 뉘우칠 줄을 모르고─ 아아, 이씨도 오래 가지 못하겠구나."

홀로 자리에 드셔서 멀리 서울 일을 생각하시며, 또는 지나간 해의 장쾌하던 기업을 회상하실 때에는, 이 늙으신 영웅의 눈에서도 하염없이 눈물이 흐르고 하였다.

태상왕의 이 원대하신 심사는 모르고 문안사를 없이할 때마다 '왕보다도 더 높은 이'의 직신이라고 멋없이 기뻐들하는 시신들을 보실 때에는, 더욱 적막감과 불쾌감을 금하실 수가 없었다.

이러한 가운데서 지나시는 세월은 일 년 또 일 년—.

신왕도 태상왕께는 친 아드님. 왜 부자지간의 정애야 없으랴. 더우기 이씨 조선 건국의 제일 공을 가지신 신왕이시매 신임하시는 생각인들 왜 없으랴.

그러나 오래 이 세상에 살아 계시기 때문에 얻으신 많은 경험으로 미루어, 사사로운 사랑이나 의리보다도 더 큰 곳을 바라볼 때에, 밉지 않은 사람을 밉게 안 보실 수가 없고, 싫지 않은 사람을 책하시지 않을 수가 없으셨다.

이렇듯 보내는 문안사마다 모두 태상왕의 노염을

차서 참변을 보고하는지라, 왕께서도 좀 더 생각해 보시고 사신의 인선(人選)에 좀 유의하셔서, 태상왕의 이전 고려조 신사(臣仕)시대에 친교가 있던 성석린(成石璘)을 뽑아 보내보셨다.

성석린은 이전에 태상왕과 친교가 있더니만치 살 끝의 고혼됨은 면하였지만, 태상왕의 맘을 풀게 하지는 못하였다.

이리하여, 서울 왕궁과 함흥 태상 왕궁의 새에는, 돌아올 길 없는 차사만연하여 오고 또 오고— 날이 가고 달이 가고 해가 가도 같은 일이 헛되이 반복 또 반복될 뿐이었다.

판승추부사(判承樞府事) 박순(朴淳).

대궐에 있어서 태상왕과 왕의 새에 이런 불상사가 뒤를 이어서 생겨나는 것을 볼 때에, 이 의에 깊은 재상은 이 일을 그냥 볼 수가 없었다. 그래서 그는 왕께 자청하여 함흥까지 사자로 가기로 하였다.

가면 십중팔구는 못 돌아올 몸임을 모르는 바가 아니로되, 임금과 나라를 위하는 적성으로 그는 늙은 몸의 마지막 봉사를 하려 억지로 왕의 윤허를 얻어가지고, 함흥으로 길을 떠났다.

육로 수로 천여 리. 함흥까지 이르러서 멀리 행재소가 보일 만한 곳에서 박순은 하인들도 모두 떨구었다. 그리고 스스로 어미말 한 마리와 새끼말 한 마리를 끄을고 행재소로 향하였다.

바라보매 멀리 행재소 누각에 앉아서 담화를 하고 있는 몇 개의 인물. 그 가운데 중심이 되어 있는 인물은, 일찌기는, 여조(麗朝)에서 동료로 지냈고, 그 뒤에는 같이 힘을 아울러서 이 나라를 개척한 뒤에, 처음에는 상감으로서 다음에는 상왕으로서 지금은 태상왕으로서, 한결같이 자기의 경애의 염을 바쳐서 마지 않는 그 노우(老友)임에 틀림이 없었다.

행재소에서 이 박순을 발견한 모양이었다. 이 근처에서 보기 쉽지 않은 높은 관원을 발견한 행재소에서는 모두들 박순의 편을 주의하고 있다.

이것을 보고 박순은 길가 나무에 끌고 오던 새끼말을 비끄러매었다. 그리고 어미말만 끄을고 행재소 정문으로 향하야 길을 더듬었다.

"전하!"

여러 해 만에 옛날 벗의 앞에 꿇어 엎드린 박순. '전하'의 한 마디밖에는 말이 막혀서 나오지를 않았다. 눈물만 비 오듯 쏟아졌다.

그때에 저편에서 들리는 기괴한 소리. 돌아보니 행길에 남기고 온 새끼말 이 어미를 찾느라고 부르는 애호성이었다.

행재소 안뜰에 매어둔 어미말도, 제 새끼의 애호성에 마음 안 놓이는 듯이 연방 귀를 기웃거리며 발로 땅을 긁으며 부시럭거렸다.

"원로에 어떻게 오셨소?"

옛 벗에게의 태상왕의 음성도 부드러웠다.

"네이. 전하, 승후치 못한 지 사오(四五) 성상―."

말을 더 계속할 수가 없었다. 차차 더 요란스러워 가는 새끼말 어미말의 애호성에, 이 행재소는 때아닌 전쟁이 일어난 듯하였다.

"저게 뭐냐."

태상왕이 이 너무나 요란한 소리에 근신들에게 이렇게 물으실 때에 박순이 대신으로 대답하였다―.

"전하, 신의 죄로소이다. 신이 끌고 오던 새끼말을 행길에 버려두었더니, 새끼는 어미를 찾느라 어미는 새끼를 찾느라, 이렇듯 요란한가 보옵니다. 미물이나마 모자지정은 인간과 다름이 없는가 보옵니다."

힐끗 쳐다보매 태상왕의 한순간 찌푸리시는 눈살. 동시에 용안 전체를 스치고 지나가는 처량한 기색—.

박순은 행재소에 수일간 묵었다. 그러나 이 노련한 유세객(遊說客)은 한 번도 직접 태상왕께 대하여 신왕을 관대히 보시라고는 여쭙지 않았다. 기회 있는 때마다 빗걸어 두고 어버이와 자식 간의 정애는 끊을 수가 없음을 내비친 뿐이었다.

태상왕은 마음으로 신왕을 밉게 보시는 것이 아니었다. 칠십 만로(晚盧)이신 태상왕이요 그 위에 그의 전후비를 통하여 여덟 분이나 두셨던 왕자 중에, 맏아드님 진안대군은 잠저(潛邸) 시에 벌써 돌아가시고, 회안 무안 의안의 삼대군은 모두 정치상 알력으로 참화를 보시고, 겨우 남아 계신 분이 세 아드님이시매, 미울 까닭이 없으셨다. 단지 순서없이 왕위에

오르신 점을 아름답지 못하게 보신 뿐이었다.

박순이 묵어 있을 동안, 태상왕은 할 수 있는 대로 박순과 단 둘이 계실 기회를 피하셨다. 이 오랜 벗을 만나시기가 괴로우셨다. 인정과 도리가 서로 어그러질 때에 어느 편을 취하실지 매우 주저하셨다.

수일 후에 박순은 도로 서울로 길을 떠났다. 그때는, 박순도 태상왕의 마음이 얼마만치 돌아서게 되신 것을 보았다. 자기가 이만치 마음이 돌아서시게 하였으니, 이 뒤 누구 한 사람만 더 와서 회가하시기를 청하면 넉넉히 응하실 만한 자신을 얻었다.

행재소 뜰 아래, 박순이 하직하고 떠날 때에 태상왕은 무연히 박순을 보내셨다―.

"서로 늙은 몸, 언제 다시 만날는지…."

"전하는 만수무강 하시리라. 신은 벌써 노쇠했으니깐, 앞서서 황천에 갈밖에는 없겠읍니다."

한때는 고려조의 친구로서 서로 손을 맞잡고 일하던 이 두 노인은 주종으로서의 마지막 하직 인사를 주고받았다. 그리고 이것이 진실로 마지막 하직의 길이 될 줄은 태상왕도 뜻도 못하셨고 박순도 몰랐다.

박순이 행재소 밖으로 사라지매 태상왕의 시신들은 모두 태상왕께 박순 죽이기를 청하였다.

태상왕께서 왕사(王使)는 모두 죽여버리는 그 깊은 속사정은 모르고, 단지 '왕사는 죽인다' 하는 사실만 인식할 줄 아는 시신들은, 서로 공을 세우기 위하여 박순을 죽이기를 태상왕께 청한 것이다.

창연한 심사로써 박순을 보내신 직후에, 시신들에게 이런 청을 받으시는 태상왕은, 심중 매우 곤란하였다. 일단 세웠던 법을 이유 없이 다시 거두는 것은 왕법을 흐리게 하는 일, 그렇다고 태상왕은 이 노우뿐은 결코 죽이고 싶지 않으셨다.

이 난문제에 직면해서 태상왕은 한참을 대답 없이 계셨다. 그러다가 비로소 물으셨다―.

"누가 갈 테냐?"

누가 박순을 죽이러 가겠느냐는 질문이셨다.

"신이."

"신이 가겠읍니다."

제각기 공을 세우려고 덤벼드는 시신들을 태상왕은 딱하신 듯이 보셨다.

　　이 근신들에게 졸리시기를 얼마—.

　　얼마를 졸리신 뒤에 태상왕은 부득이 이를 허락하시지 않을 수가 없었다.

　　그러나 시간으로 따져 보아서 이만 때쯤이면 박순은 넉넉히 용흥강(龍興江)을 건너갔을 때였다.

　　"강을 벌써 건넜거든 내버려 두어라."

　　칼을 사자에게 내어 주시며 태상왕은 이렇게 명하시면서, 마음으로는, 늙은 친구여 어서 무사히 강을 건너라고 심축하여 마지 않으셨다.

　　그러나 그때까지도, 박순은 아직 강을 건너지 못하고 있었다. 도중에 갑자기 몸이 고장이 생겨서 길이 늦어지기 때문에, 칼을 받은 사신이 박순을 따라 뒤미친 때는 박순은 그 발을 겨우 나루에 옮기려 할 때였다.

　　"박순시 반재강중 반재선(朴淳屍 半在江中 半在船)"이라고 개가를 부르며 사신이 돌아와서 태상왕께 복

계할 때에, 태상왕은 신하들 앞에서는 그 눈치를 안
보이셨지만 곧 외딴 방으로 몸을 피하셔서 우셨다.
짧지 않은 세월을 동고동락을 하던 벗을, 당신의 손
으로 죽이시지 않지 못한 그 괴상한 운명을, 목을 놓
아 통곡하셨다.

　　그러나 박순의 죽음은 결코 헛된 죽음이 아니었다.
박순의 죽음으로 말미암아 태상왕은 남환하실 뜻을
결하였다.

　　첫째로는 밉기는 밉지만 또한 당신의 몇 분 왕자
중에 가장 걸출하신 신왕의 왕자(王者)적 태도도 보
고 싶으셨고,

　　둘째로는 당신이 세우신 이 기업이 얼마나 착착 얼
마나 자리잡혔는가, 정치의 중심지인 서울에서 이 점
을 관찰도 하고 싶으셨고,

　　넷째로는 이리하여 늙은 친구의 혼으로 하여금 원
을 풀게 하여주고 싶고, ―이리한 여러 가지의 이유
아래서 인제 다시 그럴듯한 핑계만 생기면 환경하시
기로 내정하셨다.

이런 때에 무학사(無學師)가 또한 왕명으로 함흥 행재소에 오게 되었다.

　일찌기 태조 건국 초에 그 도읍하실 곳을 정치 못하여 고달산 초암(高達山草庵)에 도를 닦고 있던 고승 무학에게 정도할 땅을 선택케 하였다. 무학은 여러 곳 지형을 살펴보고, 한양을 '以仁王山作鎭面白岳南山左右龍虎[이인왕산작진면백악남산좌우용호](인왕산을 진을 삼고, 백악과 남산으로 좌우 용호를 삼는다)' 하여 정도할 곳이라 하였다. 이리하여 무학의 뜻을 받아서 한양에 정도하신 이래로 신임 깊으신 무학을 왕은 태상왕께의 문안사로서 보내게가 되었다.

　태상왕은 뜻 안한 무학대사의 내방을 반가이 맞으셨다. 그러나, 반가이 맞으시면서도 첫 번 물으신 말씀이 이것이었다—.

　"대사도 또 유세(遊說)하러 왔소?"

　거기 대하여 무학은 빙그레 웃었다—.

　"전하를 안 지 수십 년, 지금 한거해 계시는 전하의

심심파적이라도 해드릴까 하고 왔읍니다."

　수십 일간을 행재소에 묵을 동안, 무학은 태상왕에
대하여 신왕의 결점만 들추어내었다. 여사여사하니
이도 왕의 잘못이요, 여사여사하니 이도 왕의 과실이
라고, 왕의 결점만 들추어내었다. 그러면서도 태상왕
의 동정만 살폈다.
　그러면서 관찰한 결과로, 무학은 태상왕이 신왕의
결점만 말하는 것을 결코 좋아하시지 않는 점을 발견
하였다.
　십여 일간을 두고 이 점을 상세히 관찰한 뒤에 어떤
날 저녁, 조용한 기회를 타서 무학은 태상왕의 앞에
꿇어엎드려 탄원하였다―.
　"전하. 전하의 세우신 기업이 지금 위태롭습니다.
　이제 바로 잡지 않으시면 일껏 세우신 위대한 기업
이 허사로 돌아갈까 빈도는 근심하옵니다."
　"대사, 그게 무슨 말씀이오?"
　이렇게 물으시는 말씀에 대하여 무학은 눈물을 흘
리며 복주했다―.

"전하. 모(某─신왕을 가르킴)가 죄가 많음은 빈도도 모르는 바가 아니로소이다. 그러나, 전하는 못 살피시나이까? 전하의 제(諸)왕자는 모두 진하옵고 오직 지금 모 한 분만 남아 계시지 않습나이까? 상왕 전하(정종)께는 적출 왕자가 안 계시옵고, 익안대군은 명민치 못하시옵고, 오직 이 한분이 계시지 않으나이까? 이 분마저 전하께서 버리시면, 전하 평생신고의 대업을 장차 뉘게 부탁하려 하옵니까? 타성(他姓)에게 이 대업을 건네 주시느니보다는, 미우시지만 전하의 혈육께 전하시는 편이 옳지 않나이까? 지금 사직은 정했다 합지만 아직 기초 든든치 못한 이때, 전하의 삼사(三思)를 원하는 배옵니다."

이 무학의 충간에 대하여, 태상왕은 아무 대답도 안 하셨다. 눈을 폭 감으시고 고요히 앉아 계신 뿐이었다.

그러나, 미리부터 환경하시기를 내심으로 작정하셨던 일이라, 무학의 청을 기회삼아 오래 떠나 계시던 한양으로 다시 돌아가시기로 하셨다.

그 뒤에도, 수일간을 무학이 두고두고 권할 때에

태상황은 마지못하시는 듯이 환경의 노부를 준비하라고 시신에게 명하셨다.

이리하여, 태상왕은 옥새를 친히 몸에 지니시고, 아드님 왕께 이를 전하시려, 무학대사와 함께 함흥 본궁을 떠나서 한양으로 돌아오셨다.

(『야담(野談)』, 1936.7)

어떤 날 밤

여보게.

창피창피 한대야 나 같은 창피를 당해 본 사람이 있겠나.

지금 생각해도 우습고도 부끄러울세. 그렇지만 또 어떻게 생각하면 그런 창피는 다시 한 번 당해 보고 싶기도 하거든.

이야기할께. 들어 보게.

오 년 전- 육 년 전- 칠 년 전인가. 어느 해인지는 분명하지 않지만 혈기 하늘을 찌를 듯하던 젊은 시절일세그려. 지금은 벌써 내 나이 삼사십. 얼굴에는 트 믄트믄 주름자리까지 잡히었지만 이 주름자리도 없던 젊은 시절.

절기는 봄날. 우이동 창경원에 벚꽃 만개하고 사내 계집 할 것 없이 한창 바람나기 좋은 절기일세그려. 얌전하던 도련님 색시들도 바람나기 쉬운 봄철에 그때 장안 오입장이[17]로 자임하고 있던 이 대감이 가만 있겠나. 비교적 수입도 좋것다. 허위대 풍신 언변 남한테 빠지지 않고 시조 한 마디 가야금 한 곡조도 뽑아 낼 줄 알고 경우에 의해서는 호령마디도 제법 할 줄 알고— 장안 오입장이로는 그다지 축가는 데가 없던 대감일세그려. 그 위에 여관 생활하는 자유로운 몸이것다. 친구놈들도 모두 제법 한몫씩은 보는 놈들이것다.

　—이런 이 대감께서 말일세. 그 어떤 와류생심하고 — 아니 이러다가는 교외정조가 나겠네. 도회풍경으로 사꾸라 만개하고 창경원에 야앵[18]구경의 바람장이들이 몰려가는 날 몇몇 친구를 짝해서 한바탕 어디서 답청(踏靑)을 잘했다고 하세.

　돌아오는 길일세. 친구놈들은 제각기 기생집으로

---

17) 오입쟁이
18) 밤에 벚꽃을 구경하며 노는 일.

갈 놈은 기생집으로 가고 여편네 궁둥이를 찾아갈
놈은 제 집으로 가고 대감은 기생집도 그날 따라 갈
생각도 없고 해서 여관으로 향했네.

밤도 자정은 지난 때. 야앵구경 갔던 연놈들도 모두
음란한 자리 속으로 바야흐로 들어갈 시간에 이 대감
께서는 아주 호젓한 마음으로 지팡이를 휘두르며 여
관으로 한 걸음 한 걸음 옥보를 옮기고 있지 않았겠
나. 어떤 어둡지도 않고 밝지도 않은 길 모퉁이를 돌
아설 때일세그려. 웬 계집애와 탁 마주쳤네그려.

물론 예의를 차리는 이 대감이 사과를 했지. 고멘나
사이(ごめんなさい－용서하십시오) 하고. 그러고는
그냥 지났지. 지나고 생각했네. 여기는 북촌이다, 북
촌의 대로도 아니요 골목이다. 이 북촌 골목에 웬 남
촌 계집애가 단 혼자서 그것도 자정이 지난 이 때에
방황하고 있느냐고.

연구라고까지는 할 수가 없지만 이렇게 생각하고
다시 생각해 보매 문득 호기심이 벌떡 일어났네그려.
휙 돌아보았지. 그 계집애로서 만약 그냥 길을 걸었
다 하면 당연히 모퉁이를 돌아가서 보이지 않을 것인

데 계집애는 나 허구 마주친 그 자리에 그냥 서 있다. 몸까지 이리로 돌리고 있는 듯하다.

거기는 한창 혈기의 오입장이의 자만심도 있지. 하하 이 대감께 마음이 있는 모양이구나. 어두워서 똑똑히는 못 보았지만 그만했으면 하룻밤쯤은 쓸 만도 해. 혼자서 만족히 여기면서, 또 다음 모퉁이를 돌아섰지. 그 모퉁이를 돌아서 세 걸음인가 네 걸음인가 더 가다가 발을 멈추었겠지. 그러고는 발길을 돌리겠네그려.

왜 웃나? 웃지 말고 들어.

돌아서서는 이번은 고양이 걸음으로 살짝살짝 다시 모퉁이까지 갔지. 가서 목만 길게 뽑아 가지고 계집애 있던 곳을 엿보았다.

아니나 다를까. 계집애가 도루 이리로 향해 오네그려. 마음을 똑똑히 잡지 못한 듯이 걸음걸이가 매우 거북스러워.

하하하 오누나. 그러면 그러겠지, 이 자긍심 많은 대감의 거동을 보게. 대감은 얼른 다시 돌아섰네그려. 그리고 구두끈이 풀어진 듯이 허리를 구부리고 구두끈을 풀었다 맸다 하기 시작했지.

그 동작을 얼마나 오래 했는지 좌우간 허리가 아프도록 꺼굽어서서 구두끈장난만 하고 있네. 계집애도 걸음이 매우 내쳐지지 않는 모양으로 꽤 오래오데. 꺼굽어서서 다리 틈으로 계집애가 모퉁이를 돌아오는지 안 오는지를 엿보면서 허리가 거의 끊어질이만치 기다리니까야 모퉁이를 돌아서겠지.

거기 내가 꺼굽어서 있는 것을 보더니 계집애가 몸을 흠칫해. 흠칫하고는 주저해. 그러더니 다시 걸어서 내 곁으로 빠져서 내 앞을 서서 가네.

나도 비로소 일어섰지. 일어서서 천천히 따르기 시작했지. 계집애는 나보다 대여섯 걸음 앞서서 가네그려. 호젓하고 침침하고 고요한 골목짜기에서 계집애의 뒤를 밟으며 혼자 고소했네그려. 오입장이로는 자처했지만 계집애의 엉덩이를 좇아다니는 불량자는 아니던 이 대감이 우연한 기회에 불량자 노릇을 하면서 예라 돌아서 버릴까까지 생각하면서 한 걸음 한 걸음 좇아갔지.

이렇게 따라가니까 계집애도 거북한지 더욱 걸음

을 늦구어. 하릴없지. 나는 더 늦굴 수는 없어서 그냥 그 걸음대로 가니까 세 걸음 거리가 두 걸음 되고 한 걸음 되고 나란히 하게 되고 앞서게 됐지. 그 앞서게 되려는 순간일세그려.

"아노(あのう-저)."

계집애가 문득 입을 열어. 그래서 앞서려던 걸음을 멈추고 돌아섰지.

"좃또 우까가이마스가(ちよっと伺[사]ひますが- 좀 여쭤보겠는데)."

"네."

"저- 인천서 야앵구경을 왔다가 기차를 놓쳤는데 이 근처에 조용한 여관이 하나 없겠읍니까?"

장안 오입장이, 기생 이외의 계집에게 눈떠보아서는 안 될 당당한 신분일세그려. 그렇지만 남아의 의기가 그런가?

"그건 곤란하시겠읍니다. 여관이야 있구말구요."

"미안하지만 그럼 한 군데ㅡ."

"어렵잖습니다."

이리해서 대감의 호텔로 데리구 왔다.

불행인지 행인지 나 묵어 있는 여관은 그날따라 시골서 꽃구경꾼이 많이 와서 방이 없다. 어쩌겠나. 이 의협남아가 초면의 계집애더러 내 방에 같이 묵읍시다고야 체면이 허락하지 않는 일. 서로 슬금슬금 눈치만 보네.

"고마리마시따나(困[곤]りましたなあ-곤란하게 되었군요)."

"아따꾸시꼬소 고메이와꾸 가께마시떼(あたくしこそ御迷惑掛[어미혹괘]けまして-저야말로 폐를 끼쳐서…)."

"도모(とうも-대단히…)."

쓸데없는 소리만 서로 중언부언.

드디어 이 오입장이 대장부가 졸장부가 됐네그려. 한 마디 슬쩍 던졌지.

"내 방이 넓기는 넓지만 마사까(まさか-설마) 부인네 혼자를 묵으랄 수도 없고…."

여기 걸려들었네그려ㅡ.

"저는 괜찮습니다마는 당신께ㅡ."

"나는 괜찮습니다. 당신만 좋으시다면…."

"저는 그렇게 해주시면 참 어떻다 말씀드릴 길이 없습니다."

―야 뽀이야 깨끗한 이부자리 한 벌 더 가져오너라. 이분은 기차를 놓친 분으로서 여사여사 약차약차하게 되신 분이니 에헴. 이리해서 궐은 내 방에서 하룻밤을 지내게 됐다.

자 이 뒷장면을 어떻게 진행시키나. 자기 말로는 기차를 놓쳤다 한다. 사실일까. 사실이면 왜 하필 조선 거리에서 방황하고 있었나.

전등 앞에 보니 나이는 스물너덧. 그 옷차림으로 보아서 허튼 계집은 아닌 모양. 얼굴도 십인지상은 되겠고 가진 물건으로 보아서도 상당한 집 딸이 아니면 안해. 이런 점으로 보아서는 막차를 놓쳐서 갈 곳이 없어 헤매었노라는 말이 그럴 듯도 하지만 또 한 편으로는 상당한 집 계집 같으면 왜 혼자서 서울까지 구경을 왔으며 왔거든 막차를 놓치지 않도록 주의를 할 것이지 창경원 닫힌 지도 벌써 세 시간이나 된 입때껏 어디를 무엇하러 배회하고 있었나.

호기심이 무럭무럭 일어나지. 게다가 또 한 가지

남아의 의협심을 최절정까지 발휘시켜 이 계집을 곱다랗게 하룻밤 묵어 보내나. 그렇지 않으면 무슨 사건을 꾸며 보나?

장안의 오입장이로 자처하는 이 대감이 길잃은 계집을 여관으로 끄을어들여 희롱했다 하면 말대까지의 치욕이라. 그럼 곱다랗게 재워 보내나?

그러나 아까울세그려. 기생과의 장난은 그다지 축에 빠지는 편이 아니지만 기생 아닌 계집은 접해 본 일이 없었더니만치 이 희식(希食)을 그냥 놓기도 아까와.

오입장이의 체면을 지키나. 혹은 눈 딱 감고 본능의 시키는 대로 하나.

에라 오입장이 기권해라.

"참, 저녁 어떻게 했읍니까?"

"먹었읍니다."

"잡수셨대야 지금이 벌써 자정이 지났으니까 시장하시겠지요."

"괜찮습니다."

눈을 슬쩍 굴려서 이 용안을 보네. 사양은 하지만

싫지는 않은 모양.

청요리를 시켰지. 약주도 좀 받고 기생이나 응대하
자면 손익은 일이지만 내 평생 처음 대해 보는 영양
인지 영부인이라 주장군(酒將軍)의 조건이 없이는 좀
곤란하단 말이지.

"한 잔—꼭 한 잔만 드세요."

"약주는—."

"그러기에 한 잔만."

"미안합니다."

궐의 눈가에 슬쩍 미소가 보이네. 자긍심 많은 이
대감 미소에 됐다 했네 그려.

'꼭 한잔' '꼭 한잔'이 거듭되고 대감도 취하시고
궐도 취하고…… .

봄날. 청춘. 술기운. 좁은 방—운무지몽에 이러구
저러구—차간일행약야(此間一行略也)라.

자. 그런데 오입장이의 근성이 이런 때는 더러워.
궐은 곤한지 좀 있다가 잠들어 버리고 혼자 잠 못
든 견우 대감.

생각했네. 자 내일 저 계집을 해우채19)라도 주어야

하나. 하다못해 기차비라도 주어야 하나. 계집을 보았으면 반드시 돈을 주어야 된다는 관념이 있기 때문에 이런 연구를 했네그려. 딱한 견우성이지.

주었다가 도로혀[20] 비웃기지나 않을까. 혹은 주어야 할까 어쩌나. 좌우간 천병만마지간을 다 다닌 맹장의 경험으로 분명히 직업적 계집은 아닌데 그런 경우에도 해우채는 주는 법인가 안 주는 법인가. 이런 것은 불량소년의 영분이지 오입장이의 영분이 아닐세그려.

그런 연구를 하다가 나도 그만 잠이 들어 버렸어.

이튿날 아침에 깨 보니까 계집이 없다. 제 자리도 벌써 재켜[21] 놓고.

방 안을 둘러보니 계집의 핸드백 등도 없고. 간 것이 분명한데그려.

먼저 내 시계와 지갑을 보니 그냥 있어. 그래서 이점에는 안심을 하고 보이를 불러서 물어 보니까 계집

---

19) 解衣債. 해웃값. 기생, 창기 따위와 관계를 가지고 그 대가로 주는 돈.
20) 다시
21) 재껴

은 이른 새벽에 깨어서 갔는데 자기의 하룻밤 숙박비는 치르고 그 위에 어젯밤의 청요리값까지 치르고 갔다네그려.

입을 딱 벌렸지.

생각해야 무슨 일인지를 모르겠단 말이지.

분명한 '시로도(しろうと-풋나기)'인데, 시로도의 일로서는 너무 대담하고 아무런 점으로 보아도 구로도(くろうと-기생)는 아니고 무슨 일인지를 모르겠네그려.

모를 일을 모를 대로 그냥 의문에 붙이어 두고 - 그 뒤부터는 이 선악과를 맛본 아담은 때때로 그 생각을 했네그려. 무슨 영문인지 그 까닭을 알아보고 싶다기보다 '구로도' 아닌 계집의 은근한 맛이 잊히지를 않아.

이런 꿈과 같은 일을 겪은 뒤에 사건은 이것으로 끝이 난 줄 알았지. 그 후일담이 생기리라고는 뜻도 안했지. 후일담이 있을 성질의 사건도 아니 아닌가. 그런데 이 일에는 후일담이 있네그려.

한데 후일담이 있어.

사건이 있은 지 일 년 뒤. 그때는 나는 벌써 그 사건을 사건으로 기억할 때가 아니요 지나간 꿈으로 기억하고 생각날 때는 뜻 안하고 미소와 고소를 겸발하게 쯤 된 땔세그려.

인천에 군함이 왔것다. 별로이 군함을 보고 싶은 생각은 없었지만 기생년들이 구경가자고 너무 졸라 대서 에라 그래라 하고 기생 몇 년을 모시고 인천으로 거동을 하시지 않았겠나.

거기서 뜻안한 궐녀를 보았네그려. 군함에서 말일세. 군함 사령탑에 올라가는 층계에설세.

나는 기생 몇 명을 달고 올라가거니 궐은 내려오거니 하다가 딱 마주쳤지.

몬쯔끼(もんつき-가문(家紋)을 넣은 일본 예복)를 입었데. 궐도 귀부인 같거니와 귀부인인 듯한 여인 몇 명과 동반을 했어.

딱 마주치니까 자기도 깜짝 놀라. 대감도 오입장이 답지 않게 눈이 아뜩하데그려. 그렇지만 궐녀가 시치미를 뚝 떼기에 대감도 같이 떼었지.

한데 그때 여(余)를 배종했던 사람 가운데 인천 관

변의 유력자가 한 명 있었는데 그 사람이 궐녀와 서로 인사를 주고받거든. 그래서 하문해 보았지.

"그 색시가 누군가?"

"그 색시? ××씨의 마누라."

"××씨?"

신문지상에서 간간 보던 인천 명망가. 그렇지만 —

"××씨란 육십 노인이 아닌가?"

"그렇지."

"그럼 첩인가?"

"첩은 왜? 본댁이지. 후실."

근본은 알았다. 알고 보니 그때의 그 밤의 사건이 더 수상하단 말이지.

듣고 보니 희식(希食)도 너무 드문 희식.

"영감의 마누라면 간간 오입이라도 하겠네그려."

던져 보았다.

"아니. 그렇진 않은 모양이야. 그래도 좀 적적하긴 한 모양이야. 극장이라 무슨 구경거리에는 빠지지를 않아. 그렇지만 늙은이의 마누라로는 참 정숙하다는 평판이 높은 걸."

"정숙하다?"

짐작이 갔네.

때는 봄날일세그려. 늙은이의 마누랄세그려.

모험도 하고 싶겠지. 봄날 젊은 피가 끓어오르지만 인천바닥에서는 정숙하다는 평판이 높은 만치 끓어오르는 모험심을 이 좁은 고장에서 어떻게 만족시키겠나.

경성까지 모험을 찾으러 출장여행.

주저─반성─모험추구심─이렇게 바재고 바재는 동안 덜컥 막차 시간도 지나고,

인제부터는 본격적으로 모험의 무대에 올라가얄 터인데 남촌에서는 그래도 혹은 어떤 일이 생길까 해서 북촌거리에서 공포와 기대와 주저로써 배회하고 있을 때에 대감께서 그 모험무대의 피해자로 나타난 셈일세그려.

말하자면 궐녀도 인생비극의 한 여주인공이지.

이렇게 대감은 뜻안한[22] 오입을 더구나 돈 안 들인

22) 뜻하지 않은

오입을 하기는 했지만 생각해 보면 이것은 필경 내가 오입을 한 게 아니고 오입을 당한 곌세그려.

장안 오입장이가 오입을 하지를 못하고 당했다고야 이런 창피한 일이 어디 있겠나. 체면 똥칠했네.

그렇지만 이런 창피는 또 당해 보고 싶은 생각도 없지 않아.

말하자면 희극이 아니요 비극―궐녀도 가련한 인생일세.

(『신인문학(新人文學)』, 1934.12)

어머니

통칭 곰네였다.

어버이가 지어준 것으로는 길녀라 하는 이름이 있었다. 박가라 하는 성도 있었다. 정당히 부르자면 박길녀였다.

그러나 길녀라는 이름을 지어준 부모부터가 벌써 정당한 이름을 불러주지를 않았다. 대여섯 살 나는 때부터 벌써 부모에게 '곰네'라 불렀다. 어렸을 때부터 어머니가 어린애를 붙안고 늘 곰네 곰네 하였는지라 그 집에 다니는 어른들도 저절로 곰네라 부르게 되었고, 이 곰네 자신도 자기가 늘 곰네라는 이름으로 불렀는지라 제 이름이 곰네인 줄만 알았지 길녀인 줄은 몰랐다. 좌우간 그가 여덟 살인가 났을 때에 먼

일가 노파가 찾아와서 그를 부름에 길녀야 하였기 때문에 곰네는 누구를 부르는 소린지 몰라서 제 장난만 그냥 하고 있었다. 그러다가 그 사람이 자기 쪽으로 손을 벌리며 그냥 길녀야 길녀야 이리 오너라 하고 연방 부르는 바람에 비로소 자기를 부르는 소린 줄을 알았다. 그리고는 그 사람에게로 가지 않고 제 어미에게로 갔다.

"엄마, 엄마, 데 사람이 나보구 길녜라구 그래. 길녜가 무어요? 남의 이름두 모르고 우섭구나 야……."

어머니가 곰네를 위하여 변명하였다.

"이 엠나이! 어른보구 그게 뭐야. 엠나이두 하두 곰통같이 굴러서 곰녜라구 곤쳤다우. 이 엠나이, 좀 나가 놀알!"

"히! 곱다구 곱녜디 곰통 같다구 곰녤까. 곰통 같으믄 곰통녜디."

"나가 놀알!"

"잉우 찍!"

사실 계집애가 하두 곰같이 완하고 억세기 때문에 '곰'녜였다. 얼굴의 가죽이 두껍고 거칠고 손과 팔의 마디가 완장하고 클 뿐 아니라, 가슴이 턱 벙글어지고 왁살스럽고, 그 목소리까지도 거칠고 툭하였다. 머리카락까지도 굵고 뻣뻣하였다. 그에게서 억지로라도 여자다운 점을 찾아내자 하면 그것은 그의 잠꼬대뿐이었다. 잠꼬대에서는 그래도 간간 가냘픈 소리며 애기를 업고 싶어하는 본능이 보였다. 그 밖에는 여자다운 점을 털끝만치도 없었다.

이름이 길녀라 하지만 길하다든가 실하다든가 한 점은 얻어낼 수가 없었다. 곱다는 곱네가 아니요 곰 같다는 곰네야말로 명실이 같은 그의 이름이었다.

젖 떨어지면서부터 농터에 나섰다. 농터라야 빈약한 것으로, 풍년이나 들면 간신히 그의 식구(아버지, 어머니, 곰네, 이렇게 단 세 사람)의 굶주림이나 면할 정도의 것이었다.

곰네가 농터에 나서면서부터는 어머니의 부담이 훨씬 줄었다. 그의 아버지라는 사람은 농꾼답지 않은 게으름뱅이에 기력도 적은 사람이어서 보잘 여지없이 소위 망나니였다. 술이나 얻어먹고 투전판이나 찾아다니고 남의 집 여편네나 담 넘어 엿보러 다니는 사람이었다. 농사 때에는 단 내외의 살림이라 하릴없이 농터에 나서기는 하지만 손에 흙을 대기는 싫어하고, 게다가 기운이 없어서 조금 힘든 일을 하면 숨이 차서 당하지를 못하고 게으름 꾀만 가득 차서 피할 궁리만 공교롭게 하는 사람이었다. 그런지라 아주 쉽고 가벼운 심부름 이상은 하지 않기도 하였거니와 시킨댔자 감당도 못할 위인이었다.

대여섯 살 나서부터 농사에 어머니에게 몸 내놓고 조력한 곰네가 훨씬 도움이 되었다. 힘과 기운으로도 벌써 아버지보다 승하였거니와, 어린애답게 열이 있고 정성이 있었다.

그런지라 팔구 세 때에는 벌써 농군으로서의 한몫을 당해냈고 농사의 눈치도 어른 뜸떠먹으리만치 열렸다.

곰네가 열세 살 난 해에 그의 게으름뱅이 아버지가 죽었다. 이 가장의 죽음도 그 집의 경제상에는 아무 영향도 없었다. 극단적으로 말하자면 한 식구 줄었으니 그만치 심이 폈달 수도 있었다. 살아 있대야 곡식만 소비할 뿐이지 아무 도움도 없던 인물이라 없느니만 못하였다. 그래도 10여 년 살던 정이 그렇지 못하여 곰네의 어머니는 흰 댕기도 드리우고 좀 한심스러운 듯이 망연히 하늘을 우러러 볼 때도 있기는 하였으나, 생활 자체에는 아무 영향도 없었다.

늙고 먹고 귀찮게나 굴던 가장이요 가사에는 아무 도움이 없었는지라, 가사도 여전하였거니와 인제는 제 한몫 당하는 곰네가 조력을 하는지라, 어머니로서는 훨씬 노력이 덜하게 되었다. 눈치 있는 곰네가 앞장서서 일하는 것을 어머니는 도리어 보고 있기만 할 때가 많았다.

열다섯 살에 어머니마저 세상을 떠났다.

세상 보통의 처녀로서는 아뜩한 일이었다. 빚은 주는 사람이 없었으니 빚은 없었지만, 남기고 간 것이라는 것은 솥 나부랭이와 부엌 물건 두세 가지, 해진 옷 두세 벌밖에는 아무것도 없는 씻은 듯한 가난한 살림에, 이 집안의 큰 기둥 어머니까지 넘어진 것이다.

그러나 갓 나서부터 여유라는 것을 모르고 지낸 곰네는, 이 점으로는 낭패하지 않았다. 다만 보잘것없는 밭 나부랭이지만, 그래도 그것을 얻어 부치던 것은 어머니의 면의 덕이라, 그것을 떼이게 된 것이 큰 일이었다.

　가을에 가서 약간의 추수하는 것을 가지고 밭주인 (밭주인이라야 가난한 자작농이었다)을 찾아갔더니 아니나 다를까,

　"아바지 오마니 다 죽었으니 밭 다룰 사람이 없겠구나."

　이런 말이 나왔다.

　"아버지가 살았으믄 뭘 하댔나요?"

　곰네는 반대해보았다.

　"아바진 그렇다 해두 오마니가 보디 않았니?"

　"오마닌 또 뭘 했나요? 다 내가 했지."

　"그래두 체니 아이 혼자서야 농살 하나?"

　"해요. 꼬박꼬박 추수 들려 놨으믄 그만이디오. 내 감당해요."

　곰네는 지금껏도 자기가 농사를 죄 맡아서 했으니만치 자기가 계속하겠다는 데 대해서 딴 의견이 있을 줄은 뜻도 안 하였다. 그렇기 때문에 거기 대해서는 걱정도 않고 대책도 생각지 않았다. 그러나 한 마디

두 마디 하는 동안 좀 의심스럽게 되었다. 그 밭을 떼려는 눈치를 직각하였다.

여기 협위를 느낀 곰네는 그 땅을 자기가 보겠다고 처음은 간원하였다. 그 다음은 탄원하였다. 애걸까지 하였다.

그러나 땅 주인은 곰네의 탄원도 애걸도 모두 일소에 부치고 말았다.

"체니 아이 혼자서두 땅을 보나?"

요컨대 실력 여하를 막론하고 처녀 단 혼잣살림에는 소작을 맡길 수 없다는 것이었다.

그래서 그 땅을 종내 떼이고 말았다.

그러나 곰네는 겁을 내지 않았다.

빈궁한 중에서 나서 빈한 중에서 자란 그는 빈한이라는 것을 무서워할 줄을 모르는 사람이었다.

부모에게 물려받은 단칸 오막살이가 있었다. 거기 거처하였다.

이 조그마한 마을에서는 모두가 서로 아는 사람이었다. 이 집 저 집으로 찾아다녔다.

가을 추수 뒤에는 농가에서는 새끼도 꼬고 가마니도 짜고 한다.

　곰네는 돌아다니면서 이런 일의 조력을 하였다. 집에 따라서는 일한 품삯으로 돈푼이나 주는 집도 있었고, 혹은 끼니나 먹이고 마는 집도 있었다.

　끼니만 먹이고 말든 혹은 돈푼이나 주든, 곰네는 그 보수에 대해서는 아무 욕구도 없었고 아무 불평도 없었다. 먹여주면 다행이었다. 게다가 돈푼이라도 주면 그런 고마운 일이 없었다. 본시 충직하고 욕심이 없는데다가 간사한 지혜라는 것을 아직 모르는 곰네는, 남의 일 자기 일 구별할 줄을 몰랐다. 자기가 자기 손으로 착수한 것이면 모두 자기 일이었다. 누가 보건 안 보건 한결같이 열과 성으로 일하였다. 사내들은 담배도 먹고 한담도 하여 헛시간을 보내지만 곰네에게는 그것이 없었다. 아침에 손을 대기 시작하면 점심때도 그냥 일을 하면서 점심 먹고 저녁때도 캄캄하게 되기까지 그냥 일을 계속하고…… 그 위에 알뜰한 가정이 없는 그는 대개는 저녁까지도 그 집 상 귀퉁이에 붙어서 되는 대로 먹고 하였다.

삯 헐하고 일 세차게 할뿐더러 부지런히 하는 그 동리의 귀한 일꾼의 하나였다.

"곰네는 시집갈 밑천 장만하누라구 데리케 돈을 몹 겠다."

동리 여인들이 이렇게 놀려대어도 아직 시집 살림 이 어떤 것인지 똑똑히 이해하지 못하는 곰네는,

"원! 시!"

하고 웃어버리고 마는 것이었다.

"곰네 너 어드런 새서방 얻어갈래?"

이렇게 농 삼아 물어도 부끄러워할 줄도 모르고 그 렇다고 기뻐할 줄도 모르는 곰네였다.

새서방이라든가 시집이라든가 하는 것은 아직 곰 네는 상상도 못하는 이상한 물건이었다. 가마니를 짤 때, 새끼를 꼴 때, 사내들과 손이 마주치고, 혹은 잡고 혹은 잡히고 할 때도 옴쳐버리거나, 치워버릴 줄도 모르고, 마치 사내 사내끼리나 여인 여인끼리와 같은 심정으로 태연히 지나는 그였다.

그 생김생김이며 태도 행동이 모두 하도 사내 같으 므로, 함께 일하는 사내들도 곰네만은 여인같이 생각

이 안 가는 모양이었다. 어찌어찌하여 곰네를 붙안아 옮겨놓든가 얼굴을 서로 마주 댈 필요가 생긴 때라도 조금도 주저하지 않고 마치 사내끼린 것과 마찬가지로 행동하였다. 곰네 자신도 역시 그런 심사였다.

처녀 열여덟에 팻국에서도 향내가 난다 한다. 곰네도 사람의 종자라, 열여덟도 나 보였다.

다른 처녀 같으면 몰래 거울도 보고, 손에 물칠하여 머리도 빗어보고 낯선 사내 소리라도 나면 문틈으로 내다보고 싶기도 할 나이가 되었다.

그러나 곰네에게는 그런 달콤한 시절은 없었다.

그래도 변한 데가 있었다.

남의 집에서 일하다가 밤늦게 혼자 쓸쓸한 제 집으로 돌아오기 싫은 때가 간간 있었다. 남편이 농터에서 농사짓는데 점심때쯤 그 아내가 밥 광주리를 이고 어린애를 등에 달고 농터 찾아오는 것이 부러운 생각도 간간 났다. 누구가 혼사를 하였다, 누구가 상처를 하였다, 하는 소문이 귀에 심상찮게 들리는 때가 잦아졌다.

게다가 동리 여인들이,

"곰네도 시집을 가야디 않나?"

"데리다가는 체니루 늙갔네."

하는 소리며,

"부모가 없으니 누가 혼인을 주장해줄 사람이 있어야디."

"힘세서 새서방 얻어두 일은 세차가 잘할 테야."

이런 소리들이 차차 솔깃하게 들렸다.

더구나 그 사이도 간간 소작 땅이라도 얻으러 가면 그 매번을 '처녀 혼잣살림에 땅을 어떻게 부치느냐'는 말을 들었지만, 시재 자기가 처녀 혼잣몸이니 어찌할 수 없는 것이라 단념해두었더니, 지금 다시 생각하면, 남편이라는 것을 얻으면 '처녀 혼잣살림'이 아니라 남의 땅도 얻어 부칠 수가 있고, 남의 땅을 얻어 부치고 그 위에 틈틈이 새끼며 가마니를 짜면 심도 훨씬 펴서 지금 단지 남의 삯일만 하는 것보다도 천승만승할 것이다.

'서방을 하나 얻을까?'

서방의 자격에 대하여도 아무 희망도 요구도 없었

다. 농촌이니 사내로 생겨서 농사지을 것은 당연한 일이다. 학식이라든가 인격이라든가 하는 것은 곰네는 그 가치는커녕 존재도 모르는 바다. 곱게 생기고 밉게 생긴 것도 전혀 모르는 바다. 사내로 서방이라는 명칭이 붙는 자면 그것만으로 넉넉하다. 그 이상, 그 이외의 것은 존재도 모르는 바이어니와 부럽지도 않고 욕심나지도 않았다.

소작 터를 얻기 위하여, 그리고 또 농사에 힘을 아우를 자를 구하기 위하여 서방이 필요하였다.

이리하여 곰네가 열여섯 살 나는 해 가을에 동리 노파의 주선으로 혼인을 정하였다. 서방 역시 곰네와 같이 혈혈단신이요 배운 것도 없고, 나이는 스물다섯이지만 아직 총각이요, 저축도 없는 대신 밭도 없고 어디서 어떻게 굴러먹던 사람인지 삼사 년 전에 단신으로 이 동리에 들어왔고, 이 동리에 들어온 이래로 지금껏 제 집이라고는 없이 이 집 윗목 저 집 윗목으로 굴러다니면서 그 집일을 도와주는 체하면서 끼니를 얻어먹어 연명을 해오던 초라하기 짝이 없는 사람이었다.

"제 집이 없으니 그리케 디냈디, 에미네(여편네) 얻으면 그래두 제 몫이야 안 당하리."

"사나이 대당부라니…… 에미네 굶길까."

중매할 사람 혹은 조혼한 사람이 모두 이렇게 말하였다. 곰네의 생각으로도, 사내 한 사람이 더 있으면 그만치 심히 펼 것으로, 어서 성혼하면 생활이 좀 넉넉해질 것으로 믿었다.

섣달에 품삯을 셈해 받아 온 한 벌 장만해가지고, 정월에 들어서 길일을 택하여 성례하였다.

신혼 재미는 꿀과 같다 한다.

그러나 곰네에게 있어서는 생활상에고 감정상에고 아무 변화도 없었다.

혼자 자던 방에 혼자 자던 이불 속에 웬 사내 한 사람이 더 들어온 뿐이었다.

신혼 첫날만은 동리 여인들이 와서 저녁을 지어주고 이부자리를 펴주었다.

남이 지은 밥을 먹고 남이 깔아준 이부자리에서 잔다는 것은 곰네의 생전 처음 당하는 경험이었다. 뿐

더러 여인들은 한사코 곰네에게 못하게 하고 자기네들이 도맡아 보아주었다.

"새색시두 일하나?"

모두들 곰네를 상전이나 모시듯 서둘렀다.

그러나 그 밤을 지내고, 이튿날부터는 곰네의 생활은 옛날대로 돌아갔다.

이튿날 아침, 예에 의지하여 머리에 수건을 얹고 가마니를 짜러(좀 넓은 방이 있는) 이 서방네 집으로 가서 예대로 부엌에 들어섰더니 새색시도 이런 데를 오느냐고 단박에 밀렸다. 그래서 어떡하라느냐고 물으매,

"일감을 가지고 너희 집에 가서 알뜰한 서방님하구 마주 앉아서 주거니 받건 하믄서 일하는 게디, 서방 버려두구 이런 델 와? 그래 조반이나 지어 먹었니?" 한다. 그래서 볏짚을 한 아름 안고 제 집으로 돌아온 것이었다.

그로부터 곰네는 집 안에서 할 수 있는 일은 제 집에서 하였다.

남의 주선으로 조그마한 밭도 하나 얻어 부치게 되

었다.

성례한 뒤 한동안은 곰네의 새 남편은 대문 밖에는 나가본 일이 없었다.

대문이라야 수수깡으로 두른 울이지만 그 밖까지 발을 내놓아본 적이 없었다. 뜰에까지도 뒷간 출입밖에는 나가보지 않았다. 꾹 박혀 있었다. 번번 누워서 곰네의 몸만 주무락주무락 어루만지고 있었다. 곰네가 하도 징그럽고 귀찮아서,

"이건 왜 이래."

하며 떼밀면 그는 머쓱하여 손을 떼었다가도 다시 곧 그 동작을 계속하는 것이었다.

어느 날 이 점을 어느 여인에게 하소연하였더니, 그는 씩 웃으며,

"너머 귀해 그르디. 잠자쿠 하자는 대루 하려무나. 싫을 게 있니?"

한다. 과연 차차 지나면서 보니까 그 동작이 처음에는 그렇게도 귀찮고 징그럽던 것이 어느덧 그 생각은 없어지고, 차차 멋이 들고 또 좀 뒤에는 그런 일이 그리워지고, 만약 남편이 그러지 않으면 기다려지고

하게 되었다.

정이 차차 드는 셈이었다.

곰네의 얼굴 생김은 그 이름과 같이 '곰' 같아서 완하고 왁살스럽고 둘하였다. 여자다운 데는 한 군데도 없었다. 그가 가장 기뻐서 웃을 때도 얼굴만은 성났는지 웃는지 구별을 하기 힘들 지경이었다. 그 얼굴에다가 그래도 남편을 대할 때는 저절로 만족한 웃음이 나타나고 하였는데 그의 웃음이 그의 얼굴에 어울리지 않았다.

"여보."

제법 여보 소리도 배웠다.

"숭늉 줄까, 냉수 줄까."

"아아, 이렇게 갈할 땐 막걸네나 한 잔 있으믄 숙 내려가갔구만."

"그럼 내 좀 얻어오디."

종기종기 나가는 아내.

"에에, 소질이 났는디 기침은 왜 이렇게 나누. 숨이 딱딱 막히네."

"선달네 아조버니네 집에서 송아질 잡았다는데 한

몫 들까?"

"글쎄……."

허둥지둥 송아지 추렴에 들려 나가는 아내.

"화기가 났는디 다리가 왜 이리 저려."

"그럼 내 돼지 다리 하나 맡아올게."

반년 전까지는 알지도 못하는 사내에게 곰네는 온 정성을 다 바쳤다. 아버지에게 바치지 못하였던 정성, 어머니에게 바치지 못하였던 정성을 이 길가에서 주워온 사내에게 죄 바쳤다.

이전에는 밭을 주지를 않던 소지주들도 곰네가 서방맞이를 한 뒤에는, 조금은 떼어 맡겼다. 욕심이 적은 곰네는 자기가 감당할 수 있는 이상의 논밭은 생각도 내지 않고, 자기 몫에 돌아온 것만 성심성의로 가꾸었다. 거름도 남보다 후히 주었고 손질도 남보다 부지런히 하였다. 가을 조 이삭이 누릿누릿 익어갈 때쯤은 곰네네 밭은 먼 발로 볼지라도 남의 것보다 훨씬 충실히 보였다.

처녀 시절에는 처녀 홀몸이라고 손뼉만한 밭 하나 못 얻어 부쳤는데 남편이랍시고 얻어 보니 그다지 힘들지 않고 하나를 얻어 부치게 되었다. 마음이 오직 직하고 근한 곰네는 이것도 남편의 덕이라 하여 감지덕지하였다.

그렇다고 남편이 밭에 나서서 일을 하든가 하다못해 김이라도 매는 것이 아니었다. 본시 몸이 약질로 농사를 감당하지 못할뿐더러 게으름뱅이로서 농사 같은 일은 하고자 하지도 않았다.

그 위에 곰네는 남편의 몸을 극진히 아꼈다. 저러다가 탈이라도 나면 어찌 하나, 몸이라도 다치면 어찌 하나, 이런 근심으로 조금이라도 힘든 일을 애당초 남편에게 맡기지를 않았다. 게으름뱅이 남편은 맡으려고 하지도 않고 슬근슬근 아내를 돌아보고 하였다. 남편의 하는 일이라고는 과즉, 아내의 손이 미처 돌지 못하여 '데거 좀 이리루 팡가테 주소(저것 좀 이리로 던져주세요)' 혹은 '나 이거 하는 동안, 요 끝을 꼭 누루구 있어요' 하는 등의 지극히 단순한 심부름뿐이었다.

곰네의 얼굴은 못생기고 또 못생겼다. 웬만한 사내 같으면 고급 떨어진다 해서 곁에 오지도 않을 만한 추물이었다.

남편도 코 아래 눈이 두 알이나 박혔으매 아내의 얼굴이 못생긴 것쯤은 넉넉히 알 것이었다.

그러나 그는 이 아내를 버리지 못하였다. 이 아내를 버렸다가는 평생을 홀아비로 지낼 수밖에 다시 아내를 얻을 가망이 없었다. 투전꾼(투전꾼이라 하지만 협기 있고 쾌남아형의 투전꾼이 아니요, 기신기신 투전판을 엿보다가 개평이나 얻어먹는 종류의 투전꾼이었다)이요 위인이 덜난 위에 게으르기 짝이 없는 그의 남편이 25년간 독신 생활(아니, 총각 생활) 끝에 어쩌다가 우연히 얻어 만난 이 처녀(곰네)는 그에게는 하늘이 주신 복이요 다시 구하지 못할 금송아지라, 얼굴 생김을 탓할 처지가 못되었다.

얼굴은 어떻게 생겼든 간에 여인은 여인이요, 옷 지어주고 밥 지어 먹이고 게다가 벌이(농사며 가마니 새끼에 이르기까지)도 혼자 당해내고 남편 되는 사람은 남편이라는 명색 하나만 띠고 지어주는 밥 먹고, 지어주는 옷 입고, 간간 용돈까지도 주며 펴주는 이부자리에서 자고, 여보 소리도 들어보고…… 이런 상

팔자는 다시 만나지 못할 것이었다.

몸이 튼튼하매 병나지 않고 얼굴이 못생겼으매 딴 사내 곁눈질할 걱정 없고 천성이 직하매 속기 잘하고…… 나무랄 데가 없는 아내였다. 군색한 데서 자랐으니 곤궁을 싫어할 줄 모르고 성내면 왁왁 거리기는 하지만 뒤가 없고, 어려서부터 동리의 인심을 샀으니 부족한 물건은 융통할 수 있고……

흥부의 박이었다. 배를 가르니 복만 튀어져 나왔다.

혼인한 첫해는 풍년도 들었거니와 아내의 헌신적 노력으로, 오는 해의 계량이 되고도 남았고, 겨울 동안에, 부업이라도 하면 적지 않은 저축도 남길 가망이 있었다.

곰네 내외의 새살림은 무사하고 평온한 가운데서 1년이 지났다. 세상에서 손가락질받던 남편도 1년 동안은 꿈쩍 안 하고 근신하였다. 지어주는 밥 먹고, 지어주는 옷 입고, 시키는 대로 잔말 없이 일하고 술도 곰네가 받아다 주는 막걸리만으로 참아왔다.

이 이삼십 호 될까 말까 하는 동리에서는 곰네네

집안은 즐거운 집안으로 꼽혔다.

1년 동안의 근면의 덕으로 돈도 삼사백 냥 앞섰다.

아들도 하나 생겼다.

"사람은 디내 봐야 알 거야."

"에미넬 얻으야 사람 한몫 된단 말이디."

"턴덩배필이 아닝야? 그 망나니가 사람될 줄 알았나? 에미넬 얻더니 노상서방. 구실, 애비 구실하누라구 씩씩거리믄성 돌아가거든."

"뭐, 에미네 잘 얻은 덕이디. 에미넷 복은 있는 사람이야."

"아니야. 에미네두 그러티. 턴덩배필 아니구야, 그 상판대길 진저리나서두 하루인들 마주 있을라구. 한 자리에서 코 마주 대구……. 에, 나 같으믄 무서워서 하루두 못 살겠네. 가채서 보믄 가채서 볼스룩 더 왁살스럽구, 솜털 구멍 하나가 대동문통만큼씩 한 거이, 어 무서워."

"그래두 재미난 나서 사는 걸 어떡허나. 넷말에두 안 있소? 곰보에게 정들이구 보니 얽은 구멍마다 복이 가득가득 찼더라구. 저 보기에 달렸디."

"그렇구말구. 아, 형님네두 그 텁석뿌리 뒤상(구레나룻 영감)하구 30년이나 살디 않았소? 에, 퉤! 수염엔 니 안 끄렸습디까?"

"에이, 요 망할 것. 남의 영감은 왜 들추니?"

"코 풀믄 수염에 매닥질하구, 수염 씻은 건건쩝절한 물을 늘 먹구 더러워! 퉤! 퉤!"

"듣기 싫다."

"그래두 젊었을 땐 입두 마쵀 봤소?"

"요곳!"

동리의 평판이었다.

동리를 더럽히던 안 서방이 여편네를 얻은 뒤부터는 딴사람이 된 듯이 단정해진 것도 평판되었거니와, 못생긴 노처녀 곰네가 서방 맞은 뒤부터는 서방에게 반하여 남의 눈 부끄러운 줄도 모르고 맞붙어 돌아가는 양이 더 평판되었다. 얌전하고 입 무겁던 곰네가 이렇듯 말 많고(남편 자랑이었다) 달떠 돌아갈 줄은 꿈밖이었다. 마치 열칠팔 세의 숫보기 총각 처녀가 모인 것 같았다. 노인네들의 눈에는 망측스럽게 보이리만치, 남의 눈을 기이지를 않았다.

1년이 지났다.

또 반년이 지났다.

정월 중순께였다.

곰네의 남편 안 서방은 그해의 추수를 팔러 읍으로 들어갔다. 금년도 풍년이 들었거니와, 금년은 금년 소득을 죄 팔기로 방침을 세웠다. 곰네가 서둘러 주선하여 밭도 좀 더 얻어 부쳐서 소득도 전보다 훨씬 나았거니와, 곡가도 여기와 고을과는 약간 차이가 있었다. 여기 소득을 전부 고을 갖다가 팔아서, 작년의 남은 것까지 합쳐서 자그마한 것이나마 제 땅을 좀 마련하고, 단경기까지는 새끼와 가마니며 누에를 쳐서 연명을 하면 새해에는 제 땅의 소득도 얼마는 될 것이다. 농사지은 것을 전부 팔고, 다른 방도로 연명을 하자면 한동안은 곤란은 하겠지만, 그 한동안만 지나면 그 뒤는 훨씬 셈이 펴게 될 것이다. 이러한 몇 해만 꿀꺽 참고 지내면 몇 해 뒤에는 지주의 자세 받지 않고도 제 것만 가지고도 빈약한 살림은 할 수가 있을 것이다. 그동안에 자식도 자라면, 자작농과 소작농의 두 가지로 노력만 하면 감당할 수가 있을 것이다······ 이런 생각으로 곰네는 남편에게 자기네 몫의 전부를 맡겨서 고을로 보낸 것이었다.

곰네의 꿈은 즐거웠다. 남편이 고을에 갖고 간 곡식을 마음으로 계산해보고, 이즈음 이 근처에 팔려고 내놓은 땅의 값을 비교해보고, 혼자서 웃고 웃고 하였다.

"애."

아직 아무것도 모르는 갓난애였다.

"우리 이제 밭 산단다. 이담에 너 크믄 다 너 줄거야. 도티? 네 밭에서 네가 농사하고, 네가 추수하구. 어서 커라, 아이구 내 새끼야."

애를 붙안고 쭐레쭐레 춤을 추며 방 안을 이리저리로 돌아다니는 것이었다. 그리고 지금 팔려고 내놓았다는 밭도, 애를 업고 그 근처를 아닌 듯이 누차 배회하였다.

여기서 고을까지가 120리, 이틀 길이었다. 이틀 가고 하루 쉬고 이틀 돌아오노라면 합해서 닷새가 걸릴 것이었다. 어떻게 하여 하루 지체되면 엿새가 걸릴지도 모를 것이었다.

처음의 이틀, 사흘, 나흘은 몹시 초조하게 지냈다. 아직 기한이 아니니 돌아올 바는 아니지만 마음은 한량없이 초조하였다. 혹은 그 사람도 마음이 급하여 달음박질쳐 가서, 하루에 득달하고, 천행 그 밤으로 흥정이 되고 이튿날 새벽에 그곳에서 떠나 당일로 돌아오면…… 이틀이면 될 것이다. 가능성 없는 이런 몽상까지도 품어보았다. 쓸데없는 일인 줄 번히 알면서도, 돌아오는 길 쪽을 20여 리를 찬바람을 안고 갓난애를 업고 마주 나가서 한나절을 기다려보기도 하였다.

　동전 한 푼이 새로운 그는 촐촐 굶으면서 끊어지는 듯이 아픈 등허리를 두드려가면서 한나절을 기다렸다. 돌아올 때는, 그 헛되이 보낸 하루를 단 몇 발이라도 새끼를 꼬았던 편이 훨씬 좋았을 것이라고 후회를 하였지만, 이튿날 하루를 쉬고(쉰대야 역시 집에서 일을 하였지만) 또 그 이튿날은 또 나가보았다. 빨리 오면 이날쯤은 올 듯도 싶었다.

　그날도 역시 헛걸음이었다. 또 그 이튿날은 장수로 따지자면 당연히 올 날이라, 곰네는 물론 또 나갔다.

시장해서 돌아올 남편을 위하여, 엿을 반 근이나 사 가지고 이른 새벽에 나갔다.

사람 기다리기같이 어려운 노릇은 없었다. 그사이 며칠은, 안 올 줄 번히 알면서도 진심으로 기다렸다. 이날은 당연히 올 날이므로 더 가슴 답답히 기다렸다.

"얘 아바지가 오늘 온다우."

물동이를 이고 지나가다가 곰네의 앞에서 동이를 다시 바로 이는 여인에게 곰네는 밑도 끝도 없이 말을 붙였다.

그 여인은 물동이를 인 채로 곁눈으로 의아한 듯이 곰네를 보면서 대답도 안 하고 지나가버렸다.

그 근처 어디 우물이 있는 모양으로, 물동이 인 여인들이 연락부절로 그의 앞을 오고 간다. 그 매 사람에게 향하여 곰네는, 제 남편이 오늘 돌아오는 것을 자랑하고 싶었다.

야속한 해는 중천에서 서쪽으로 차차 기울었다. 기울면서 차차 바람이 일기 시작하였다. 등에 갓난애는 추운지 악을 쓰면서 울어댄다.

"자장 자장 너 용타. 아바진 지금 말고개쯤 왔갔다. 아바지 오믄 사탕두 주구 왜떡두 주구. 자장자장 너 용타."

연하여 등에 아이들 들추며 달래며 왔다 갔다 하였다.

울고 울고 울던 끝에 갓난애는 기진하였는지 울음을 멈추고 잠이 들었다.

그러나 이때는 어린애 대신으로 곰네가 통곡하고 싶었다.

아무리 짧은 해라 하지만 그 해도 벌써 산허리에 절반이 넘었다. 어린애를 업고 왔다 갔다 하는 동안, 몸집은 혹은 동편으로 혹은 서편으로 일정하지 않았지만 눈만은 잠시도 북편 쪽 대로에서 떠나본 적이 없었다. 남편이 오려면 반드시 그 길로 해서야 온다. 지름길도 없다. 곁길도 없다. 가장 가까운 단 한 가닥의 길이다. 그 길에서 한 때도 헛눈을 판 일이 없거늘 남편은 아직 오지 않는다.

"열 번만 더 갔다 오구."

우물에서 가게까지 한 20여 집 거리 되는 곳을, 몇

백 번 왕복하였는지 모른다. 이즘껏 안 온 사람이면 오늘로는 올 가망이 없다. 집으로 돌아갈밖에는 도리가 없었다.

그러나 돌아가려니 그래도 마음이 남아서 열 번을 더 우물까지 왕복하기로 하였다.

"더가딤 열 번만 더."

열 번을 더 왕복하였다. 그러고도 아무 결과도 못 얻은 그는, 통곡하고 싶은 마음을 억제하고, 얼굴을 감추고, 인젠 하릴없이 제 집으로 발을 떼었다.

남편은 이튿날도 안 돌아왔다. 또 그 이튿날도 안 돌아왔다. 나흘만에야 돌아왔다.

동저고리 바람으로 옷고름이 통 뜯기고, 흙투성이가 되고 참담한 꼴이었다.

"아이구머니, 이게 웬일이오?"

"오다가 아찻고개에서 불한당을 만나서……."

"그래 몸이나 상한 데 없소?"

"몸은 안 상했다만, 돈은 동전 한 닢 없이 홀짝 뺏겼군."

아뜩하였다.

"몸 다틴 데 없으니 다행이디. 그래 언제 그랬소?"

"……그저께로군."

"그럼 그저께까진 어디 있었소?"

"아니, 그그저껜가……."

"그 전날은?"

"그 전날이야 고을 있었디."

"고을은 뭘 하레 사흘 나흘씩 있었소?"

"어, 춥다."

남편은 정면으로 대답하지 않고 자리를 내려 폈다.

"봉변했으믄 왜 곧 집으루 오디 않았소?"

"에, 한잠 자야겠군."

남편은 그냥 옷을 입은 채 자리도 안 펴고 이불 아래로 들어가서 머리까지 폭 썼다.

"배고프디 않소? 찬밥밖에 밥두 없는데……."

남편은 들었는지 못 들었는지, 이불을 뒤집어쓰고 대답도 않는다.

곰네는 기가 막혔다. 보매 상한 데 없는 모양이니 그편은 마음이 놓이지만, 1년간의 정성과 커다란 희망이 물거품으로 돌아간 것이 딱 기가 막혔다. 이불을 뒤집어쓰고 누워 있는 남편의 곁에 갓난애를 업고 앉아서 몸을 앞뒤로 흔들면서 망연히 앉아 있었다.

지금 잃어버린 그만큼을 다시 만들려면 1년 나마를 다시 공을 들여야 하겠고, 그러고도, 풍년이 계속되고 우환이 없고, 다른 아무 고장도 없어야 할 것이다.

그 노력도 노력이어니와 과거에 들인 공과 노력이 그렇게도 맹랑히 꺾어져 나가니, 지금 같아서는 눈앞이 아득할 뿐이지, 새 용기가 생길 듯싶지를 않았다.

무심중 한숨만 기다랗게 나오고 하였다.

이 마을에는 이상한 소문 하나가 퍼졌다.

곰네의 남편 서방은 아내에게 나락을 맡아가지고 고을로 가서 팔아서 투전을 하여 홀짝 잃어버렸다. 그러고는 집에 돌아갈 면이 없어서 불한당을 만난 듯이 옷을 모두 찢고 험상스러운 꼴을 해가지고 제집으로 돌아왔다.

며칠을 앓는 시늉까지 하였다…… 이런 소문이었다.

그러나 하도 작고 다른 데로 통한 길이 없는 마을이

라 서로 쉬쉬하여, 그 소문은 곰네의 귀에까지는 안 들어갔다 하는 것이었다.

이런 소문은 있건 말건 춘경 경기에는 또 금년의 생활을 위하여, 곰네는 남편을 독촉하여 벌에 나섰다. 금년 봄에는 빈약하나마 자처 약간을 장만하려는 것이 꿈으로 돌아간 것이 기막히기는 하나, 작년의 실패를 금년에 회수할 생각으로 더욱 용기를 돋우어 가지고 나선 것이었다.

저 밭을 사리라…… 찬바람을 무릅쓰고 갓난애를 업고 몇 번을 돌본 그 밭을 먼 발로 바라볼 때에 입맛이 썼다. 금년은 꼭 그보다 나은 땅을 장만하고야 말겠다고 스스로 굳은 힘을 썼다.

그러나 이 봄부터 남편의 태도가 좀 다른 데가 보였다.

일터에서 일을 하다가도 틈을 엿보아 몰래 빠져나간다. 빠져나갔다가 한참 있다가 몰래 돌아오는데, 돌아와서는 슬슬 피하지만 가까이서 맡으면 약간 술내가 나고 하였다.

"어디 갔댔소?"

아내가 이렇게 물으면 남편은,

"너머 졸려서 수수밭 고랑에서 한잠 잤군."

하면서 사뭇 졸린다는 듯이 기지개를 하고 하였다.

그런 일이 여러 번 있었다.

남을 의심할 줄 모르는 곰네도 마지막에는 종내 의심을 품지 않을 수가 없었다.

어떤 날, 이날은 꼭 잡으리라 하고 눈치만 엿보고 있었다. 아니나 다를까, 한참 엿보노라니까 슬금슬금 눈치만 보다가 밭이랑 속으로 몸을 감추어버린다.

이랑으로 숨어서 가는 남편을 곰네는 먼 발로 뒤를 밟았다. 남편은 밭골을 다 지나서 마을 어귀까지 이르러서 한 번 뒤를 돌아본 뒤에 어떤 술집으로 들어가버린다.

곰네는 쫓아갔다. 울 뒤로 돌아가면 뒤뜰에 있다. 곰네는 뒤뜰로 돌아가서 낟가리 뒤에 숨어서 엿들었다. 방 안에서는 상을 갖다 놓는 소리며 술잔 소리도 들렸다. 부어라 먹어라가 시작되는 모양이었다. 그 가운데에는 계집의 소리도 섞였다.

곰네는 좀 나섰다. 안의 소리도 좀 듣고 싶었다.

그때 마침 남자의 소리로,

"떡돌에 눈코 그린 거, 알아 있니?"

계집의 소리로,

"그만두소. 안상 성나겠소."

사내 소리로,

"이 자식아, 거기다가 아일 만들 생각이 나던?"

계집의 소리로,

"방상은 눈 뜨고 잡니까? 눈 감구야 곱구 미운 걸 아나? 눈 감구라도 아이만 만들었으믄 됐디."

곰네는 더 참을 수가 없었다. 직한 사람은 노염도 더 크다. 잠든 애를 짚 위에 가만히 내려놓았다. 양팔을 높이 걷었다. 다음 순간 문을 박차면서 안으로 뛰어들었다.

들어서는 발 아래 계집이 있었다. 계집의 머리채를 왼손으로 움켜잡았다.

그 곁에 남편이 있었다. 오른손으로 남편의 멱을 잡았다. 다른 사내는 문을 차고 도망쳤다.

"이놈의 엠나이, 뭐이 어쩌구 어째!"

계집의 머리채를 움켜잡아가지고 그것으로 남편의

이마를 받았다. 그러고는 남편의 머리를 잡아 계집의 면상을 받았다.

"그래, 떡돌에 맞아봐라."

이름처럼 곰같이 성난 그는 곰같이 좌충우돌하였다. 약골의 남편, 술장사계집, 모두가 이 성난 곰을 당할 수가 없었다.

"여보 마누라, 마누라……."

"내가 떡돌이디 왜 마누라야."

"내야 언제 그럽디까, 여보 마누라."

여보 마누라라 불리는 것은 곰네의 생전 처음이었다. 성난 가운데 반가웠다.

"내가 떡돌이믄 넌 떡메가?"

"여보, 마누라. 내가 언제 그럽니까. 내가 우리 마누랄 왜 험굴할까?"

"방금 한건 뭐이구?"

그러나 곰의 울뚝뱉은 벌써 삭은 때였다.

"마누라, 내가 하두 목이 텁텁해서 막걸레라두 한잔 할라구 왔더니 그 망할 놈들이 그런 소릴 하는구만. 나두 분해서 그놈들하구 한판 해볼래는데 마누라

잘 왔소. 어, 내 속이 시원하군."

"흥. 이 엠나이 매 맞은 게 알끈하디."

"그게 무슨 소리라구 그냥 한담. 자, 갑시다. 우리 당손이는 어디 있소?"

이리하여 내외는 그 집에서 나왔다.

그날은 무사히 평온하게 일이 끝장지었다.

그러나 남편의 못된 버릇은 좀체 고쳐지지 않았다. 본시 곰네와 만나기 전부터 깊이 젖었던 버릇이었다. 곰네와 만난 뒤 한동안은 스스로 근심함인지 혹은 새 아내를 맞은 체면상 억지로 참음인지 또는 새 아내가 무서워서 그만둠인지, 한동안은 못된 데 다니는 버릇이 없어졌다. 그렇던 것이 곡식을 팔러 고을에 들어간 때 우연히 또다시 접촉을 하기 시작하여서, 그 뒤에는 집에 돌아와서도 틈틈이 아내의 눈을 기이면서 그 방면으로 다녔다.

한 번 술집에서 들켜서 큰 소란을 일으키고 아내를 달래서 집으로 돌아오면서도, 아내를 속여서 자기는 누구 만날 사람이 있어서 잠깐 돌아가겠다고 아내를 돌려보내고 자기는 술집으로 다시 돌아섰던 것이었다. 그 뒤에도 돈만 생기든가, 안 생기면 아내의 주머니를 뒤져서까지라도 틈틈이 그 방면으로 다녔다. 그것으로 아내와 싸우기도 수없이 싸웠고, 기력이 약한 그는 싸울 때마다 아내에게 눌려서 숨을 허덕거리며 다시는 쇠아들[23)치고 그런 데 안 다니마고 맹세하고 하였지만, 그 맹세를 하면서도 어디 비어져 나갈 기회나 틈새를 생각하는 그였다.

그들의 살림은 나날이 빈약해가고 나날이 영락되어 갔다.

못된 곳에 출입하는 도수가 잦아가면서 남편은 일손은 다시 잡지 않았다.

못된 데 출입하는 지라 돈 쓸데가 더 많아진 그는, 어떤 때는 아내를 달래고 어떤 때는 속이고 어떤 때는 싸우고 어떤 때는 훔치기까지 해서 제 용을 썼다. 아내는 살을 깎고 뼈를 앓아가면서 일했다. 남편이 다시 일터에 나서지 않는지라 남편의 노력까지 저 혼자서 맡아서 하였다.

23) 수양아들

푼푼이 돈이 앞설 때도 있었다. 남편만 없으면 좀 앞세워놓고 살아갈 수도 있었다.

그러나 돈에 대한 불가사리 남편이 등 뒤에 달려 있는지라, 어쩔 도리가 없었다.

마음이 왈왈하고도 직한 곰네는 아무리 남편을 밉다 보고 다시는 그의 말을 안 들으리라 굳게 결심하지만 남편이 들어와서 그의 등을 쓰다듬으며, 양간한 소리로 여보 마누라, 마누라, 하면 그의 굳게 먹었던 결심도 봄날 눈과 같이 사라지고 마는 것이었다. 그리고 깊이 감추었던 주머니를 꺼내 남편 마음대로 쓰라고 내맡기는 것이었다.

"내가 민해……."

남편이 나간 뒤에 텅 빈 주머니를 만져보며 스스로 후회하고 다시는 안 속으리라고 또다시 결심하지만, 그 결심할 때조차 이 결심이 끝끝내 버티어질지 못질지 스스로 자신이 없었다.

어떤 날, 그는 고을 장에 갔다.

언제든 그의 장에 갈 때는 애초에 집에서 조떡을

만들어가지고 가서 그것으로 요기를 하는 것이었다.

그날도 집에서 남편이 하도 조르므로 돈 2원을 주고 왔다. 주기는 주었지만 장에까지 와서 보니 아까웠다. 자기는 15전어치 떡을 사먹기가 아까워서 집에서부터 조떡을 만들어가지고 오고, 목이 메는 조떡을 물 한 모금 없이 먹는데 남편은 좋다꾸나 하고 술만 먹고 있을 생각을 하니 자기의 아끼는 것이 어리석고 헛일 같았다.

시장해 보따리를 펴고 조떡을 꺼냈다. 목이 메고 텁텁한 위에 속조차 심란하여 먹기 싫은 것을 장난삼아 한 입 두 입 먹고 있노라니까, 무엇이 곁에서 종알종알한다. 그쪽으로 돌아보니 여남은 살쯤 난 사내애가 하나 자기더러 무엇을 청구하는 것이었다.

"무얼?"

"나 떡 하나."

조떡을 하나 달라는 것이었다. 곰녜는 어차피 자기도 먹기 싫은 위에 그 애가 매우 시장해 보이므로 큼직한 것 두 덩이를 주었다. 그랬더니 그 애는 단숨에 두 개를 다 먹었다.

"또 하나 달란?"

그 애는 머리를 끄덕끄덕하였다. 또 두 개를 내주었다. 그 애는 하나는 단숨에 또 먹었지만, 나머지 한 개는 절반만치 먹고는 더 못 먹겠는지 멈추고 만다.

"더 먹으렴."

"아이, 배불러."

"너 조반 못 먹었니?"

그 애는 머리를 끄덕였다.

"왜? 오마니가 안 해주던?"

"오마닌 죽었어."

"가엾어. 아버지두 없구?"

"아바진 술만 먹다가 어디 갔는지 나가구 말았어. 나 혼자야."

곰네는 가슴이 뭉클하였다. 등에서 쌕쌕 잠자는 아이를 황급히 앞으로 돌려 안았다. 머리를 숙였다. 자기의 머리로 사랑하는 아이의 뺨을 문질렀다.

아버지라는 것은 아이에게는 남이로구나. 술값 1원은 아까지 않되 어린애 사탕값 1전은 아끼는 자기의 남편…… 내가 살아야겠다. 내가 살아야 이 아이가 산다. 어떤 일이 있든 어떤 곤경이 있든 결단코 넘어져서는 안 된다.

내가 넘어지면 이 아이까지도 아울러 넘어진다!

"야, 당손아. 너 뭘 가지고 싶으니? 뭐 먹고 싶으니? 아무게나 네 마음에 있는 걸 말해라."

잠자는 아이였다. 잠자는 아이를 깨워서 그 뺨을 부벼대며 물었다.

어린애는 깨면서 제 눈 딱 맞은편에 어머니의 얼굴이 있는 것을 보고 안심한 듯이 기다랗게 기지개를 한다.

"얘."

곰네는 거지 아이를 돌아보았다.

"너두 엄마 아빠 다 없으니 오죽 궁진하고 출출하겠니. 나하구 가자. 내너 먹구픈 거 가지구픈 거 다 사줄래 이리 오나라."

자기의 아들을 앞으로 돌려 안아 그 보드라운 뺨에 자기의 뺨을 부벼대며, 거지 애를 달고 시장 쪽으로 향하여 갔다.

언약[24]

딱한 일이었다.

칠십 줄에 든 늙은 아버지, 그렇지 않아도 인생으로서의 근력이, 줄어들어갈 연치에, 본시부터 허약하던 몸에다가 또한 일생을 통하여 빈곤하게 살기 때문에, 몸에 적축되었던 영양이 없는 탓인지, 근래 눈에 뜨이게 못 되어 가는 아버지의 신체 상태가, 자식된 도리로서 근심이 여간이 아니던 차인 데, 게다가 엎친 데 덮친다고 군졸에 뽑히다니.

칠십 난 노인이 국방을 맡으면 무엇을 감당하랴. 당신 몸 하나도 건사하기 어려워하던 이가 국방군으

---

24) 言約: 말로 약속함, 또는 그런 약속.

로? 그러나 피할 수 없는 나라의 분부다.

임지(任地)를 물어본즉 고구려와의 국경이라 한다. 일가친척이라고는 자기(열다섯 살의 소녀) 하나밖에는 아무도 없으니 모시고 가서 시중들 수도 없다.

임기(任期)는 삼 년간이지만 경우에 따라서는 연장도 한다 한다.

칠십 난 아버지를 천리 밖 북쪽 나라에 고된 병역살이로 떠나보내니, 어찌 살아서 다시 뵙기를 기약할 수 있으리오. 어떻게 면할 길이 없나고도 퍽이나 애써 알아보았다.

그러나 대행(代行)—사람을 사서 대신 보내—길 하나밖에는 없는데 삼 년이라는 날짜를 사람을 산다 하는 것을 빈곤한 자기네들에게는 절대로 생각도 할 수 없는 일이다.

어찌하나.

—설랑(薛娘)은 이 기막히는 사정 앞에 혼자서 울밖에는 도리가 없었다.

때는 신라(新羅) 진평왕(眞平王) 연간이었다.

컬렁, 컬렁, 내 집에서의 동작도 어려워하는 아버지

가, 천리 밖, 겨울엔 여간 춥지 않다는 북국 국경—맹수 초량한다는 불모의 땅에 군졸로 가서 그나마 여러 해를—생각하려면 벌써 가슴이 탁탁 메고 기가 막혀 생각조차 할 수가 없었다.

부엌에서 밥을 짓노라면 방안에서 울리는 끊어지는 듯한 아버지의 기침소리. 아무리 나라의 분부라 하나— 아아, 어떻게 면할 도리가 없을까.

아직 연약하고 나약한 소녀 '설랑'은 방안에서 울리는 아버지의 기침소리에 너무 민망하여 얼굴을 돌리면서 한없이 한없이 울었다.

이 설씨 집안에 구세주(救世主)가 나타났다.

이웃에 사는 가실(嘉實)이라는 젊은이였다.

가실이는 설씨 집안의 딱한 사정에 동정하였다. 그리고 자기가 설 노인(薛老人)을 대신하여 군졸로 가기로 자원하고 나선 것이었다.

이것은 설 노인에게 있어서는 단지 시재의 곤경에서 구원받은 뿐이 아니라, 생명의 은인이라 할 수도 있었다. 병약한 칠십 노인이 삭북지방에 병졸로 간다는 것은 죽는다는 것과 마찬가지다.

인제는 자기가 삼 년 안에 죽는다 할지라도 딸의 따뜻한 간호를 받으면서 편안히 자리에서 죽을 수가 있다. 이런 고마운 일이 어디 있으랴.

"너무도 미안하이그려."

"뭐 저야 젊은 놈아 수삼 년 딴 데 가서 고생을 한단들 뭐입니까?"

"그저 고마우이, 고마워."

늙은 눈에서 줄줄 눈물을 흘리며 가실의 손을 잡고 놓을 줄을 몰랐다.

×

자기를 대신하여 병졸로 떠나는 젊은이를 위하여 설 노인은 술 한 항아리를 빚고 장도를 축복하였다. 그리고 그 좌석에서,

"여보게. 내 저 딸 계집애. 보잘것없는 철부지지만 동네에서 그래두 모두 얌전하다구 그래. 자네만 싫다고 않는다면 자네 장차 역 치르고 돌아와서 일생을 거두어 주면 다행이겠네."

이런 말을 하였다.

설랑은 아직 겨우 열다섯 살의 소녀였지만 얌전한

평판이 동네에 높았었다.

"너무 과람하십니다. 삼 년 치르고 돌아와서 노인님 삼백 년 더 모시리다."

가실이는 떠남에 임하여 자기가 기르던 한 마리의 말을 끌고 설랑에게 왔다.

"천하의 양마(良馬)[25]인데 내가 떠나면 먹여 기를 이가 없소. 내 대신으로 잘 길러서 후일 쓸 데 있을 때에 쓰도록 합시다."

성례는 하지 않았지만 거울을 쪼개어 절반씩 나누어서 후일의 신표로 하기로 하고 가실이는 설씨 부녀(父女)의 성심의 전별을 받으면서 임지 북국을 향하여 떠났다.

아직 아무것도 모르는 순진한 소녀 설랑이었다.

자기의 집안을 이 난경에서 구하고 늙은 아버지를 구한 가실이는 설랑에게 있어서는 하느님이었다.

그 '하느님'에게 대하여 진심으로서의 감사의 염이 가슴에서 우러나왔다. 감사해야겠으니ー 혹은 감사

---

25) 좋은 말.

히 생각치[26) 않으면 사람이 아니니— 등의 의무거나 의식감에서 나온 감사가 아니었다. 그저 황송하고 감사하였다. 아무 관계도 없는 가실이가 무슨 때문에— 남들은 자기의 몫에 닿은 일에도 할 수 있는 것은 피하려거든 가실이는 무슨 때문에 자진하여 이 고역을 샀는가.

아버지의 말씀을 들으면 이 뒤 가실이가 무사히 돌아오면 이 나를 가실이에게 시집보낸다고 약속했다 한다. 그러나 시집이 아니라 시집보다 더한 일더라도 가실이의 신세에 대해서야 무엇이 과하랴. 가실이를 위하여서라면 시집보다 더한 데라도 가 드리리라.

그로부터 설랑의 성격은 퍽이나 변하였다. 남에게 좋은 일을 하면 그 좋은 일을 받는 사람이 얼마나 고마운지 그 점을 몸소 체험한 설랑은— 더욱이 가실이가 자기 몸을 희생하면서까지 남에게 좋은 일을 한 것을 몸소 받아본 설랑은, 그 뒤부터는 할 수 있는 껏 남에게 좋은 일은 따라다니면서 행하였다.

---

26) 생각지

동시에 가실이의 신상, 가실이의 건강을 위하여 늘 걱정하였다. 바람이 맵던가 사납던가 할 때는 '북극은 춥다는데…' 하고 걱정하였다. 새 옷 입은 사람을 볼 때거나 옷을 갈아입을 때마다 옷도 빨아주고 지어 줄 사람도 없을 가실이를 근심하였다. 맛있는 과일이나 음식과 대할 때는 그곳도 이런 것이 있을까 마음 썼다. 어서 삼 년을 겪고 돌아오기를 눈이 가맣게 기다렸다. 시집간다는 것이 어떤 것인지는 모르지만 좌우간 함께 사는 것은 틀림이 없으니, 그런 튼튼하고 의(義)로운 사람과 어서바삐 함께 살아보고 싶었다.

×

　일 년도 좌우간 지났다.

　이 년도 지났다.

　삼 년도 다 가서 인젠 오나 보다고 오늘이나 오늘이나 기다릴 때에 의외의 보도가 설랑의 귀를 놀라게 하였다.

　'나라에 사정이 생겨서 삼 년 교체가 한 바퀴 연기되어, 더 삼 년을 있어야 한다.'라는 것이었다.

　이때는 설랑의 나이 열여덟, 남녀 관계에 있어서도

약간의 짐작이 있고 지난날 의인(義人)으로 사모하던 가실이에게 좀 더 다른 감정의 눈을 던지기 시작한 때라, 이 보도는 설랑에게는 기막히는 보도였다.

처음에는 아뜩하였다.

아버지께는 면구스럽기도 하고 해서 그런 기색은 감추고, 보이지 않았지만 구미(口味)까지 딱 줄고 밤에는 잠까지 못 자도록 그 보도는 설랑에게는 가슴 아픈 보도였다.

×

그런데 달의 이런 감정은 전혀 알 길이 없는 아버지는, 진실로 의외의 말을 꺼내었다. 설랑에게 딴 데 좋은 자리에 시집을 가라는 것이었다.

"아버지. 그게 무슨 말씀이셔요? 가실이와의 약속이 있지 않습니까?"

"그러기에 약속대로 삼 년을 기다리지 않았느냐. 과년(過年)했다가는 후회막급이니라."

"아버님, 가실이가 아버님을 대신해서 기근 신고의 적경(賊境)27)에 목숨 내놓고 종군하지 않았읍니까. 그 신세를— 사람으로 신세를 모르면 금수보다 무에

낫겠읍니까. 좀 생각해 보세요."

딸에게 금수로 책망을 들은 늙은 아버지는 과거의 가실이의 은공이 비로소 생각이 났든지 다시는 거기 대해서는 말이 없었다.

×

연기된 삼 년간―.

진실로 애타는 마음으로 기다렸다. 의인(義人)이요 은인(恩人)인 가실을 기다리는 것이 아니라, 이번이야말로 남편을 기다리는 안해의 마음으로 기다렸다. 삼 년이라는 기약이 움직일 수 없는 '절대적'의 기약이 아니요, 과거의 경험으로 미루어 경우에 의지하여서는 또다시 연기될 수도 있는 '융통성' 있는 기약이라는 점이, 설랑에게는 불안하였다. 좌우간 또다시 연기되고 안 되고는 그때 당해 볼 일이고, 기약이나 어서 이르과저― 일찍이 가실의 몸에 불행이나 없읍소서 하고 기원하던 그 기원의 정성에 지지 않을 정성으로, 기원드렸다.

---

27) 도적의 국경

×

설랑의 아버지는 부모로서 또한 딸 때문에 걱정하였다. 아버지는 근일 몸이 갑자기 더 쇠약하여 가고 늙음이 현저히 더 나타났다. 그제보다 어제, 어제보다 오늘, 매일매일 눈에 보이게 더 쇠약해 간다. 칠십을 지난 아버지니 이 쇠약은 그의 '인생'의 마지막으로 보아야 할 것이다. 자식된 욕심은 그렇지 않아 좀 더 여유를 보고 싶지만 나날이 더하여 가는 늙음은 약간의 안심도 허락치 않는다.

이, 나날이 더해가는 늙음을 스스로도 깨달을 수 있는 늙은 아버지는 부모된 마음으로 자기보다도 딸을 더 걱정하였다. 자기의 늙음은 피할 수 없는 운명이거니와 딸의 늙음은 잘 전환(轉換)하면 도리어 행복으로 바꾸어 놓을 수가 있겠으므로 그것 때문에 속을 썼다.

다시 딸에게 시집가라는 말을 꺼내든가 했다가는 큰일을 날 형편이라, 딸에게는 말을 못하고— 그러나 아버지된 생각에는 딸이 아무리 가실이에게 대한 의리로 시집을 안 간다 버틸지라도, 속여서라도, 억지로라도 보내 놓으면 그것은 음양의 화(和)이니 장차의 행복이 되리라, 이러한 판단 아래서 몰래 사람을 놓아서 정혼을 하여 버렸다. 그리고 딸에게는 몰래 혼인날까지 받았다.

×

소위 혼인날, 설랑은 비로소 오늘이 자기의 혼인 잔치의 날이며, 어쩐 영문도 모르고 약간 차린 음식은 자기의 잔치 음식이며, 있다가 신랑이 이리로 온다는 말을 들었다.

설랑은 다만 기가 막혔다. 그 방을 뛰쳐나와 조용한 방을 찾아 들어갔다.

아버지에게 행패라도 하고 싶었다. 단지 의리와 의를 모르는 아버지로 볼 때는 행패도 할 수가 있었다.

그러나 지금 가실이에게 다만 은인이요 의인이라는 감정 이외의 자기 혼자로서의(여인으로서의) 유다른 감정을 품고 있는 설랑은, 자기의 사삿 감정으로 아버지에게 행패를 하는 것 같아서 차마 그럴 용기가 없었다.

게다가 삼 년 전보다도 말이 못 되게 늙으신 아버지

—또한 추호만치도 아버지 당신을 위해서가 아니고 전혀 자기—설란을 위하여 하신 일임에랴.

아버지를 원망하든가 좋지 않게 보든가 하는 일은 당연 그만 두자. 그러나 가실이에게 대한 의리 은애 어느 점으로 보든가 간에, 아버지의 분부만은 복종을 할 수가 도저히 없다.

이 집을 벗어나서 도망하자. 가실이의 있는 곳이 북극 고구려라니 고구려가 어느 방향으로 붙였는지 얼마나 먼 곳인지는 전혀 모르는 바이나, 길에서 만나는 사람에게 묻고 또 물어서 천 리면 천 리 만 리면 만 리 좌우간 가보자. 사람이 가는 곳이니 낸들 어찌 못 갈 것인가.

신랑이라는 사람이 낮 기울어 온다 하니 그 전에 이 집을 떠나자.

×

설란은 아버지의 방에 다시 잠깐 들어갔다. 모르게나마 하직을 하기 위해서였다. 떠나는 몸이니 떠나는 이 마지막 순간에나마 아버지께 불평의 안색을 아니 보이고자 억지로 얼굴에 화기를 장식한 것이었다.

딸에게 일종의 '죄'를 범한 늙은 아버지는 딸이 무슨 항의나 할까 하고 내심 적지 않게 겁을 먹고 있던 차에, 설랑이 비교적 온화한 얼굴로 들어오므로 몹시 미안하고 거북한 태도가 역연한 나타나 있었다.

"몸이 아프든가 한 데는 없느냐."

"없어요."

늙은 아버지는 무슨 이야기를 연해 해서, 방안의 기분을 무겁지 않게 전환하려고 애를 쓰는 것이 분명하였다.

그러나 설랑은 다만 잠깐 아버지와 조용히 마주 앉아 다시 뵙지 못할 아버지와의 마지막 회견—하직을 고요한 마음으로 하고 싶었다.

아버지가 너무나 다변(多辯)한 데 불쾌하여 설랑은 예정보다 빨리 몸을 일으켰다.

'아버지. 하직이올시다. 하직이올시다.'

아버지는 모르지만 자기는 하직하려 들어왔던 설랑은 쏟아지려는 눈물을 억제하고 나왔다. 방안에서는 죽자 하고 울음을 참았지만 방 밖에 나서면서는 더 참을 수 없어서 문고리를 잡고 울었다.

×

　　작다란 보퉁이를 치마 아래 감추고 집모퉁이를 돌아가려 할 때에,

　　"쿵쿵"

하는 소리와 함께,

　　"호호홍"

하는 우렁찬 소리가 났다.

　　설랑은 깜작 놀랐다. 외양간으로 뛰쳐 들어갔다.

　　가실이가 북극으로 병졸로 간 이래 육 년— 갈 때에 임하여 설랑에게 '양마(良馬)이니 잘 길러 달라'고 부탁하여 육 년간을 설랑이 손수 죽을 먹이며 길러 오던 말이 지금 설랑을 부른 것이었다.

　　외양간에 들어가니 말은 반가운 듯이 그의 기다란 얼굴을 설랑에게 부비며 코로 바람을 토하는 것이었다.

　　떠남에 임하여 가실이가 맡기고 간 말을 만난 설랑. 말의 얼굴을 쓸어안고 소리 없이 울고 있었다.

　　　　　×

　　툭!

누가 어깨를 치는 바람에 펄떡 정신을 차리고 머리를 들었다.

설랑은 와락 달려들었다. 자기의 어깨를 친 사람을 쓸어안았다. 체면을 불구하고 통곡하였다.

거기는 오매불망의 가실이가 서 있지 않은가.

가실이로 볼 수가 없었다. 설랑이 아니면 알아보지도 못했을 것이다.

옷이 남루하고 추한 것은 그만 두고, 사람이 야위면 이렇게도 되는가고 경탄할 만치―.

한 개 송곳(錐)― 송곳도 극히 가는 송곳이었다.

×

외양간에서 나는 때 아닌 통곡성에 가인이며 잔치 구경 왔던 사람들이 모여들었다. 그리고 거기에 웬 거지가, 설랑을 때리는 것(그렇게들 보았다)을 보고 웬 놈이냐고 야단들을 하였다.

가실이가 스스로 자기의 이름을 말하고 설랑이 증명까지 하였지만 처음 한참은 좀체[28]로 믿지 않았다.

---

28) 좀처럼(여간하여서는)

그만치 가실이는 야윈 위에 또 변하였던 것이다.

떠날 때에 설랑과 나누었던 거울까지 내놓아 맞추어 보고, 그 밖에 가실이의 본 특징까지 모두 들추어 내어 이 거지가 가실이에 틀림이 없다고 확인시키기에는 한참의 시간이 걸렸다.

설랑의 아버지는 울어서 딸과 이 사위에게 사죄하였다.

떠날 때에 그렇게 튼튼하고 건강하던 젊은이가 종군(從軍) 육 년에 이렇게 알아볼 수가지 없도록 변한 것으로 보아서, 어렵다 어렵다 말은 들었지만 종군이 얼마나 어려운 것인지를 지금 눈앞에 실지로 볼 수가 있는 설랑의 아버지는, 이 고역을 쓰다 하지 않고 달게 받고 떠난 가실이의 행동에 다시금 울면서 감격하였다.

(『신소녀(新少女)』, 1946)

여인담

제1화

수일 전의 신문은 우리에게 '여인'의 가장 기묘한 심리의 일면을 보여주는 사실을 보도하였다.

장소는 어떤 농촌⋯⋯.

거기 젊은 부처가 있었다. 아내의 이름은 순이라 가정해둘까.

물론 시부모도 있었다. 시동생도 있었다. 그것은 남 보기에도 부러운 가정이었다. 늙은이와 젊은이는 모두 화목하게 지냈다. 제 땅은 없으나마 그들은 자기네의 지은 농사로써 아무 부족 없이 지냈다. 동생끼리도 화목하였다. 간단히 말하자면 농촌의 한 화목한 가정이라면 그뿐일 것이다.

아무 불평도 불안도 없이 지내는 집안이었다.

순이의 나이는 스무 살이었다. 그의 남편은 스물다섯 살이었다.

부처 사이의 의도 좋았다.

아니, 부처의 의가 좋아도 너무 좋았다.

순이는 자기의 남편이라는 사람에 대하여 자기가 품고 있는 기괴한 애착을 오히려 이상한 마음으로 보았다. 시집온 지 2년. 시집오기 전에는 듣도 보도 못하던 사내에게 아직 부모들께까지 감추어오던 자기의 젖가슴까지 내맡기고 거기서 불유쾌를 느끼기는커녕 일종의 쾌감까지 느끼는 자기를 기이한 마음으로 보았다. 밤마다 자기를 힘 있게 품어주는 사내, 자기의 온몸을 소유할 권리를 가진 사내, 이러한 꿈과 같은 사내에 대한 첫 공포가 사라진 다음부터는 차차 자기의 마음에 일어나는 그 사내에 대한 애착심 때문에 순이는 때때로 스스로 얼굴까지 붉혔다.

"여보."

첫번에는 몹시도 수줍던 이런 칭호가 차차 익어오

고 그의 발소리를 듣기만 해도 분간하리만치 남편에게 익은 뒤에는 그의 눈에는 이 세상에는 남편 한 사람밖에는 사람이 없었다. 그의 슬하를 떠나서 알지도 못하는 사내에게 안겨서는 도저히 살 수가 없을 것 같던 부모조차 남편의 손톱만치도 귀하지 않았다. 남편은 그에게는 이 세상의 유일의 존재였다.

밭에서 곤하게 일하는 남편의 점심 광주리를 이고 나갈 때의 즐거움이며 늦게 돌아오는 남편을 기다리고 고대하는 쾌미는 나날이 맛보는 것이지만 나날이 또한 그만치 즐거웠다.

때때로 그는 생각해보았다.

'저게 웬 사람이람. 2년 전까지는 듣도 보도 못하던 사람. 꿈에도 못 본 사람. 이 세상에 저런 사람이 있었는지도 모르던 사람. 나를 부모의 슬하에서 떼어낸 사람. 세 끼 조밥을 먹이는 뿐으로 마음대로 나를 부려먹는 사람. 때때로 성나면 내 따귀도 때리는 사람. 발길질까지도 사양하지 않는 사람. 그 사람이 곁에 있기만 해도 마음이 편안히 놓이고 밭에라도 나가면 적적하고 장에라도 가면 기다려지고…… 이렇듯 말

하자면 원수이면서도 또한 끝없이 알뜰한 저 사람. 대체 누구람?'

그리고 빙긋 웃으면서 다시 잡고 있던 바느질을 계속하는 것이었다.

어떤 봄날, 그 순이네 동리에 베 장수가 왔다. 베 장수는 젊은 사내였다.

베 장수는 순이의 집에도 왔다. 그러나 베실만 사면 손수 짜는 순이의 집에서는 베를 사지를 않았다. 안 사겠다는 말을 들은 베 장수는 억지로 권하지는 않고,

"그만두시오."

할 뿐 돌아서 나갔다. 우물에 물을 길러 나갔던 순이는 집 앞에서 베장수를 만났다. 베 장수는 순이를 보았다. 순이도 베 장수를 곁눈으로 보았다. 그리고 베 장수의 눈과 마주친 순이는 곧 눈을 도로 바로 하였다.

그러나 순이는 직각적으로 베 장수의 눈이 자기를 따라 오는 것을 느꼈다.

순이는 얼른 물을 독에 부은 뒤에 방 안으로 뛰어들

어와 거울을 보았다.

그러나 얼굴에는 흙도 먼지도 묻지 않았다. 순이는 수건으로 얼굴을 한 번 씻은 뒤에 다시 동이를 이고 우물로 갔다.

순이가 동이에 물을 길어가지고 머리에 이려 할 때에 뒤에서 딱하니 혀를 치는 소리가 들렸다. 돌아다 보니 뒤에는 베 장수가 얼굴에 웃음을 담아가지고 서 있었다.

'귀찮은 녀석이다.'

이렇게 생각하며 순이도 조금 웃어 보였다. 그런 뒤에 못할 짓을 한 듯이 황망히 동이를 이고 집으로 돌아왔다.

그의 집 뒤뜰에는 세 그루의 복사나무에 꽃이 만개 되어 있었다. 집으로 돌아온 순이는 동이의 물을 처분한 뒤에 정신 나간 사람같이 뒤뜰로 나가서 우두커니 서 있었다.

'봄날도 좋기도 하다.'

이런 생각이 때때로 그의 마음을 스치고 지나갔다. 그러나 그 생각이 그로 하여금 이렇듯 뜰에 서 있게 한 바가 아니었다.

그러면 그의 마음을 지배한 것은 무엇? 그것은 순이도 몰랐다. 그것은 봄날의 탓일까? 그것은 젊음의 탓일까? 그것은 베 장수의 탓일까? 그것은 나무에서 죄죄거리는 새들의 탓일까? 순이는 알 수 없었지만 몹시도 근심스럽고도 상쾌한 듯한 생각은 그의 마음을 이리 주물고 저리 주물렀다.

"저녁 안 짓나?"

남편이 그의 등 뒤에 와서 어깨를 툭 친 때에도 그는 한순간 깜짝 놀랄 뿐 더 움직이지를 않았다. 이전과 같으면 에이구 놀랐다, 하면서 정도 이상의 놀람과 애교와 원망을 남편의 위에 던질 그였지만 이번에는 억지로 조금 웃음을 얼굴에 나타냈을 뿐이었다.

남편이 그의 얼굴을 들여다보았다.

"저녁 어서 지어야지."

"봄날도 좋기도 하다."

순이는 치마를 손으로 한 번 탁탁 턴 뒤에 휙 돌아서서 부엌으로 들어왔다.

남편은 열적은 듯이 저편으로 가버렸다.

'봄날도 좋기도 하다.'

몹시 근심스럽고도 상쾌한 듯이 이 한 마디의 말은 저녁을 짓는 동안 순이의 머리에 딱 붙어서 떨어지지를 않았다. 때때로 저녁 짓던 손을 뜻 없이 멈추고 정신 나간 듯이 먼 산을 바라보고 하였다. 그날 저녁 같이 맛없는 저녁을 순이는 아직껏 먹어보지 못하였다. 억지로 두어 숟갈 먹은 뿐, 그는 숟갈을 던지고 먼저 부엌으로 나갔다.

밤이 왔다.

아랫간에서는 시부모와 시동생이 잤다. 윗간에서는 젊은 부처가 잤다.

아랫간과 윗간의 사이에는 문턱이 있을 뿐 문은 없었다.

곤돈의 아이들과 늙은이는 곧 잠이 들었다. 코로 들이쉬어서 입으로 내부는 시아버지의 코 고는 소리와 벼락같이 요란한 시어머니의 코 고는 소리를 들으면서 젊은 부처는 잠시 속삭였다. 그러나 마음이 이상히도 들뜬 순이는 이날의 속살거림만은 왜 그런지 이전과 같이 달지를 않았다.

'봄날도 좋기도 하다.'

이 한 마디의 괴상한 말은 끝끝내 그의 마음에서 떠나지를 않았다. 남편도 어느덧 팔을 아내의 가슴 위에 얹은 뒤에 잠이 들었다. 그러나 젊은 아내는 잠이 못 들었다.

'봄날도 괴상하기도 하다.'

밝을 때가 거의 되었다. 문득 밖에 사람의 기척이 들렸다. 그들의 집은 길을 향하여 있는 집. 문밖을 나서서 토방만 내려서면 길이었다. 그 길에 사람의 기척이 들렸다.

"딱!"

혀를 치는 소리가 들렸다.

순이는 몸을 와들와들 떨었다. 무서운 것을 본 듯이 순이는 몸을 움츠렸다. 그리고 보호를 청하는 듯이 양팔을 남편의 목에 걸며 꽉 남편의 가슴에 안겼다. 가슴에서는 무서운 방망이질을 하였다.

"딱! 딱!"

길에서는 채근하는 듯이 또다시 혀를 치는 소리가 들렸다.

순이는 그 소리를 듣지 않기 위하여 이불을 폭 뒤집어썼다. 그리고 얼굴을 깊이 남편의 가슴에 묻었다.

'별 녀석 다 보겠네.'

그는 마음으로 이렇게 부르짖고 있었다. 남편의 팔이 길게 순이의 허리로 돌아왔다. 순이는 그 팔을 벗어나면 지옥에라도 떨어질 듯이 꼭 남편의 굳센 품에 안겼다.

'여보, 밖에 누가 왔소. 나를 나오라오.'

그는 속으로 몇 번을 남편에게 호소하였다.

깊이 잠든 남편은 천하가 태평하다는 듯이 깊은 숨을 쉬고 있었다.

얼마가 지났는지 순이는 한참 뒤에 머리를 이불 밖으로 내놓았다. 한참을 기다렸으나 인제는 밖에 있던 사람의 기척이 없어졌다.

'후……'

순이는 안심의 숨을 기다랗게 내쉬었다. 그러나 그 가운데에는 실망과 기대가 꽤 많이 섞여 있었음을 스스로 속일 수가 없었다.

'인젠 갔다.'

하는 안심 가운데에는,

　'망할 녀석 왜 갔나?'

하는 원한이 꽤 많이 섞여 있었다.

　한참 뒤에 순이는 뒷간에 갔다. 특별히 뒤가 마려운 바는 아니었지만 뜰에라도 한 번 나가보고 싶어서 뒷간에 갔다.

　뒷간에서 돌아오던 순이는 복사나무 아래에 섰다. 꽃 틈으로 부연 달이 보였다. 별빛조차 그윽하였다. 봄은 하늘에도 무르익었다.

　"봄날도 좋기도 하다."

　순이는 복사나무29) 아래서 하늘을 쳐다보면서 이렇게 탄식하였다.

　누가 꽉 순이를 껴안았다. 순간적 환희와 경악으로써 순이가 돌아보려 할 때에 사내의 불붙은 뺨을 쓸었다. 사내의 입술이 순이의 입술을 찾느라고 뺨에서

---

29) 장미과의 낙엽 소교목으로, 높이는 3m 정도이다. 꽃은 4~5월에 잎보다 먼저 흰색 또는 연붉은색의 오판화가 잎겨드랑이에 한 개 또는 두 개씩 피고, 열매는 큰 동 모양으로 7~8월에 누렇거나 붉게 있는데 '복숭아'라고 하며, 과육은 부드러워 식용으로 쓰고 씨는 약용으로 쓴다. '도수(桃樹)' 또는 '복숭아나무'라고 한다.

헤맸다.

"웬 녀석이야."

순이는 작은 소리로 부르짖었다.

"사람 하나 살리오."

사내의 뜨거운 입김이 순이의 입 근처에서 헤맸다.

"가요."

순이는 다시 작은 소리로 부르짖었다. 그러나 이번은 사내의 응답조차 없었다. 사내의 두 손은 어느덧 순이의 양 뺨을 움켜쥐었다.

사내의 입술은 마침내 찾을 곳을 찾았다.

순이는 죽여라 하고 가만있었다.

좀 뒤에 먼지를 활활 털고 방 안으로 들어온 순이는 옷을 벗어던진 뒤에 남편의 자리로 들어가서 자기의 입을 함부로 남편의 뺨에 문질렀다. 깊이 잠들었던 남편이 조금 기지개를 할 때에 순이는 자기의 온몸을 남편의 몸에 실었다. 그리고 힘을 다하여 남편을 포옹하였다.

이튿날은 장날이었다.

시부모는 밭에 갔다. 남편은 장을 보러 장에 가려

하였다. 장으로 가려는 남편을 순이는 한사코 말렸다.

"몸이 편찮으니 좀 곁에 있어줘요."

이렇게도 애걸해보았다.

"장 볼 건 건넛집 아주버니한테 부탁하고 하루만 쉐요. 그 맛 장을 보러 20리를 갈까?"

이렇게 이론도 캐어보았다.

"내 부탁을 한 번만 들어주구요. 신통히도 듣기가 싫소?"

이렇게 나무람도 해보았다.

이상한 공포감에 위협받은 순이는 오늘은 집에 혼자 있기가 싫었다.

시동생들이 있다 하나 아직 어린애들, 누구든 어른이 한 사람 있어주지 않으면 그는 무엇이 무서운지 무서웠다. 그 집을 찾아오는 사람이 있을 때마다 순이는 몸을 흠칫하며 놀랐다.

아내가 한사코 말리는 데도 불구하고 남편은 장에 갔다. 자기가 가지 않으면 안 될 일이 있다고 뿌리치고…….

남편이 장에 간 뒤에 순이는 문을 꼭 닫고 시동생들

을 밖에 못 나가도록 단단히 타이른 뒤에 아랫목 궤 모퉁이에 박혀 앉아서 가슴을 떨고 있었다.

어린 동생 둘이서 큰 소리로 농을 할 때에도 순이는 깜짝 놀라 손으로 아서라[30]고 하였다. 조그마한 소리라도 밖에까지 샐세라 하였다.

"너 어제 베 장수 봤지?"

이런 말을 순이는 큰 시동생에게 물어보았다.

"응, 봤어."

"사내라도 이쁘게 생겼지?"

"이쁘긴, 쥐코 같은게……."

시동생은 이렇게 결론해버렸다. 순이는 그 시동생에게 눈을 깔아 보였다.

그러나 곧 자기 스스로 자기 말을 취소하였다.

"그렇지. 이쁘긴 뭘 이뻐, 멍텅구리지. 너, 너희 형님이나 어머니한테 내가 베 장수가 이쁘다더란 마을 아예 하지 말아, 했다는 쳐 내쫓으리라."

그리고 눈이 둥그렇게 되는 시동생을 못 본 체하고

---

30) 그렇게 하지 말라고 금지할 때 하는 말.

돌아앉아버렸다.

또 밤이 이르렀다.

시부모와 시동생은 또 먼저 잠이 들었다. 그것을 기다려서 아내는 이불을 끌어당겨 남편과 자기의 머리까지 싹 쓴 뒤에 입을 남편의 귀에 갖다 대고 소곤거렸다.

"오늘은 하룻밤 자지 말고 이야기로 새웁시다."

왜 그러느냐는 남편의 질문에 유난히 무서워서 누가 깨어 있어주지 않으면 못 견디겠노라 대답하였다. 남편은 아내의 등을 쓸었다.

"어린애! 무섭긴 뭐이 무섭담."

그러면서도 남편은 아내를 힘 있게 안아주었다. 아내는 싱겁게 씩 웃으며 머리를 남편의 가슴에 묻었다.

한참 뒤에 아내의 허리에 걸려 있던 남편의 팔은 힘없이 미끄러졌다. 곤한 그는 어느덧 잠이 들었다. 아내는 남편의 옆구리를 주먹으로 질렀다.

남편은 펄떡 깨었다.

"응? 응?"

"오늘 하루만 새워줘요."

순이는 울다시피 이렇게 애원하였다.

"그래."

그러나 노역에 피곤한 남편은 한 마디의 말을 겨우 낼 뿐 또다시 잠이 들었다.

밤이 깊었다.

"딱!"

문밖에서는 또 혀를 치는 소리가 들렸다. 어젯밤에 순이를 놓아 줄 때의 약속에 의지해 베 장수가 또 온 것이었다. 순이는 뒤집어썼던 이불을 한층 더 엄중히 썼다. 그러나 비록 엄중히 썼다 하기는 하나 순이는 밖에서 또 무슨 소리가 날까 하여 온 신경을 귀에 모으고 기다렸다.

"딱! 딱!"

밖에서는 또 채근하는 소리가 들렸다. 순이는 흐늘흐늘 일어났다. 그리고 옷을 입고 밖으로 나갔다. 밖에는 베 장수가 순이를 기다리느라고 이리저리 거닐고 있었다. 순이는 문밖에 나서면서 벌써 베 장수를 보았지만 '나는 너를 보러 나온 것이 아니라'는 듯이 베 장수 앞을 지나서 저편으로 갔다.

"여보."

베 장수는 순이가 자기 앞을 지날 때에 주의를 끌기 위하여 이렇게 찾아보았지만 순이는 한 번 힐끗 돌아보고는 그냥 지나가버렸다.

그러나 순이의 심리를 이미 알고 벌써 순이의 마음을 잡았다는 굳은 자신을 가진 베 장수는 순이를 따라오지도 않고 그냥 그 자리에 버티고 서 있었다.

아니나 다를까, 순이는 베 장수의 앞을 그냥 지났지만 더 갈 곳은 없었다.

조금 더 가서 샛길로 들어서서 잠시 일없이 서 있던 순이는 다시 돌아서서 제 집으로 향하였다.

순이는 제 집 앞에서 베 장수를 만났다. 베 장수는 양팔을 벌려서 순이를 쓸어안았다. 그 품 안에서 순이는 몸을 사시나무와 같이 떨고 있었다.

잠시 말없이 순이를 붙안고 있던 베 장수는 역시 말없이 발을 옮겼다.

순이는 마치 인형과 같이 순순히 그에게 끌려갔다.

"아까 보고도 왜 모른 체했소?"

베 장수가 이렇게 물을 때에도 순이는 죽여라 하고 입을 봉하고 있었다.

베 장수는 순이를 힘 있게 포옹하였다. 그때에 베 장수는 아직껏 죽은 듯이 내버려두던 순이의 팔에도 약간 보이는 듯 마는 듯이 힘이 가해진 것을 감각하지 않을 수가 없었다. 순이도 인형을 벗어나서 약간 사람의 모습을 가지게 되었다.

이튿날 농터에 나갔던 시부모와 남편은 늦게 집에 돌아와서 순이가 없어진 것을 발견하였다. 웇이라도 갔나 하고 기다렸으나 밤 깊어서도 순이는 돌아오지 않았다. 좀 먼 곳에 웇 갔나 하고 기다렸지만 이튿날도 순이는 돌아오지 않았다. 순이는 완전히 없어졌다.

집안은 이에 불끈 뒤집혔다. 그리고 감 직한 곳을 죄 알아보았다. 그러나 순이의 종적은 발견할 수가 없었다.

그들은 마침내 주재소에 보고하지 않을 수가 없었다. 닷새 뒤에 읍내 경찰서에 베 장수와 함께 순이가 붙들렸다는 통지가 이르렀다.

남편은 부랴부랴 읍내로 들어갔다. 경찰서에서 남편과 아내는 대면하였다.

그때 아내는 왁 하니 울면서 남편의 팔에 매달렸다. 성과 결이 독같이 난 남편이 경관의 제지도 듣지 않고 아내를 발길로 차고 함부로 때릴 때에도 순이는 사소한 반항도 없이, 한 마디의 원망도 없이 남편의 팔에 매달려서 '같이 살아만 달라'고 애걸하였다.

"이 사람하고 살기가 싫으냐?"

고 취조하던 경관이 가리키며 물을 때에 순이는 당찮은 소리라는 듯이 경관을 흘겼다.

"이 사람하고 못 산다 하면 차라리 죽는 편이 낫겠소."

이것이 순이의 대답이었다.

"이 사람이 너하고 안 살겠다면 어찌하겠느냐?"

이렇게 물을 때에 순이는 경관을 내버리고 남편에게로 향하였다.

"여보, 무슨 짓이라도 하라는 대로 할게 함께 살아만 주어요."

"그렇게 살뜰한 남편을 두고 왜 달아났느냐?"

경관이 이렇게 물을 때에 순이는 몸을 한 번 떨 뿐 대답하지 못했다.

부처의 사이에 타협은 성립되었다. 경관의 중재와 호상의 정애로써 다시 살기로 된 것이었다. 그리고 부처는 나란히 하여 경찰서를 나섰다.

경찰서를 나갈 때에 어떤 순사가 농담으로 순이에게 이런 말을 물었다.

"베 장수 놈은 고약한 놈이지? 밉지?"

그때 순이는 남편을 한순간 힐끗 쳐다보고 남편에게 보이지 않게 순사에게 고개를 설레설레 저어서 베 장수 역시 밉지 않다는 뜻을 나타냈다.

경찰서 문밖에서 남편에게서 왜 달아났느냐는 질문을 받을 때에 순이는 애원하는 듯이 그 말은 다시는 하지 말아달라고 부탁할 뿐 질문의 대답은 하지 않았다. 그러나 집에 돌아와서는 이런 말을 하였다.

"매일 밤 꿈에 당신을 봤어요."

부처는 다시 본촌으로 돌아왔다. 그리고 전과 같이 안온하고 화락한 생활은 다시 계속되었다.

순이는 왜 베 장수와 어울려서 달아났나? 먹을 것

이 없었나? 입을 것이 없었나? 남편에 대한 애정이 없었나? 시부모가 학대를 하였나? 시동생이 귀찮았나? 생활에 대한 불평이 있었나? 혹은 뒤뜰의 복사나무가 보기가 싫었나?

위에 기록한 가운데 아무것도 순이가 베 장수와 어울리게 될 근거와 달아날 이유가 될 것이 없다. 그러면 그는 왜 베 장수와 어울려 달아났나?

여인은 수수께끼다. '사랑'이라는 것을 마치 배나 능금과 같이 절반으로 갈라서 좌우편으로 붙일 수가 있는 '여인'은 우리의 도저히 풀 수 없는 커다란 수수께끼며 또한 도저히 알 수 없는 무서운 괴물이다. 순이는 왜 달아났을까.

제2화

또 한 가지, 이것 역시 신문지가 보도한 '여인'의 기괴한 심리의 발동.

역시 무대는 농촌. 주인공은 역시 젊은 부처였다.

이번 아내의 이름은 서분이라 해둘까.

서분이는 열아홉이었다. 그의 남편은 열일곱이었다. 결혼한 지 3년.

부처 사이의 의를 남들은 좋다 보았다. 시부모며 서분이의 친정 부모들도 좋다 보았다. 서분이도 의가 나쁘다고는 보지를 않았다.

'남편은 이상한 존재.'

이것이 서분이의 남편에게 대한 관념이었다. 그에게는 남편이 어디라 특별히 고운 데는 없었지만 밉게 보이지도 않았다. 때때로 발버둥이를 치며 뱉을 부릴 때에는 역하기도 하고 칵 쥐어박고 싶기도 하지만 그러나 어디라 밉게까지 볼 곳은 없었다.

사람의 일례로 시집은 가는 것, 시집을 가면 남편이라는 사람이 있는 것.

그의 시집에 대한 관념과 남편에 대한 관념은 대략 이 한 마디로 끝이 날 것이었다. 남편과 아내의 사이에 필연적으로 생기는 의무며 권리며 의리며 애정…… 이런 것은 알지도 못하였다. 남편이란 것은 시집의 아들이며 자기를 마음대로 부려먹는 사람이며, 밤에는 한자리에서 자야만 되는 사람.

이 밖에는 부부에 대한 아무런 관념이며 이해가 없었다.

건넛동리에서 어떤 색시가 새서방의 밥에 양잿물을 넣어서 독살을 계획한 일이 이 동리까지 소문났다. 뒷동리에서는 어떤 색시가 잠든 새서방의 목을 무명으로 맸다가 들켰다. 서분네 동리에서도 어떤 젊은 색시가 누구와 공모하여 남편을 방망이로 때려 죽인 일이 있었다.

이 몇 가지의 사건은 서분이의 머리에 이상히 영향되었다. 비록 농촌에서 나고 농촌에서 자라난 서분이라 하나, 과도기인 현대에 태어난 그는 역시 '시대'의 공기에 떡 감지 않을 수가 없었다. 도희의 여인들이 필요 없이 독약 같은 것을 가장 비밀인 듯이 비장하며, 사랑도 않는 사내의 사진만을 들여다보면서 한숨 지으며, 숭배하고 싶지도 않은 발렌티노[31]를(숭배해

---

31) 제100대 교황(재위 827년 8~9월). 교황 전임 에우제니오 2세가 죽자 성직자와 귀족, 로마 시민들의 만장일치로 교황이 되었다. 그러나 선출된 지 40일 만에 죽었다.

야만 될 것같이 생각되어) 숭배하는 동안, 농촌의 서분이에게는 또한 농촌 여인다운 마음의 시대적 동요가 있었다.

'남편은 죽여도 좋은 사람.'

근방의 몇 가지의 남편 독살 혹은 독살 미수 사건이 서분이의 마음에 던진 첫번 그림자는 이것이었다. 이것뿐이면 문제는 더 없겠는데, 그의 마음에 들어앉은 이 그림자는 들어앉으면서 곧 한 걸음 더 나아가기조차 주저하지 않았다.

'남편은 죽여야 할 사람.'

첫 그림자는 어느덧 이와 같이 변해 버렸다. 남편의 애정이라 하는 것은 성적 쾌미를 이해한 뒤에야 처음으로 생기는 것이다. 부부의 애정이라 하는 것은 '남녀의 애정'에 '의리'라는 것이 좀 더 가미된 데 지나지 못한다.

부부의 교합이라는 것을 다만 그 아비와 그 지어미가(까닭은 모르지만) 하여야만 되는 것쯤으로 알고 있는 서분이에게는 남편에 대하여 아내로서의 애정이 있을 리가 없었다. 아내라는 것은 어떤 것인지 그의의조차 몰랐다.

밤에 한자리에서 자는 것, 이것이 부부이거니, 이 이상은 몰랐다.

아직 성과 애정과 부부 문제에 대하여 아무 철이 없는 서분이의 귀에 몇 가지의 살부 사건이 들어올 때에 서분이는 자기도 남편을 죽여보고 싶은 생각이 났다. 그 생각의 근원에는 '남편이란 죽여야 될 것'이라는 막연한 생각까지 섞여 있었다.

그는 자기의 시부모가 수십 년 전에는 자기와 같은 젊은 부부였다는 것을 생각지 않았다. 자기의 친정 부모가 수십 년 전에는 역시 지금의 자기와 같은 젊은 부부였다는 것도 잊었다. 이성(二性)이 합하여(수십 년 뒤에는) 한몸과 같이 된다는 것을 생각지도 않았다. 그다지 밉게 보이지는 않지만 남편이란 사람은 왜 그런지 '남'같이 생각되었다. 비록 죽여 버린다 할지라도 아무렇지도 않을 '남'이었다.

'어디 죽여보자.'

이리하여 그는 어떤 날, 남편의 밥에 바늘을 두세 개 묻었다.

어른과 아이는 한방에 모여서 저녁을 먹었다. 남편도 숟갈을 들었다.

이때부터 웬 까닭인지 서분이의 마음은 괴상한 공포로써 도저히 스스로 걷잡을 수가 없었다. 한 술, 두 술…… 남편이 입에 밥을 넣을 때마다 서분이는 입을 벙싯벙싯하였다.

'그 밥을 잡숫지 말아요. 그 밥에는 바늘이 들었어요.'

남편의 입으로 밥이 들어갈 때마다 목에까지 나와서 걸리는 이 말을 도로 삼키느라고 서분이는 몇 번은 '어' 소리를 냈다. 남편을 주의하느라고 자기의 밥조차 잊었다.

"너 밥 안 먹느냐?"

서분이는 시어머니에게 두 번이나 이런 채근을 받았다. 그럴 때마다,

"네, 먹지요."

하고 머리를 밥으로 향하고 했지만, 한 입만 먹은 뒤에는 그의 주의는 또다시 남편의 숟갈로 향하고 하였다.

'오늘은 별로 밥을 많이도 먹네.'

서분이는 울상이 되어 이런 생각까지 하였다.

남편의 밥그릇이 거의 밑이 드러나게 된 때였다. 남편은 갑자기,

"에크."

소리를 치며 숟갈을 멈추었다.

아! 서분이는 바야흐로 입으로 가져가려던 숟갈을 힘없이 떨어뜨렸다.

그리고 죽자, 하고 눈을 지르감았다.

남편은 두 손가락을 입에 넣고 좀 찾다가 바늘을 하나 얻어냈다.

"이게 바늘이로군. 이 다음엔 밥 지을 땐 머리에 바늘 꽂은 채로 하지 말게. 큰일 날라."

아무것도 모르는 남편의 대수롭지 않게 여길 뿐으로 바늘을 담벽에 꽂았다.

'후! 안 먹었다.'

서분이가 지르감았던 눈을 뜰 때에 그의 눈에서는 눈물이 솟았다.

그날 밤같이 남편이 사랑스러운 밤이 서분이의 과거에 없었다. 죽은 줄 알았던 남편이 살아온 듯이 서분이는 힘 있게 남편을 안고 안고 하였다.

성을 아는 여인이 오래 떠나 있던 정랑을 만난 것같이, 서분이는 잠들려는 남편을 깨워서는 쓸어안고 깨워서는 쓸어안고 하였다.

눈물이 때때로 까닭 없이 흘렀다.

"혀가 바늘에 찔려 아프지나 않소?"

자려는 남편을 깨워가지고 이런 말도 몇 번을 물어보았다.

무사한 몇 달은 지났다.

부처의 의는 남 보기에도 전보다 좋아졌다.

서분이는 저보다 나이 어린 서방을 밤마다 힘 있게 붙안고 등을 쓸어주고 하였다. 그러나 악마는 어떤 날 또다시 그의 마음을 사로잡았다.

어떤 날, 남편의 저녁밥에 그는 양잿물을 곱게 풀어서 넣었다.

왜? 여기 대하여는 서분이도 몰랐다. 시렁에 쓰다 남은 양잿물이 있는 것을 볼 때에 문득 얼마 전에 건넛동리에서 어느 색시가 제 서방을 양잿물을 먹인 것이 생각나면서 기계적으로 행한 일에 지나지 못하였다.

그날 그는 저녁밥이 먹기 싫다고 동리집에 놀러 갔다. 그의 계산으로는 서너 시간 그 집에서 놀고 남편이 죽은 뒤에 돌아올 작정이었다.

동리집에서 그는 친구들과 윷을 놀았다. 그러나 윷을 노는 동안 그의 마음은 잠시도 내려앉지 않았다. 자기가 몇 동이던가를 한 번도 기억한 적이 없었다.

"서분이 너 다섯 동 가는구나."

서분이가 정신없이 윷을 놀 때에 동무들이 깨우쳐 주는 일이 있을지라도 서분이는 웃지도 못하였다.

"가면 가지 여섯 동인들."

하고는 또 윷을 던지는 그였다.

몇 번을 귀를 기울였다. 혹은 멀리서 무슨 부르짖음이라도 없나하여…… 몇 번을 혼자서 흠칫흠칫 놀랐다. 그러다가 윷을 중도에 내버리고 그 집을 나섰다.

그의 집에서는 방금 비극이 시작되는 즈음이었다. 그가 거의 집에 이르렀을 때 남편의 토하는 소리가 들렸다. 왜 그러느냐고 부르짖는 시어머니의 소리가 들렸다.

서분이는 더 참지를 못하였다. 그는 단걸음에 뛰어

가서 토방 위에 올라섰다. 그리고 문걸쇠를 잡으려다가 손을 도로 내리고 귀를 기울였다.

안에서는 벅적하였다. 남편의 토하는 소리와 신음하는 소리, 부모의 덤비는 소리, 쿵쿵 몸이 뛰노는 소리…….

서분이는 문을 열어젖히며 뛰어들어갔다.

"어머니, 왜 그래요?"

"글쎄, 알겠니. 속이 모두 찢어지는 것 같다누나. 이걸 어쩐담."

서분이는 남편을 보았다. 남편의 얼굴은 고통 때문에 밉게 찡그려져 있었다. 몸은 잠시도 쉬지 않고 뛰놀았다.

순간 서분이는 마음에, 폭발하는 공포를 깨달았다. 그는 눈으로 죽음을 보았다. 죽음이란 얼마나 두렵고 큰 것인지를 보았다. 그 죽음이 제 남편의 위에 임한 것을 보았다. 죽음을 임하게 한 것이 자기라는 것도 자각하였다.

동시에 남편에 대하여 아직까지 가져보지 못한 관념이 폭발하듯이 그의 마음에 뛰어올랐다.

'저 사람은 내 사람.'

지금 자기의 독수 때문에 고통하며 혹은 죽을는지
도 모르는 그 사람은 시부모의 아들이라기보다도 친
정 부모의 사위라기보다도 서분이 자기의 사람이라
는 생각이 강렬히 불붙어 올랐다. 저 사람은 내 사람.
죽기까지 동고동락을 하여야 할 사람…… 구원하여
야겠다. 어떤 일이 있든 구하여야겠다. 결코 죽게 해
서는 안 되겠다.

"여보, 정신 좀 차려요."

그는 한 번 남편의 어깨를 흔들어본 뒤에 맹렬히
그 집을 뛰쳐나왔다.

서분이는 곁집으로 달려갔다. 그리고 문을 절꺽 열
고 머리만 디밀었다.

"아주머니, 양…… 양……."

"누구냐?"

"서분이야요. 양…… 양잿물 먹은 데 뭘 먹으면 나
아요?"

"글쎄, 잘 모르겠군. 왜 그러나?"

"어서! 큰일 났어. 양……."

"글쎄 왜 그래? 누가……."

그냥 어떻다는 것을 서분이는 문을 탁 닫아버리고 그 집을 나와서 다음 집으로 갔다.

세 집 만에야 서분이는 양잿물을 삭이는 방문을 겨우 알았다.

"뜨물을 먹여봐라."

이 말을 듣고 누구가 양잿물을 먹었느냐는 질문에는 대답도 않고 집으로 달려온 서분이는 곧 부엌으로 들어가서 뜨물을 한 바가지 떠가지고 방 안으로 들어왔다.

"에케, 에케, 얘 미쳤다?"

철레철레 뜨물을 흘리며 들어오는 며느리를 시부모는 경이의 눈으로 쳐다보며 피하였다.

"뜨물이 약이래요."

이 말뿐, 서분이는 남편에게로 가서 날뛰는 남편을 쓸어안고 머리를 억지로 자기의 무릎 위에 눕힌 뒤에 뜨물을 부어넣었다.

푸 튀 남편은——. 뜨물을 뱉었다. 서분이는 다시 먹였다. 먹이고 뱉고 이러는 동안에 몇 모금의 뜨물을 남편은 마셨다. 뜨물을 남편의 입에 붓는 동안 서분이는 정성을 다하여 신령께 축수하고 있었다. 제 목숨을 죽일지언정 이 사람은 살려주세요. 죽지 않게 해주세요.

그것은 뜨물의 덕인지 서분이의 성의의 덕인지 남편의 생명만은 붙었다.

그러나 입속과 창자가 모두 해져서 목숨은 붙었다 하나 매우 위독하였다.

서분이는 잠시를 곁을 떠나지 않고 위독한 남편의 병간호를 하였다.

세상의 어떤 어머니가 제 자식에 대하여 이렇듯 지극한 사랑을 가졌을까.

한 주일을 간호할 동안 서분이는 자리에 누워보지도 않았다. 정 졸음이 오면 잠시 남편의 자릿귀에 기대어서 깜빡 잘 뿐 자지도 않았다. 이 지성의 간호에 남편의 병은 나날이 나아갔다. 한 주일 뒤에는 조금 밥도 먹게 되었다.

그러나 세상의 입은 무서웠다.

알지 못할 급병으로 날뛰는 남편을 서분이는 어떤

근거로써 양잿물 먹은 줄을 알고 그 방문을 물으러 다녔을까. 여기서 말썽은 말썽을 낳았다.

그리고 그 말썽은 차차 전파되어 귀 밝은 경찰에까지 들어갔다.

서분이는 남편의 병상 앞에서 경관에게 끌려갔다.

아직은 마음을 놓지를 못하겠으니 이틀만 더 병간호를 한 뒤에 마음대로 잡아가달라는 서분이의 탄원도 아무 효력이 없이 그는 앓는 남편을 남겨두고 돌아보며 돌아보며 주재소[32]로 끌려갔다.

"나는 아무렇게 되든 당신이나 얼른 쾌차해요."
이 말 한 마디를 남기고서.

시부모도 따라 나오면서 눈물로 며느리를 보냈다.

지금 서분이는 옥창에서 남편의 병든 몸을 생각하며 눈물짓고 있겠지.

여인의 향하는 의표(意表)[33] 외의 일은 도저히 우리로서는 해석할 수가 없는 일이다. 서분이는 왜 남

---

32) 일제강점기 순사가 머무르면서 사무를 맡아보던 경찰의 말단 기관. 광복 후 지서(支署)로 변경되었다.
33) 생각 밖이나 예상 밖.

편을 죽이려 하였을까.

여인은 수수께끼다. 여인은 하느님의 특작(特作) 제
품이다.

잡초[34]

오학동(五鶴洞)은 이씨촌(李氏村)이었었다.

한 삼백 년 전에 이씨의 한 집안이 무룡(舞龍)재를 넘어서 이곳으로 와서 살림을 시작한 것이 이 오학동의 시작이었다. 조상의 뼈를 좋은 곳에 묻어서 그렇게 되었는지는 모르지만 삼백 년 뒤— 그때의 그 조상부터 십오륙 대가 내려온 지금에는 거기는 커다란 동리를 이루고 호구 일백사십여 호 사람의 수효 육칠백 명 항렬로 캐어서 어린아이의 고조부로 비롯하여 늙은 고손까지 촌수로는 이십육칠 촌까지의 순전한 이씨와 그의 안해들로써[35] 커다란 말을 이루었다.

---

34) 雜草
35) 아내들로서

오학동의 동쪽에는 무룡(舞龍)재라는 매우 가파로운 묏견이 있었다. 서편으로는 말령[馬嶺]이라는 역시 가파로운 묏견이 있었다. 그 무룡재와 말령은 오학동에서 오 리쯤 남쪽에 가서 겨우 작은 개천이 하나 흐를 이만치 벌어지고 오 리쯤 북으로 가서는 서로 합하여서 만약 하늘에서 그곳을 내려다볼 것 같으면 그것은 마치 묏마루에 있는 한 구렁텅이와 같았다. 그러므로 세상에서는 오학동과 그 근방 일대—무룡재와 말령에 둘러싸인—를 가리켜 ○○골이라 하였다. 여자의 생식기를 따서 붙인 그 골짜기의 이름은 모양으로 보아서 그럴듯하였다.

○○골에는 마을이 둘이 있었다. 하나는 물론 오학동이요 또 하나는 정방(正坊)이라는 동리였었다. 오학동은 ○○골의 중앙에 있었고 정방은 무룡재와 말령이 북쪽에서 합한 그 산 밑에 있었다. 두 마을의 거리는 한 오 리쯤 되었었다.

오학동에서는 많은 선비가 났다. 첫번 오학동을 개척한 선조가 세상을 버리고 이곳으로 있던 선비이니만치 그의 후손에도 많은 선비가 났다. 과거에 장원을 하여 그 이름이 근방 일대를 떨친 선비까지 있었다.

연년이 무룡재와 말령의 가파로운 길을 넘겨서 많은 며느리를 맞아오고 많은 딸을 내보내는 동안 일가가 늘어 가면 늘어 가느니만치 선비의 수효도 늘었다. 낮에는 밭 갈고 밤에는 글 읽고 이러는 동안에 연년이 늘어 가는 그 일가는 가까운 장래에 이 ○○골에 차고 넘을 듯이 보였다.

다른 동리에서는 오학동을 양반의 동리라 하였다. 오학동 사람들도 그렇게 자처하였다.

'사부댁에 맞지 않는 며느리.'

이런 이름 아래 많은 며느리가 친정으로 쫓겨갔다. 치마를 벗고 뜰에 나선 죄, 동리 어른께 인사를 못 드린 죄, 김을 맬 때에 웃고 지껄인 죄, 밤에 글을 읽는 새서방에게 빨리 자자고 채근한 죄, 이러한 죄명 아래 삼백 년래로 많은 며느리가 친정으로 쫓겨갔다.

근방 일대에서는 오학동과 통혼을 하는 것을 큰 명예로 여기고 있었다. 그곳으로 며느리를 보냈다가 쫓겨오더라도 그 허물을 그들은 자기네의 자식 교양 부족에 돌렸다. 또 그만치 오학동에서는 지체가 나쁘다든가 예절을 모른다든가 품행이 나쁘다든가 하는 죄 이외에는 며느리를 버리는 일이 없었다. 성격이 맞지 않는다든가 사람이 좀 얼뜨다든가 인물이 잘못났다든가 한 것은 오학동의 며느리가 되기에는 아무 거리낌이 없었다.

오학동에서는 정방 사람과는 결코 통혼하지 않았다. 정방 사람을 사람으로 여기지도 않았다.

정방이라는 동리는 본시 오학동을 개척한 조상이 들어앉은 지 한 백 년쯤 뒤에 생긴 마을이었었다. 정방은 오씨촌(吳氏村)이며 정방서 자손을 퍼치기[36] 시작한 첫번 오씨는 속량된 종이었었다. 더구나 그 종은 오학동 이씨와 사돈한 집안에 있던 종이었었다.

오씨도 조상의 산소를 잘 썼던지 정방으로 온 뒤부터 차차 번식하여 이백 년 뒤 십여 대 뒤에는 백여 호의 커다란 마을을 이루었었다.

36) 퍼지기

이렇게 번식을 하였다 하나 세력으로써 양반촌인 오학동을 우러러볼 수도 없었다. 같은 ○○골에 있는 두 동리였었지만 오학동 사람은 정방 사람을(종을 면한 지 이백 년 뒤에도) 역시 종으로 보았다. 남녀노소를 무론하고 정방 사람에게는 오냐를 하였다. K동이라는 동리에서 며느리를 맞아왔던 어떤 오학동 이씨는 자기 며느리의 친정에서 정방과 통혼을 하였다는 기별을 듣고 당장에 며느리를 쫓아보냈다.

○○골은 동서가 일 리 남북이 십 리쯤 되는 골짜기였었다. 그 골짜기의 사분의 삼은 이씨가 갈아먹었다. 나머지의 사분의 일 그것나마 북향한 산기슭이 정방 사람의 갈아먹는 토지였었다. 첫번 그곳을 개척할 때에는 그런 일은 없었겠지만 지금은 그 영에 대하여 제각기 내 것 네 것의 소유권이 생겼다. 촌수로 근 삼십 촌까지 벌어진 그들은 비록 일가라 하나 명색이 일가지 남이나 다른 데가 없었다. 대종계 분종계 지종계 사촌계 육촌계가 제각기 갈려 있으며 그 안에서도 우리 파니 남의 파니 당파가 생겼다. 재판

까지 생긴 일이 있었다. 젊은이들은 '일가상피'라는 불문율을 무시하고 연애와 음행까지 감행하였다. 그렇듯 자손이 퍼지고 멀어졌는지라 제각기 소유권을 구획하여 두지 않을 수가 없었다.

오학동서는 제각기 동리의 친척의 집을 부르기에 거기 적당한 대명사를 지어서 썼다. 가령 그 집 할머니가 대령골서 시집을 왔으면 그 집을 대령방이라 하였다. 그 집 할머니가 우물 있는 집에서 시집을 왔으면 그 집을 우물방이라 하였다. 우물방 한아버니,[37] 대령방 할머니, 익천방 동서, 사슴뫼방 큰애기—만약 다른 곳 사람이 들으면 도저히 이해치 못할 기괴한 대명사를 그들은 서로 부르며 서로 이해하였다. 멀고 가깝고 간에 모두 일가가 되는 그들로서 톳거리 없이 '한아버니' '할머니'하면은 누구를 가리킴인지 도저히 알 수 없으며 그렇다고 웃어른의 이름은 부를 수가 없으므로 이런 편리한 대명사를 지어 낸 것이었었다.

정방 오씨도 그 법을 배워서 자식이 번성한 뒤부터

37) 할아버지

는 '무슨 방' '무슨 방' 하고 서로 불렀다. 그러나 그렇게 부른 지 얼마하지 않아서 오학동 이씨의 간섭으로 그 대명사에 얼마간 수정을 가하지 않을 수가 없었다. 오학동서는 '무슨 방' '무슨 방'자를 쓰는 대신 정방서는 '무슨 집' '무슨 집'하여 '집'자를 쓰게 하였다.

새로운 물은 바다를 건너고 산을 넘어서 조선에 흘러들어왔다. 도회에서는 상투가 차차 없어졌다. 서당 대신으로 학교가 섰다. 개혁과 문명의 불길은 사면에서 일어났다. '핫다라 맛다라(일본어를 모르는 사람이 일인들의 대화를 들으면 유난스레 …다라 하는 소리가 귀청을 자극하는 데서 생긴 의성어)'로만 들리던 일본 말을 '고자이마스(ございます—고맙습니다)' '곤니찌와(今日[금일]は—낮인사)' '사요나라(さようなら—작별인사)' 등으로 구별할 만한 이해력이 촌촌까지 미쳤다.

그러나 오학동에뿐은 이 풍조도 흘러들어오지 못하였다. 지리상 관계로 두 가파로운 뫼 틈에 있는 오학동은 다른 세상과는 완전히 구별되어 살았다.

무룡재의 동쪽에서 말령의 서쪽으로 길을 가는 사람은 좀 돌림길을 하여서라도 산을 휘돌아서 갔지 깎아 세운 듯이 가파로운 무룡재와 말령의 두 고개를 넘기를 피하였다. 문명은 ○○골을 에워싸고 그 근처에까지 퍼졌지만 오학동에는 침범치를 못하였다. 무룡재와 말령에 보호를 받은 오학동은 문명이라는 모진 바람에 쏘일 기회가 없었다.

그들은 역시 한학을 가르쳤다. 옛날의 예의와 도덕을 가르쳤다. 예의와 도덕이면 인생의 전부여니 하였다. 지식의 근원인 수학을 그들은 알려 아니하였다. 과학의 온갖 정확함을 보려 아니하였다. 낮에는 밭 갈고 밤에는 글읽고─이것이 그들의 생활의 전부였었다.

새로 오학동으로 들어온 며느리들에게서 그들은 새 학문의 자랑을 들었다.

물론 학교 출신의 며느리를 그들은 맞은 일이 없으되 며느리들은 보고 들은 바로써 새 학문의 정교함을 때때로 비추었다. 오학동을 찾아온 사위며 처남들에게서 그들은 새 학문의 오묘한 것을 실견도 하였다.

고불고불한 글자로써 수판보다도 정확하게 어려운 수를 푸는 것을 보았다. 암탉이 없이도 달걀을 깬다는 실화를 들었다. 벼락이라고 저퍼하던[38] '전기'를 사람이 이용하여 온갖 방면으로 사용한다는 이야기며 그(알기는 힘드나마) 이론도 들었다. 시계라는 오묘한 기계가 오학동의 몇 큰집에는 걸리었다.

그러나 신학문에서 윤리와 도덕을 발견치 못한 그들은 역시 신학문을 경멸하였다. 벼슬이라는 것이 없어진 시대니 이전과 같이 열심히 학문을 할지라도 뒤에 활용할 곳은 없을망정 신학문을 학문으로 여길 수가 없었다. 그것은 장인이나 공인바치가 배울 재간이지 학문이 아니라 경멸하였다. '농은 민지본이라' 벼슬이 없어진 고약한 시대이매 점잖은 사람은 농사나 짓고 윤리와 도덕이나 닦을 게지 장인바치가 배울 재간은 배울 필요가 없다 하였다.

시대와 문명은 오학동을 둘러쌌다. 그러나 오학동은 엄연히 그것을 초월하였다.

---

38) 저퍼하다: '두려워하다'의 옛말

같은 ○○골 안에 있는 정방은 오학동과 달랐다.

본시 종의 자손으로 학문이라는 것을 모르고 이백 년을 내려온 그들은 그동안 농사에만 열중하였다. 하늘에 별과 같이 바닷가에 모래와 같이 그들은 번식하며 번식하느니만치 먹기에 노력하였다. 이백 년 동안을 오학동 양반들에게 갖은 수모를 받으면서도 그 수모를 수모로 여기지는 않고 먹고 살기에 급급하였다.

문명은 ○○골을 에워쌌다. 동으로는 무룡재 너머 서로는 말령 너머까지 문명의 물결은 미쳤다. 신학문의 그림자는 좌우 재 넘어서 정방 동리를 에워쌌다. 그리고 오학동을 감히 침범치 못한 이 문명의 물결은 어느 틈에 정방에 새어들어왔다.

말령을 넘어서 시집을 갔던 딸이 외손주를 데리고 나들이를 왔다. 외손주는 학도생이었었다. 무식한 외조부가 셈을 못하여 안달아하는 것을 외손주가 목필로써 고불고불한 글을 몇 자 써 본 뒤에 손쉽게 계산하였다.

이것은 정방 동리에 큰 충동을 주었다. 학도생은

신동이라 하여 동리의 각 어른들이 불러 보았다. 그리고 그 재간이 신동인 탓이 아니고 신학문을 한 탓이라는 것을 안 뒤에 그들은 학문의 필요를 절실히 느꼈다. 이백여 년래를 무식하게 내려온 그들은 학문이라는 것이 유난히도 귀하고 중하였다. 뿐만 아니라 신학문은 종의 자식을 괄세하지 않았다. 학문 하나이면 그뿐 그 사람의 근본과 선조를 캐자 아니하였다.

이리하여 정방 동리 안에는 사립학교가 하나 섰다. 신학문을 한 사위 두 사람을 동리로 불러들여서 학교의 선생을 삼았다.

돈냥이나 있는 집 자식은 그 사립학교에서 몇 해를 한 뒤에는 감영으로 보내서 고등학교에 넣었다.

현대의 과학문명의 승리를 자랑하는 기차는 이 오학동을 상거한 삼십 리 밖 평원을 긴 소리를 치면서 매일 몇 번씩 왕래하였다. 하늬바람이나 살살 부는 날이면 바람이 운반한 기차의 기다란 울음소리는 이 골짜기에서까지 들렸다. 무룡재 꼭대기에 올라서면 삼십 리 밖 수수밭이며 조밭 틈을 닫는 기차의 검은 연기까지 볼 수가 있었다. 뿐만 아니라 오학동의 한 아버지며 한머니[39]들이 무룡재나 말령의 가파로운 길을 사인교로 넘겨서 멀리 시집보낸 딸이며 혹은 그 딸이 낳은 외손주를 보기 위하여 문명의 이기(利器)인 기차를 이용하는 일도 한두 번이 아니었었다.

그러면서도 그들은 역시 현대의 문명을 거부하였다. 그 교묘함 그 편리함 그 빠름 그 거대함— 이런 것을 모두 못 본 바가 아니지만 그리고 또한 그 힘을 시인(是認)치 않음이 아니지만 역시 학문으로서의 현대문명은 단연히 거부하였다. 윤리와 도덕이 없는 물건을 학문으로는 도저히 인정할 수가 없음이었었다.

"신기하더라."

"교묘하더라."

"×놈 재간 있어."

현대의 과학문명에 대한 그들의 최대 인식이 여기 끊쳤다. 모든 것이 한낱 재간으로밖에는 보이지 않았다. 재간은 재간이지 결코 학문이 될 수가 없었다.

---

39) 할머니

따라서 점잖은 이의 배울 만한 것이 못 되었다. —이러한 견해 아래서 그들은 더욱더욱 도덕과 윤리를 가르치는 학문을 자식들에게 배워 주기에 힘썼다.

더구나 정방 동리에 신학문의 학교가 설시된 뒤부터는 오학동의 노인들은 더욱 신학문을 멸시하였다.

"그래 전부터 신학문은 상놈이나 배울 게라고 그러지 않았나?"

노인들은 서로 얼굴을 바라보며 이렇게 비웃은 뒤에는 자기네의 수염을 쓰다듬고 하였다. 그리고 무롱재나 말령의 가파로운 묏견을 넘겨서 자기네의 딸들을 시집을 보내거나 혹은 며느리를 맞아오는데도 개화한 집안이라는 것을 몹시 꺼리었다. 오학동의 어느 며느리는 절구질을 하면서(친정에서 주워들은 창가를 한 마디 콧소리로 부른 것이 탈이 되어 점잖은 집 며느리가 소리를 했느니 말았느니 큰 말썽이 일어난 일까지 있었다.

학도야 학도야
저기 청산 바라보게.
고목은 썩어지고

영목은 소생하네

창가라야 그때 도회 둥지에 유행한 장학가의 일절이었었다.

인천방 한머니가 손주딸을 시집을 보냈다. 그 가을 손주딸을 보러 간 일이 있었다. 손주딸의 시집은 그 도(道)의 감영이었었다. ○○골에서 백삼십 리 오학동에서 삼십 리 밖을 지나간 문명의 이기인 기차를 이용하면 두 시간쯤 걸리는 곳이었었다.

갈 때는 떡이라 기타 음식 등으로 짐이 많았으므로 기차를 이용하였다. 돌아올 때는 사위가 차표를 사 주어서 역시 기차로 왔다. 이리하여 눈깜짝하는 새에 백여 리의 길을 가서 며칠 묵은 뒤에 역시 눈깜짝하는 새에 돌아온 이 한머니는 너무도 쉽게 갔다가 너무도 쉽게 돌아오기 때문에 백여 리라는 숫자적 이정(數字的 里程)은 잊어버리고 손주딸의 사는 곳의 거리를 멸시하였다.

어떤 여름날 밤 손주딸에게 관한 불길한 꿈을 꾼 이 한머니는 이튿날 조반 후에 생각다 생각다 못해서 손주딸의 집에를 잠깐 가 보기로 하였다. 백여 리라는 숫자적 이정보다도 과거의 경험이 증명하는 바의 경멸할 만한 거리라는 것은 이 한머니로 하여금 잠깐이면 넉넉히 다녀오겠다는 자신을 가지게 하였다. 이리하여 한머니는 집안사람에게는 아무에게도 말하지 않고 손주딸의 시집을 향하여 오학동을 떠났다.

이 한머니가 손주딸의 시집에 도착한 것은 오학동을 떠난 이튿날도 날이 거의 저물어서였다.

인천방에서는 한머니를 잃었다고 야단법석할 동안 한머니는 손주딸의 시집에서 노독으로 병석에 넘어졌다. 그리고 앓는 동안도 한머니는 자기가 길을 헛들어서 그렇게 오래 온 줄 알았지 기차가 사람의 발보다 그렇게 빠르리라고는 종내 이해치를 못하였다.

이 한머니가 겨우 오학동으로 돌아와서 한 말은 '기차의 편리'보다도 오히려 '신작로(新作路)40)의 불편'이었다. 예전의 길 같으면 백 몇 십 리를 걷는다 할지라도 그렇듯 노독41)까지 날 리가 없는데 이번의 노독

---

40) 새로 만든 길이라는 뜻으로, 자동차가 다닐 수 있을 정도로 넓게 새로 낸 길을 이르는 말로 시대상을 엿볼 수 있다.

은 순전히 신작로의 탓이라 하였다. 예전의 길은 길에 풀이 깔려서 땅을 짚는 맛도 푸근하고 게다가 울퉁불퉁해서 땅과의 접촉면도 발의 일부분이지 전면이 아니며 그 접촉면이 또한 매 걸음마다 변하므로 길가기가 허스러웠는데, 지금의 신작로라 하는 것은 돌덩이같이 굳고 반반해서 걸음마다 발바닥 전면과 접촉되므로 십 리를 가기 전에 발 전면이 부르튼다 하는 것이 이 한머니의 신작로에 대한 비평이었었다.

"돌덩이 같은 길이 발바닥하구 딱딱 마주치는데, 어디 견딜 수가 있더냐 지금 길은 참 고약두 하더라."

이만치 그들은 새로운 온갖 사물에 대하여 악의와 정의와 경멸의 눈을 부읏기를 그치지 않았다.

오학동에서는 새로운 것에 대하여는 통틀어 반항을 하는 데 반하여 같은 ○○골짜기에 있는 정방에서는 새로운 학문을 흡수하기에 급급하였다.

이백유여 년을 종의 자손이라는 명목 때문에 사람

---

41) 路毒: 먼 길에 지치고 시달려서 생긴 피로나 병

의 가질 온갖 특권을 봉쇄당하였던 그들의 앞에 처음으로 학문의 길이 열렸다. 신학문은 종의 자식을 괄시를 안하는 뿐 아니라 한 걸음 더 나아가서 종의 자식이라도 학문만 하면 넉넉히 출세도 하며 벼슬도 할 수 있다는 것을 가르쳤다. 그러한 예에 관한 보고도 연하여 들어왔다. 사람의 온갖 특권을 봉쇄당하기 때문에 하릴없이 의식주에나 급급하던 그들에게 꿈에도 생각 못하였던 출세의 길이 열렸는지라 그들의 향학열은 맹렬하였다.

물론 수백 년래의 봉건사상에 젖고 또 젖은 그들이었다. 오학동을 눈 아래로 본다든가 오학동에 반항을 한다든가 하는 일은 생각도 못하였다. 역시 오학동 사람들을 만나면 허리를 굽혔다. 길을 비켜 주었다. 신발을 털어 주었다. 그러나 그러한 가운데도, 어디인지는 모르지만, 우리도 인제부터는 사람다이 살 수가 있다는 자랑이 보였다. 오학동 노인들의 점잖은 걸음걸이를 본뜨려는 늙은이도 몇이 생겼다.

오학동 아이들이 무룡재에서 새를 베면서 타령을 부르는 데 반하여, 정방 아이들은 말령에서 소에 꼴을 먹이면서 '학도야 학도야 청년 학도야' 하고 창가를 불렀다. 오학동 아이들이 어른 앞에 꿇어앉아서 '하늘 천 따지'며 '대학지도는 재명명덕42)'을 욀 동안 정방 아이들은 자기네의 매부 혹은 고모부 되는 선생에게 '기역 니은'과 '1234'를 배웠다.

뿐만 아니라 아직 어른만치 봉건사상에 젖지 않은 정방 아이들은—때때로 오학동 아이들과 정면으로 충돌하는 일까지 있었다. 그런 일이 생긴 때마다 부모에게 무서운 벌을 받고 했지만 정방 아이들은 그래도 오학동 아이들과 흔히 충돌을 하였다.

이리하여 골 안에는 ○○ 아직껏 ○○골을 지배하던 지벌의 세력을 대항하려는 학문의 세력이 차차 움돋기 시작하였다.

세월은 흘렀다.
흐르는 세월은 온갖 것을 다 씻어 갔다. 세월의 무

---

42) 在明明德: 본디 타고난 맑고 밝은 덕성을 밝히는 데 있다.

서운 힘에 씻기어 없어진 것 가운데는 '낡은 사람'이
라 하는 것도 있었다. 아무 것도 용서치 않고 씻어
버리는 세월은 낡은 사람도 씻어 가지고 흘러갔다.

세월과 함께 낡은 사람은 흘러갔다. 그리고 새로운
사람이 낡은 사람의 대신으로 들어앉기 시작하였다.

학도야 학도야

저기청산 바라보게.

의 시대를 건너서,

동해물과 백두산이 마르고 닳도록

의 시대도 건너서

고꼬와 오꾸니오 난뱌꾸리(此處[차처]は御國[어국]
を何百里[하백리]) 하나레떼 도끼 만슈노…(離[이]れ
て遠[원]き滿洲[만주]の)⁴³⁾의 시대가 이르렀다.

세월은 흘렀다. 시대는 변하였다.

그러나 오학동에는 변함이 없었다. 아직도 기념품
과 같이 몇 사람 남아 있는 오학동의 노인들이 그

---

43) 이곳은 나라를 몇 백 리 떠나, 먼 만주의…: 일본군의 만주 침략 당시 만들어진
대표적 군가의 일부. 일반인도 많이 불렀음.

동리의 지배자이었다. 삼강오륜과 옛날 성현들이 가르친 바 온갖 도덕을 새로 나오는 사람들에게 처박기에 온 힘을 쓸 뿐이었다. 남녀는 일곱 살에 자리를 같이하지를 못하였다. 스승은 그 그림자도 밟지를 못하였다. 여인에게는 역시 칠거지악을 준하였다. 출입에 반드시 어른에게 아뢰었다.

　—세월이 흐르고 시대가 바뀌고 따라서 새로운 사람이 났다 하지만 그 '새롭다' 하는 것은 '젊다' 하는 것을 뜻함이지 결코 내적 변화를 말함이 아니었다. 사람은 바뀌었으나 그 도덕관이며 인생관에는 조금도 흔들림이 없었다.

　"맹자 양혜왕을 보시니 왕 가로되."

　맹자는 '하시'고 왕은 '하'였다. 여기 만약 누가 있어서,

　"맹자가 양혜왕께 배알하매 왕께서 가로사되—."
라고 읽는 사람이 있으면 오학동 전체에서 그런 불경한은 응징할 것이었었다.

　이리하여 오학동에서는 역시 낡은 사람과 마찬가지인 새 사람이 꼬리를 변하여 났다.

어떤 춘기 대청결날이었다.

오학동에서 가장 돈냥도 많고 점잖으며 학식도 높다는 익천방 한아버님은 긴 담뱃대를 물고 뜰에서 머슴들에게 청결을 시키고 있었다.

거미줄도 다 쳤다. 뜰의 돌부스러기도 모두 치워 버렸다. 뜰에 멍석을 펴고 방 안의 이부자리며 옷들도 모두 내어놓고 방 안도 먼지 하나 없이 쓸어내었다. 그런 뒤에 노인은 몸소 돌아다니며 부족한 곳이 없는가고 검분하였다. 그러나 아무리 타지를 잡자 하더라도 잡힐 곳이 없도록, 청결은 충분히 되었다.

그것을 다 돌아본 뒤에 노인은 사랑으로 들어와 앉아서 담배를 피우면서 헌병들이 검분하러 오기를 기다리고 있었다.

긴 봄날도 거의 저물어서야 헌병 하나와 보조원 하나가 칼소리를 제걱거리며 익천방 대문을 힘 있게 열고 들어섰다.

벼슬에는 머리를 들지 못하고 권력을 저퍼하고 세력을 두려워하는 익천방 한아버님은 아직 물고 있던 긴 담뱃대를 황급히 놓고 뜰로 뛰어내려갔다.

헌병들은 이 노인이 황급히 나오는 것은 본 체 만 체, 곧 뜰 뒤로 돌아갔다. 노인도 따라 돌아갔다. 헌병들은 두리두리 살핀 뒤에 도로 뜰앞으로 나왔다. 노인도 또 따라 나왔다.

앞뜰에서 유난히도 똑똑히 검분하고 있던 보조원은 문득 사랑 앞에 발을 멈추었다. 그리고 땅을 굽어보았다. 거기는 노인이 심은 몇 포기의 채송화가 꽃을 자랑하고 있었다.

"이게 뭐야."

보조원은 채송화를 내려다보면서 심술궂은 소리로 고함쳤다. 뒤에 섰던 헌병이 웃으면서 일본 말로 보조원에게 무에라고[44] 하였다. 보조원도 일본 말로 무에라고 웃으면서 헌병에게 말하였다. 그런 뒤에 다시 발로 꽃을 가르키면서,

"이게 뭐야."

고 고함쳤다.

노인은 망지소조하여 보조원의 앞으로 갔다. 손은

---

44) 무엇이라고

어느덧 읍하여졌다.

"그게 꽃이올시다. 채송화라는….'"

"꽃인 줄야 모르리? 꽃이라도 청결 때면 뽑아 버려야 하지 않냐 말이야. 청결이란 모두 깨끗이 하는 건 줄 모르냐 말이야. 낫살이나 먹은 게….'"

"네….'"

노인은 푹 수그렸던 머리를 조금 들었다. 그리고 보조원의 얼굴을 보았다.

그때 노인은 그 보조원의 얼굴에서 정방 동리 모춧 집 아들의 모습을 발견하였다.

무섭고도 또 무서운 보조원이 뜻밖에도 이 같은 ○○골 안에 있는— 더구나 자기네의 눈아랫 사람 인 것을 발견할 때에 노인은 이상히도 반갑고도 안심되었다. 조금 들리었던 노인의 얼굴은 온전히 들리었다.

"아! 자네—."

그러나 그 말을 맺지를 못하였다. 눈과 뺨에서 불이 나는 것을 느끼는 순간 노인은 그 자리에 푹 고꾸라 졌다. 고꾸라지는 것과 동시에 허리로는 무서운 구둣

발길이 사정없이 내려찧는 것을 감각하였다.

"이 자식이— 자네가 뭐야. 관리에게 향해서!"

그 뒤에는 연하여 허리로 가슴으로 엉덩이로 구둣발이 내려왔다.

이러는 동안 노인은 몇 번을 손을 빌었는지 몰랐다.

"나리. 살려 줍쇼."

몇 번을 늙은 소리로 탄원하였는지 몰랐다. 친척 동리가 모두 모여들어서 보조원에게 사죄사죄를 얼마나 하였는지 몰랐다. 좌우간 아직 해가 있을 때부터 시작하여 날이 어둡기까지 노인은 보조원에게 맞고 채이고 한 뒤에야 겨우 놓였다.

오학동의 다른 집들의 청결은 내일 다시 본다고, 가장 집물을 뜰에 내어놓은 채로 그 밤을 보내지 않을 수가 없었다.

그 이튿날 밤 오학동에서는 회의가 열렸다.

헌병보조원은 무서웠다. 왜 그러냐 하면 그는 관리니까…. 그러나 오학동에서 오 리 밖에 사는 정방 모 줏집은 무섭지 않았다. 더구나 종의 후손인 모줏집이며 그 집 늙은이는 지금도 오학동 사람들을 보면 허리를 굽신굽신하는데 그 집 자식놈이 오학동에서도 가장 존경받는 노인을 발길로 수없이 차고 때렸다는 것은 결코 용서할 수가 없었다.

그것을 관리로 볼 때에는 무서웠으나 돌이켜 자기네가 어렸을 때부터 늘 보아 오던 종의 새끼로 볼 때에는 억분45)키가 짝이 없었다. 그것은 그냥 두지 못할 일이었다. 응징하지 않으면 안 될 일이었다.

이리하여 의논이 합의가 된 결과 이튿날 하인을 시켜서 정방까지 가서 모춧집 늙은이를 오학동으로 불러왔다.

영문을 모르는 모춧집 늙은이 하인을 따라왔다. 그러나 익천방 사랑에 줄줄이 모여 앉은 오학동의 늙은이들을 볼 때에 아직 시대를 이해치 못하는 모춧집 늙은이는 황공히 뜰 아래 읍하고 섰다. 그 늙은이에게 향하여 익천방 노인의 사촌 되는 노인이,

"이놈 네 죄를 모르는다."

---

45) 억울하고 분함

고 호령하였다.

모줏집 늙은이는 허리를 굽혔다.

"네 소인의 죄가 무엔지―."

"무얼?"

사촌노인은 하인을 둘러보았다.

"저놈 단매에 살이 터지도록 때려라!"

거기서는 오학동 노인들의 머리에만 아직껏 남아 있는 형벌이 실행되었다.

호령은 연하여 내렸다. 호령의 틈틈이 모줏집 늙은이에게 오늘 지금 형벌하는 까닭을 알으켰다. 상놈이 하늘을 두려워할 줄 모르는 무서운 짓을 행한 보복의 아픔을 알으켰다.

낮부터 시작되어 어둡기까지 매질은 계속되었다. 그리고 모진 매 때문에 거의 죽게 된 늙은이를 밤에야 들것에 담아다가 정방 동리 어구에 내버렸다.

청결 때에 채송화를 뽑지 않기 때문에 매맞은 노인은 마침내 죽어 버렸다.

그 노인이 죽은 지 조금 뒤에 모줏집 늙은이도 또한

죽어 버렸다.

이리하여 두 개의 죽음은 내었을지라도 사건은 여기서 끝이 난 듯싶었다.

그러나 일은 간단히 끝나지 않았다. 모줏집 늙은이의 죽음의 뒤에는 '법률'이라 하는 국가의 세력이 있었다. 모줏집 늙은이가 죽은 이튿날로 오학동의 사내는(늙은이 젊은이 하인들을 막론하고) 모두 그곳을 관할하는 주재소에 붙들려갔다.

며칠 뒤에 태반은 놓여나기는 하였다. 그러나 놓여나온 사람들은 모두 죽도록 매를 맞고 나왔다. 그 매 때문에 나와서 죽은 사람도 여럿 있었다. 그리고 못 나온 사람들은 경찰서로 감옥으로 이리하여 살인범이라는 무서운 명목 아래 종신 혹은 십이 년 징역으로 영어의 몸이 되지 않을 수가 없었다.

뿐만 아니었다. 이전에는 정방의 어른이며 아이들이 때때로 오학동 사람에게 숨은 반항은 하였지만 내놓고는 그래도 웃사람 대접을 하였는데 그 사건 뒤부터는 노골적으로 반항할 뿐 아니라 어떤 때는 부러 저편에서 적극적 행동을 취하는 때도 있게 되었다. 그러면은 오학동의 점잖은 이들이 오히려 저편을 피하고 있었다.

"개똥은 무서워서 피하는 게 아니라, 더러워서 피하는 게다."

입으로는 비록 이런 호어[46]를 한다 하나 사실로는 무서워서 피하는 것이었었다.

이리하여 ○○골에는 낡은 세력을 꺾으려는 새로운 세력이, 먼저 헌병보조원이라는 형식으로 들어왔다.

오학동 사람과 정방 사람의 새에 무슨 말썽이 생기면 반드시 헌병주재소에서 간섭하였다. 그리고 사리는 여하간 죄는 오학동 사람에게로 돌아왔다.

이백여 년을 두고 수모에 또 수모를 받고 내려오던 정방의 종의 자식들은 새로운 학문을 흡수하고 그 학문으로 자기네의 자식을 헌병보조원에 붙인 덕에 그 수모를 면하게 되었다.

___

46) 호언. 친절하고 듣기 좋은 말.

새로운 학문의 힘은 무서웠다.

정방의 한 자손이 공부를 한 덕에 헌병보조원을 붙어서 아직껏 자기네의 조상이 받아 오던 수모와 그 원한을 푼 일을 실마리삼아 정방의 세력은 차차 높아 갔다. 군서기 군고원 면서기—멀리 감영까지 공부를 갔던 정방의 자손들은 형설의 공을 이루어 꼬리를 이어서 금의환향하였다. 그리고 그들이 정방과 오학동을 합친 ○○골을 관할하는 군이나 면에 붙게 되면 반드시 오학동을 못살게 굴었다. 조그만 트집이라도 생기면 반드시 오학동은 그 때문에 큰 손해나 봉변을 하고야 말고 하였다.

어떤 때 오학동에는 그곳 군청 서무주임이 시찰을 하러 온다는 통지가 이르렀다. 벼슬과 권력에는 무조건하고 머리를 수그리는 오학동의 노인들은 자기네의 동리의 가장 깨끗한 집을 택하여 만반 음식을 준비하고 서무주임 영감을 기다렸다.

주임이 이르렀다. 그런데 그 주임에 배종한 사람은 정방의—정방서도 가장 천대받던 어떤 집 아들이었었다. 그 아들이 주임 영감과 자리를 같이 하고 술을 나누는 광경을 오학동의 노인들은 경이의 눈으로 바라보지 않을 수가 없었다.

"상놈이 벼슬을 하였다."
이것은 그들에게는 과연 경이에 다름없었다.

'상놈이 벼슬을 하였다.'
이 한 가지의 사건은 오학동 노인들에게 커다란 충동을 주었다. 그리고 그들의 처세술과 인생관에 대하여서까지 변동을 일으키게 하였다.
그들은 인제는 벼슬이란 없어진 것으로만 알고 있었다. 그런데 벼슬을 한 사람이 있었다. 더구나 그 벼슬을 한 사람은 자기네가 아직껏 사람으로 보지도 않던 정방 종의 자식이었었다. 그러면 그 종의 자식은 어떻게 벼슬을 하였나? 한 가지의 대답이 그들에게 울리었다. 그것은 '신학문을 하기 때문'이라 하는 것이었었다.
자기네가 아직껏 벼슬이라는 것을 단념하고 자식들에게 농사나 가르친 것은 결코 벼슬에 마음이 없어서 그런 것이 아니었다. 벼슬에는 마음이 있었다. 그러나 아무리 학문이 고명하다 할지라도 조선 사람에게는 벼슬의 길이 없는 줄 믿은 때문이었다. 그런데 여기 조선 사람으로도 벼슬을 한 사람이 생겼다. 더구나 상놈이 벼슬을 하였다. 그리고 그것은 순전히 신학문을 한 때문이었다.

한낱 재간 혹은 기술에 지나지 못하는 줄 알고 수모하던 신학문에 벼슬의 길이 있다는 것은 그들에게는 과연 의외였다. 그리고 벼슬을 할 길이 있는 신학문인지라, 무조건으로 업수이여기지[47] 못할 것도 막연히 깨달았다.

'벼슬! 벼슬!'

오랫동안 단념하고 있던 벼슬에 대한 욕망은 오학동 사람들의 마음에 무럭무럭 일어났다. 더구나 자기네는 정방놈들보다 훌륭하다는 우월감을 가지고 있는 오학동 사람들은 자기네가 벼슬만 하면 정방 인종보다는 썩 나은 지위에까지 올라가겠다는 자신까지

47) 업신여기지

있었다.

이리하여 오학동에서도 아들 몇 사람이 그곳 감영으로 유학의 길을 떠나게 되었다.

감영으로 유학을 갔던 오학동의 아들들은 그곳서 졸업을 한 뒤에 멀리 또한 외국으로 갔다. 감영에서만 공부를 하고도 군주사 한 자리는 넉넉히 하는 시대인지라, 멀리 외국까지 보내면 성주 한자리는 넉넉히 하리라는 굳은 믿음 아래서 용감스러이 만 리의 봉정(蓬征)을 떠난 것이었었다.

종의 자식들에게 수모를 받는 것은 치가 떨리도록 가슴이 아팠다. 그러나 인제 또한 자기네의 자식들이 신학문을 닦고 돌아오면 또 다시 이전과 같이 종의 자식들을 수모를 할 수가 있으려니 이런 생각으로 오학동의 어버이들은 자식들의 달라는 학비를 결코 많다 하지 않고 주었다.

그러는 동안에도 시대는 더욱 변하였다. 시대가 변함을 따라서 미리 벼슬을 한 사람들의 세력은 더욱 커 갔다. 세력이 커 감을 따라서 오학동에 대한 압박도 차차 높아 갔다.

토지를 관할하는 군청과 면소에 자리잡은 종의 자식들은 지주이요 농사를 본업으로 하는 오학동 사람을 곤란케 하기에는 가장 좋은 지위에 있는 셈이었었다. 조그만 일에도 트집을 잡았다. 트집을 잡을 만한 일이 없으면 트집을 만들어 내었다. 이리하여 그 트집으로 오학동을 더욱 힘 있게 내려눌렀다.

중장되어 가는 세력과 쇠하여 가는 세력 이 두 가지의 세력은 시시로 나날이 현저하여 갔다. 오학동 사람의 토지가 하나 정방 사람에게(본의는 아니지만) 팔려갔다. 그 뒤를 따라서 또 하나 팔려갔다. 흥하여 가는 정방이며 자식들이 세도자리(?)에 있는지라 비록 종의 자식일망정 정방에는 돈이 흔하였다. 거기 반하여 쇠하여 가는 오학동에서는 온갖 일이 마음대로 안 되었다. 멀리 유학을 보낸 아들들의 학비를 보내기 위하여 조상 전래의 땅을 연하여 팔지 않을 수가 없었다. 그리고 두 가파로운 묏견 새에 끼여 있는 ○○골의 땅을 살 사람은 같은 ○○골에 있는 정방사람밖에는 없었다.

땅이 연하여 정방 사람의 손으로 넘어갈 때마다 오학동 사람들은 집이 무너지도록 탄식하고 하였다. 그러나 그 탄식 가운데도 가까운 장래에 자기네의 자식들이 금의환향하여 도로 그 땅을 사들이고 맵고 미운 정방놈들을 온전히 이 ○○골에서 내어 쫓을 날을 예기하고 저으기 스스로 위로하고 하였다.

세월은 연하여 흘렀다.

'고꼬와 오꾸니오 난뱌꾸리(此處[차처]는 御國[어국]을 何百里[하백리])'가 낡아지고, '카추샤 가와이야(カチコシヤ可愛[가애]いや)'⁴⁸⁾가 생겼다가 낡아지고, '고꼬와 조센 호꾸딴노…(此處[차처]는 朝鮮北端[조선북단]の…) 냐햐꾸리 아마리노 오롯꼬(二百里餘[이백리여]りの鴨綠江[압록강])'⁴⁹⁾가 각곳에서 들렸다.

이렇게 시대가 변하는 동안, ○○골 안의 오학동과 정방도 이전과는 그 지위가 온전히 반대로 되어 버렸다.

---

48) 카추샤 귀여워라
49) 이곳은 조선 북쪽 끝의, 오백여 리 되는 압록강

관리에 등용된 정방의 자식들이 그 새 이백여 년을 자기네의 조상이 받은 수모에 대한 원한을 갚기 위하여, 오학동에 대하여 가한 압박 때문에, 수리라 측량이라 양잠이라 세금이라 마치 술집 회계기와 비슷한 헬 수 없는 명목으로 착취를 당한 오학동은, 지금 몇몇 집이 겨우 자활을 하는 뿐, 대개는 모두 땅을 정방 종의 자식에게 팔아 버리고 그래도 굶어 죽을 수는 없어서 이전에 종의 자식이라고 그렇게도 멸시를 하던 정방 사람들의 소작인으로까지 떨어지게 되었다.

'천리는 순환하나니.'

이전에 자기네가 세도를 잡았을 때는 생각도 않던 이런 격언을 서로 외며 인제 가까운 장래에 자기네의 자식들이 학문을 끝내고 돌아올 날을 손꼽아 기다렸다. 그리고 그 아들들이 돌아오기만 하면 다시 솟아날 길이 있으려니 단단히 믿고 있었다. 그것을 기다리지 못하여 ○○골을 벗어나간 사람의 수효도 적지 않았다.

이전에는 종이라 업수이여기던 정방 동리로 소작짐을 지고 가는 오학동 노인들의 얼굴에는 늘 하늘을 원망하는 기색들이 있었다. 양반은 얼어 죽어도 겟불은 안 쪼인다는 말은 그들에게는 무의미였다. 오학동의 젊은이들은 정방 늙은이들에게 '주인님' '나으리' '영감'이라는 존경사조차 놓이도록 변하였다.

신학문이 들어왔다. 들어오면서는 ○○골을 온전히 거꾸로 만들어 놓았다.

오학동 노인들이 기다리던 날이 이르렀다. 멀리 외국까지 유학을 보냈던 아들들이 형설의 공을 마치고 돌아왔다.

그러나 십여 년 간을 오학동의 어버이들이 논밭을 모두 피눈물을 뿌리면서 정방 사람에게 팔아 가면서 학비를 보내줄 때의 그 기대와 오학동의 자식들이 배워 가지고 돌아온 학문의 새에는 너무도 차이가 컸다.

그들이 배운 학문이란 것은 소위 '붉음'이라는 대명사로 알리워 있는 무서운 사조였었다. (미완)

(『신동아(新東亞)』, 1932.4~5)

적막한 저녁

그러나 한순간 뒤에 노자작의 노염에 불붙는 눈은 휙 돌아와서 아들의 얼굴에 정면으로 부어졌다.

"네게는— 네게는—."

노염으로 말미암아 노자작의 숨은 허덕였다—.

"네게는 아비가 그렇듯 노쇠해 뵈더냐!"

일찌기 호랑이 같은 재상으로서 선정(善政)에 학정에 같이 그 이름을 울리던 노자작의 면목은 여기서 나타났다. 얼굴은 누렇게 여위었지만 거기서 울려나오는 음성은 방을 드렁드렁 울리었다.

다시 흥분해 가는 아버지의 앞에 두식이가 어쩔 줄을 모르고 창황하여 할 때에 아버지는 다시 고함쳐서 저편 방에 있는 충복 왕보를 불렀다.

"야. 왕보야— 왕보야—."

충실한 왕보였다. 비록 잘 때라도 주인에게 대한 주의는 끊치지 않고 있던 왕보는 주인의 부름에 곧 이 방으로 달려왔다. 그 왕보에게 향하여 노자작은 마치 어린애같이 자기의 처지를 호소하였다.

"왕보야. 나는 좀 자고 싶구나. 그런데 이— 이— 이 사람이 귀찮게 굴어서 잘 수가 없다. 날더러 노쇠했다는구나. 날 제발 좀 자게 해다구."

왕보는 허리를 굽혔다. 그리고 노자작의 침대에 가까이 가서 한 번 자작의 이불을 고쳐 드린 뒤에 천천히 눈을 두식이에게 돌렸다.

두식이는 아버지의 방에서 물러나왔다.

자기의 침실로 돌아온 두식이는 몸을 커다랗게 침대에 내어던졌다. 그리고 다리는 마루 위에 상반신은 침대 위에 눕힌 뒤에 권연을 붙여물었다.

밤의 곤한 잠에서 깨어나고 깨어난 뒤에 연하여 기괴한 일을 본 두식이에게는 지금이 마치 꿈과 같았다.

단총 소리에 깨었다. 별당으로 달려가 보니 아버지는 기절하고 전등은 부서졌다. 탄환이 여기저기 박혔다. 아버지를 양관으로 모셔왔다. 아버지에게서는 역시 이해할 수 없는 설명을 들을 뿐이었다. 그것을 의심하매 아버지는 성을 내었다.

─대체 김덕삼이가 누구던가. 김덕삼의 아들이 누구던가.

아까 아버지의 입에서 김덕삼이라는 이름이 나올 때에 아버지의 얼굴은 몹시 불안한 듯하였다. 분명히 아버지는 그 김덕삼이란 이름을 아는 모양이었다. 그리고 그때의 아버지의 불안한 표정으로 아버지와 김덕삼의 새에 무슨 기괴한 인연이 있던 것도 의심할 여지가 없이 보였다. 칠십년에 가까운 생애를 아직 두려움을 모르던 아버지도 김덕삼의 이름을 말할 때는 분명히 두려운 듯이 목소리를 낮추었다.

그러면 대체 김덕삼이가 누구인가. 김덕삼이와 아버지의 새에는 어떤 인연이 있나.

"그래. 왕보에게 물어 보자."

오십 년 동안을 노자작을 모시고 지내온 왕보는 노

자작에게 관한 일은 모르는 것이 없었다. 만약 아버지로서 김덕삼이라는 이름을 안다 하면 왕보도 짐작컨대 알 것이다. 그리고 김덕삼의 근본만 알면 오늘 밤에 생긴 기괴한 일에 대하여 어떤 서광이 보일 듯 싶었다.

두식이는 처음에는 초인종을 눌러서 하인을 불러서 왕보를 좀 이방으로 부르려 하였다. 그러나 다시 생각하고 스스로 몸을 일으켰다. 왕보는 비록 이 집 안의 하인이라 하나 아버지에게 직속된 하인으로서 두식이가 하인을 시켜서 불러오기는 좀 어떨 듯하였다. 그래서 몸소 나가서 왕보를 만나 보려 한 것이었다.

거진 다 탄 권연을 재떨이에 내어던지고 두식이가 복도에 나서서 보매 저 편 아버지의 방 앞에 늙은 왕보가 허리를 구부리고 지켜서 있었다. 두식이는 천천히 그리로 갔다. 그리고 자기를 보고 허리를 더 굽히는 왕보에게 향하여 왜 자지 않느냐고 물었다.

왕보는 대답치 않았다. 그리고 다시 한 번 더 허리를 굽힌 뒤에 고개를 설레설레 저을 뿐이었다.

"다른 젊은 하인을 불러서 지키게 할 테니 좀 들어가서 자면 어떤가?"

왕보는 젊은 주인의 얼굴을 쳐다보았다. 그런 뒤에 다시 고개를 저었다.

"늘그막에 수고하네. 좌우간 잠깐만 내 방에 와 주지 못하겠나? 오늘밤 일에 대해서 좀 물어 보고 싶은 일이 있는데……."

두식이는 다시 작은 소리로 이렇게 말하였다. 그 말에 대하여도 왕보는 천천히 머리를 돌려서 노자작의 침실문을 한 번 본 뒤에 다시 머리를 설레설레 저을 뿐이었다.

이 고집불통이요 충직하기 짝이 없는 왕보에게 대하여 두식이는 다른 수단을 쓰지 않을 수가 없었다.

두식이는 아래층으로 내려가서 다른 젊은 하인 하나를 세워 가지고 올라왔다.

"이 사람한테 십오 분 동안만 맡기고 내 방에 좀 와 주게. 이봐 이봐. 왕보가 내 방에 가 있는 동안 이 자리에서 조금이라도 떠나면 안 되네. 잠시 눈만 딴 데 팔아도 안 돼. 자 왕보, 마음 놓고 잠시만 내

방에 와 주게. 물어 볼 일이 있어서 말이네."

두식이는 왕보를 자기의 침실로 데리고 왔다. 그리고 굳이 사양하는 왕보에게 의자를 억지로 권하고 마주 앉았다.

"왕보. 오늘 밤의 사건을 어떻게 생각하나?"

이 말에 왕보는 늙은 눈을 들어서 작은 주인을 뚫어지게 바라보다가,

"소인은 알 수가 없읍니다. 꿈 같사외다."

하면서 도로 눈을 떨어뜨렸다.

"내 아버님의 일을 내가 모르고 자네게 묻는다는 것은 부끄러운 일일세마는 오늘 밤 일에 대해서 짐작되는 일이 없나?"

"모르겠읍니다."

"김덕삼이라고 혹은 알 수 없겠나?"

왕보는 눈을 들어서 한순간 다시 두식이를 보았다. 그런 뒤에 눈을 도로 아래로 향하고 한참 뒤에,

"어느 김덕삼이오니까?"

하고 물었다.

"나도 어느 김덕삼인지는 모르네마는 혹은 아버님
께 원한이라도 먹을 만한 김덕삼이란 사람이 없겠
나?"

"—있읍니다. 그렇지만."

"그렇지만?"

"네. 그 김덕삼이는 죽었읍니다. 그리고 다른 김덕
삼이는 모르겠읍니다."

"그 김덕삼이는 언제 죽었나?"

"삼십— 이십구— 꼭 삼십 년 전에 죽었읍니다. 그
김덕삼이가 이번 일에 무슨 관계가 있읍니까?"

"김덕삼이 아들이 금년 몇 살이나 되겠나?"

"김덕삼이는 후사가 없었읍니다."

두식이는 왕보를 보았다. 왕보는 눈을 폭 아래로
내려뜬 채로 가만히 앉아 있었다.

"덕삼이게 후사가 없었어?"

"네. 없었읍니다."

"분명히 없었나?"

"소인이 잘 압니다. 없었읍니다."

"그래도—."

두식이는 눈을 바로 뜨고 한 마디씩 한 마디씩 똑똑히 말하였다.

"어젯밤에 왔던 놈이 덕삼이의 아들이라는데."

"네? 누가 그럽디까?"

"대감께서."

아직도 아래로 떨어뜨리고 있던 왕보의 눈이 번쩍 띄었다. 띄었던 눈은 두식이의 눈과 마주쳐서 낭패한 듯이 도로 아래로 내려갔다. 그러나 그 순간 두식이는 왕보의 눈에서도 말할 수 없는 공포가 불붙는 것을 보았다. 그의 무릎 위에 놓인 양손까지 약간 떨렸다.

"없었읍니다. 덕삼이는 후사가 없었읍니다."

"그래도—."

"없었읍니다. 분명히 없었읍니다."

두식이는 여기서 무슨 기괴하고도 두려운 사실이 감추여 있는 것을 짐작하였다. 아직 두려움이라는 것을 모르던 아버지의 공포며 또 여기 이 왕보의 공포를 연결하여 생각할 때에 이 사건의 뒤에는 무슨 기괴한 사실이 분명히 숨어 있는 것이었다.

"여보게. 내 말을 들어 보게. 아까 왔던 괴한이 제 입으로 아버님께 자기는 김덕삼이의 아들이노라고 분명히 말했다는데 자네는 어째서 덕삼이가 후사가 없었다고 그렇게 단언하나?"

"덕삼이는 죽기까지 장가를 안 갔읍니다."

"음. 그래도 장가 못 갔대도 자식을 못 났다는 법이야 없겠지. 그렇지 않나?"

"정들인 곳도 없었읍니다."

"정들인 곳도?"

"네. 어느 기생 한 분에 정들였었는데—."

"그래서?"

"그 기생께서—."

"께서가 아니라 그 기생이 말이지."

"네. 그 기생께서—."

"기생이."

"네."

"그래서?"

왕보는 대답치 않았다. 한참을 묵묵히 앉았다가 그가 입을 열 때는 두식이에게는 의외의 말이 나왔다ㅡ.

"나리. 소인을 죽여 주십쇼."

"여보게 왕보. 좀 정신을 차리게. 자네도 웬 일인지 몹시 흥분했네. 좀 정신을 가다듬게. ㅡ대체 그 기생이 어쨌단 말인가?"

"……."

"응?"

"그분에게서는 후사를 못 보았읍니다."

"응. 말하자면 덕삼이는 총각으로 죽었고 정들인 곳은 기생 하나밖에는 없었는데 그 기생에게서도 자식을 못 보았단 말이지?"

"네."

"그럼 아까 왔던 놈은 무에겠냐 말이야."

"소인은 알 수 없읍니다."

"대체 덕삼이는 어떻게 죽었나?"

"……."

"응?"

"……."

"응?"

두식이는 세 번을 연거푸 물었다. 그러나 왕보는 그 말에는 입을 굳게 닫고 대답치 않았다.

"왕보."

"네."

"왜 대답을 안하나?"

"……."

"자네는 이 집을 어떻게 생각하나?"

"이 댁 은공은 죽어도 못 잊겠읍니다."

"이 집에 아까 심상치 않은 괴변이 생겨 난 것은 알지?"

"네……."

"그것을 알아보고 그것이 만약 위험한 일이라면 그 위험에서 이 집을 구해 내기 위해서 지금 내가 자네게 묻는 겐데 자네는 알면서도 말하지 않는 것은 웬일인가?"

"말씀드리겠읍니다."

"덕삼이는 왜 죽었나?"

"매에 죽었읍니다."

"언제 어디서?"

"대감께서 충청 감사로 계실 때 공주 영문에서……."

두식이는 겨우 짐작하였다.

"응. 아버님께서 충청 감사로 계실 때 덕삼이를 치셨단 말이지?"

"네."

"무슨 죄로?"

"……."

"응?"

"영문에서 담배 먹은 죄로……."

"영문에서 담배 먹은 죄로?"

"네. 매에 죽기는 그 죄에 죽었읍니다."

"여보게. 말을 끼고 하지 말게. 죽기는 그 죄로 죽었다면 다른 것은 무에 어떻단 말인가?"

왕보는 눈을 고즈너기50) 감았다. 눈을 감고 한참을 생각하다가 떴다—.

"죄 말씀드리겠읍니다."

"그래."

---

50) 고즈넉이

"덕삼이는 영리(營吏)[51]였읍니다. 덕삼이가 어떤 기생 한 분과 가까이 지냈읍니다. 그래서 대감께서 늘 밉게 보시던 차에 영문에 가서 담배를 먹다가 들키기 때문에 죽었읍니다."

"응. 알겠네. 말하자면 그 기생은 아버님께서 돌보는 기생이란 말이지?"

왕보는 머리를 숙여서 그렇단 뜻을 말하였다.

"그 기생은 어떻게 되었나?"

"죽었읍니다."

"언제?"

"……."

"응?"

"소인은 알 수 없읍니다."

"알 수 없어? 알 수 없으면 어떻게 죽었는지 아는가?"

"……."

"말을 분명히 하게. 죽었나 살았나?"

---

51) 조선시대에 감영·군영·수영에 속하여 있던 서리.

"—알 수 없읍니다."

"죽었다더니."

"알 수 없읍니다."

완강히 모르노라는 왕보에게 대하여 더 물을 근력을 잃은 두식이는 자기도 머리를 수그렸다.

그리고 한참을 생각한 뒤에 왕보에게 말하였다—.

"덕삼이에게 관해서 더 아는 것이 없나?"

"없읍니다."

"더 말할 것은 없나?"

"없읍니다."

"그렇지만 이상하지 않나? 자네는 덕삼이게 분명히 아들이 없었다구 하지만 오늘 왔던 자는 자기가 덕삼이의 아들이노라고 스스로 말하니깐 이 사실을 어떻게 해석하겠나?"

왕보는 눈을 감은 채로 한참 생각에 잠겨 있었다. 한참 뒤에 눈을 겨우 들었다. 그리고 무슨 말을 할 듯이 입을 조금 움직였다. 그러나 다시 입을 봉하여 버렸다.

"어떤가?"

"역시 소인은 모르겠읍니다."

"몰라?"

"네……."

"알 사람이 없겠나?"

"……."

"……."

"없겠어?"

"소인은 모르겠읍니다."

왕보는 사건에 대하여 좀 더 아는 듯하였다.

그러나 웬 일인지 이상은 입을 열려 하지 않았다. 두식이는 하릴없이 왕보를 놓아주지 않을 수가 없었다.

"수고했네. 나가 보게."

작은 주인게 해방을 당한 왕보는 기다란 한숨을 쉬며 지척지척 문으로 향하여 나갔다.

그러나 문에까지 가서 그는 도로 돌아섰다.

"나리."

"왜."

"소인은 왜 그런지 무섭습니다."

"무에?"

"덕삼이는 그때 분명히 후사가 없이 죽었읍니다. 그런데 아까 왔던 건 대체 웬 일일까요? 그걸 생각하면 소인은 무섭습니다."

"철없는—"

왕보의 말을 한 마디로 비웃었지만 두식이의 등골로도 소름이 쭉 끼쳤다.

"게다가 똑똑히 생각은 나지 않지만 덕삼이가 죽은 날도 오늘같이 캄캄한 가을밤이었읍니다. 혹은 삼십 년 전 이 달 오늘이었는지도 모르겠습니다. 그걸 생각하면 소인은 무서워서 못 견디겠읍니다."

"칠십에 아직도 두려움을 타나? 그러지 말고 돌아가서 대감 방은 옥길이 더러 지키라고 한잠 자게."

이리하여 두식이는 왕보를 내보냈다.

그러나 왕보를 내보내는 순간부터 두식의 마음에도 공포라고밖에는 형용할 수 없는 감정이 각각으로 일어나서 커졌다. 왕보의 이야기를 다시 생각해보고 그리고 아버지의 말과 대조할 때에 사건의 기괴성이 두식이의 마음을 차차 무겁게 하였다.

왕보는 덕삼이가 분명히 후사가 없이 죽었다 한다. 그러면 아까 왔던 인물은 과연 무엇이었던가? 유령?

새로운 교양을 받고 자란 두식이는 그 괴한을 유령으로 인정하기에는 너무도 과학적 사람이었다. 그러면 덕삼이의 아들?

그러나 왕보가 그만치 후사 없이 죽었다는 것은 강조할 적에야 그럴만한 근거가 있을 것이다. 그러면 보통 사람?

그렇게 해석하자니 아버지의 아까의 경과당한 것은 너무도 기괴하였다. ─장지문이 소리 없이 열렸다. 그 틈으로는 분명히 아무도 들어오지는 않았다.

뿐더러 아버지가 십이 연발을 다 놓았지만 그 한 발도 맞지를 않았다. 이것은 보통 사람으로 해석하기에는 너무도 기괴하였다. 더구나 그 괴한의 음성은 무슨 기계에서 울려 나오는 듯한 기괴한 음성이었다 한다.

이렇게 생각할 때에 비록 그것은 한낱 망상에 지나지 못하고 미신에 지나지 못한다 생각하더라도 두식이의 마음은 한편 구석에서 차차 자라나는 무시무시

한 생각은 누를 수가 도저히 없었다.

두식이는 시계를 보았다. 네 시 반이었었다.

'아직 두 시간.'

밝기까지는 아직도 두 시간이나 더 있어야 할 것이다. 지금의 흥분 상태로써는 도저히 잠이 들 듯도 안 하였다. 그리고 또한 지금의 무시무시한 마음 상으로는 두 시간이 몹시 길 것같이 생각되었다. 그 두 시간 동안을 두식이는 무슨 재미있는 책이라도 읽으면서 아까의 그 사건을 온전히 잊고 지내고 싶었다.

두식이는 무슨 책이라도 한 권 가져올 양으로 몸을 일으켰다. 그리고 서재로 가려고 문에까지 이르렀다.

그가 문 앞에서 바야흐로 문을 열려고 손잡이를 잡으려 할 때였다. 두식이의 손이 채 손잡이에 가 닿기 전에 손잡이가 스스로 조금 움직였다.

두식의 온몸에는 소름이 쪽 끼쳤다. 눈까지 아득하여졌다. 움직이려던 몸은 못박힌 듯이 그곳에 딱 붙었다. 그럴 동안에 손잡이는 차차 차차 돌고 문이 소리 없이 조금씩 열리기 시작하였다.

두식이의 팔다리가 우들우들 떨렸다. 피는 모두 얼

굴로 모여들었다. 이러한 가운데서 두식이가 자기의 지금 서 있는 곳과(단총이 있는) 침대 머리와 거리를 머리로 측량을 할 동안 조금씩 열리던 문이 홱 열렸다. 동시에 두식이의 맞은편에는 웬 청년 하나이 딱 마주 버티고 섰다.

"실례합니다. 이런 사람이외다."

왼손으로는 문을 도로 닫으며 오른손으로는 명함을 쥐고 과도한 경악 때문에 거의 정신을 잃을 듯이 된 두식이에게 그는 약간 머리를 숙였다.

그 앞에 두식이는 망연히 서 있을 뿐이었다.

키는 중키나 되었다. 몸이 크지는 못하지만 단단하게 생겼다. 침착한 눈이었지만 한 번 크게 뜰 때는 꽤 날카로운 빛이 보일 듯하였다.

어느 모로 뜯어보아도 대담한 사나이였다.

이 침입한이 앞에 두식이가 망연히 서서 벌벌 떨고 있을 때에 침입한이 다시 한 번 허리를 굽혔다.

"실례올시다. 밤중에……."

이 아무 적의가 없는 태도에 두식이는 처음으로 약간

제정신을 회복하였다. 그리고 침입한이 손에 들고 있는 명함에 눈을 두었다. 그리고 그 명함으로써 두식이는 이 침입한이 T서의 형사 김찬수인 것을 알았다.

"형사……."

명함을 본 뒤에 두식이는 작은 소리로 혼자 중얼거렸다. 그러나 명함으로써 침입한의 정체를 알고 그 침입한의 결코 불법한 일을 행할 사람이 아니라는 것을 아는 동시에 두식이의 마음에는 그 사나이에게 대한 분노가 차차 떠오르기 시작하였다.

"형사……."

다시 한 번 작은 소리로 뇌어 본 두식이는 눈을 번쩍 들었다. 그리고 힐책하는 듯 눈을 형사의 얼굴 위에 부었다―.

"형사가 가택 침입―."

"네. 불온한 일인 줄 모르는 바가 아니외다. 그렇지만―."

"가택 침입― 그래 양민의 주택에 함부로 들어와도 옳단 말이오?"

"네, 모르는 바가 아니올시다만―."

연하여 변명하려는 말을 두식이는 연하여 막았다.

"서장에게 당신의 행사는 전화해 둘 테니깐 이 집에서 곧 나가오."

"네 한 마디만—."

"냉큼 나가오….."

"잠깐만."

"나가오— 안 나갔다는—."

두식이는 두어 발자국 물러섰다. 그리고 초인종을 누르려 팔을 들었다.

그러나 두식이의 손이 초인종에 채 닿기 전에 형사의 팔이 먼저 두식이의 손을 잡았다.

"잠깐 기다리시오."

사정이라기보다 오히려 엄연한 명령이었다. 형사의 빛나는 눈은 정면으로 두식이의 눈에 부어졌다.

"이보세요. 내가 월권행위를 한 것은 나도 인정하는 배외다. 내일 아침이라도 서장에게 전화를 해서 처벌하도록 하시면 될 게 아닙니까. 나로 말하더라도 월권행위까지 해서 들어온 이상에는 그저 도로 나가지 않을 것은 분명하지 않습니까. 아까 이 댁 별당

근처에서 괴상한 권총 소리가 여러 번 나는 걸 들었읍니다. 그 뒤에 불이 이리 왔다 저리 왔다 하는 걸 봤읍니다. 분명히 무슨 사변이 생기기는 했어요. 그러나— 그— 그— 웬만한 일은 이런 댁에서도 그냥 댁내에서 삭여 버리지 귀찮게 경찰에까지 기어나와 알리지 않는 일이 많아요. 이번 사건도 모르기는 모르겠읍니다마는 혹은 댁내에서 그냥 삭여 버리고 경찰에는 보고도 안하고 말는지도 모르겠읍니다. 그러나 우리 경관의 자리에서 보면 무슨 사건이 생기면 그것을 전부 조사해 두어야 이 뒤 다른 사건이 생길지라도 서로 연락 관계며 계통이며를 알아내기가 쉬우므로 어떤 작은 사건이 생길지라도 하나도 넘기지 않고 죄 조사해 두어야 합니다. 그래서 혹은 댁내에서 삭이고 말는지도 모를 사건이지만 조사해 보기 위해서 들어온 것입니다. 또 밤중에 보통 수단으로 면회를 청한대사 도저히 성공치 못할 일이기에 이렇게 월장해서 몰래 들어온 게입니다. 그리고—."

형사는 아직껏 잡고 있던 두식이의 손을 놓았다. 그리고 말을 좀 낮추었다—.

"또— 말씀이외다 이번 사건이 어떤 것인지는 아직 짐작도 안 가지만 만약 이번 사건이 댁내에서 삭여 버릴 사건이라면 혹은 그— 이 댁에서 나를 이용할 수도 있지 않읍니까. 즉 내가 만약 서에 돌아가서 어젯밤 어느 댁에서 여사여사한 일이 있었다 보고하게 되면 무가내 이번 사건은 공공연히 드러나고야 말지만 여기서 선생과 나와 타협만 되면 서에는 보고하지 않고 비밀히 사건을 조사해 봐서 위험한 일일 것 같으면 또한 비밀히 막을 길도 있겠고 또는 좋지 못한 일이면 제재를 가할 수도 있지 않겠읍니까? 자 어떠세요."

말하자면 형사 김찬수는 두식이에게 가택침입을 묵인하고 말없이 조사시켜 주면 조사한 뒤에 그 조사의 결과에 따라서 제이 타협이라도 또 하자는 것으로서 이번 사건에 대한 비밀탐정의 역할이라도 하겠다는 것이었다.

그 형사의 말의 배면에는 금전의 보수를 요구하는 뜻이 섞인 것으로 해석한 두식이는 잠시 형사의 얼굴을 바라보다가 역시 못마땅하다는 듯이,

"그래도 밤중에—."

더 나무라려 할 때에 형사가 다시 허리를 굽혔다.

"밤중에 들어온 일에 대해서는 천만 번이라도 사죄를 하겠읍니다."

두식이와 찬수의 새에는 드디어 타협이 성립되었다. 찬수가 몇 번을 더 허리를 굽히며 타협을 요구할 때에 두식이도 드디어 승낙을 한 것이었다. 아니 두식이로 말하더라도 이번 사건을 어떻게 처치하여야 할지 쩔쩔 매던 차에 찬수라 하는 인물이 뛰쳐든 것을 오히려 다행히 여기고 타협에 응한 것이었다. 이번 사건은 분명히 중대한 사건이었다. 두식이 혼자서는 도저히 처리할 수가 없었다. 그러나 또한 경찰에 알리자 하니 거기 꺼리는 점이 없는 바가 아니었다. 김덕삼의 아들이라는 인물이 어떤 인물인지는 알 수가 없지만 그것을 모두 들추어내자면 혹은 자기 아버지의 전반생(前半生)의 포학사(暴虐史)가 드러날지도 모를 것이다. 그런 것을 들추어내는 것을 피하자면 또한 김덕삼의 아들이라는 인물을 모르는 체 덮어두어야 할 것이다.

덮어두자면 이 뒤에 또한 어떤 사변이 일어날지 모를 것이다.

여기서 오른편으로도 왼편으로도 갈 수가 없게 된 두식이에게 김찬수라는 인물이 달겨든 것이었다. 김찬수는 비밀히 이번 사건을 조사하여 보겠다는 것이었다.

여기서 찬수와 타협이 된 두식이는 어젯밤에 생긴 괴변의 전말을 전부 찬수에게 알으켜 주었다. 뿐더러 왕보에게 들은 김덕삼과 노자작의 새 의인과 관계까지 알으켜 주었다.

두식이의 설명을 다 들은 뒤에 요령을 수첩에 적고 잠시 머리를 수그리고 있던 찬수는 머리를 들었다ㅡ.

"한 가지 더 말씀해 주십시오."

"무에요?"

"그ㅡ."

찬수는 코로 길게 숨을 내어불었다.

"그ㅡ 이 댁에서 토지를 많이 팔아서 외국 공채를 사셨지요?"

"?—"

두식이는 깜짝 놀았다. 너무도 기괴한 질문이었다. 토지를 팔아서 외국 공채를 산 것은 사실임에는 틀림이 없었다. 그러나 그것은 두세 사람만이 아는 일로서 찬수가 알 까닭이 없었다.

찬수가 두식이의 놀라는 까닭을 안 모양이었다.

"직업이 직업이니만치 그런 건 죄 압니다. 지금까지 얼마치나 샀읍니까?"

"……."

"십만 원 가량 됩니까?"

"그게 이번 사건과 무슨 관련이 있읍니까?"

"글쎄올시다. 관련이 있는지도 모르겠읍니다. 관련이 없다고 단언할 수도 없읍니다. 좌우간 나를 믿고 일을 맡기시는 이상에는 죄 이 댁 사정을 알아야지 않습니까?"

"……."

"얼마한 한도까지 토지를 공채로 바꾸실 예산입니까?"

"차차는 토지는 죄다 팔 예산이외다."

"그래서 전부 공채 혹은 주식으로?"

"네."

"왜요? 어떤 주장으로?"

"―그건 대답을 좀 피해야겠습니다."

두식이는 고소하였다. 찬수도 약간 미소하였다.

"지금 얼마나 바꾸었습니까?"

"그저께까지 십오만 원, 한 사오 일 뒤면 그 곱쯤은 될 모양이외다."

"그 공채 혹은 주권을 별당에 두셨읍니까 혹은 여기 두셨읍니까?"

"여기 이 양관에 두기는 두었지만 둔 곳은 당신한테도 똑똑히 말 못하겠소이다."

"사오 일 후…… 사오 일 후……."

찬수는 무엇을 생각하는 듯이 한참을 머리를 수그리고 있었다.

"혹은 아까 왔던 괴한은 그걸 훔치러 왔던 걸로는 생각이 안 되십니까?"

"글쎄요. 그걸 훔치려면 나한테 올 게지 아버님 계신 별당으로 갈 까닭이 없겠지요. 게다가 김덕삼의 아들이라고 스스로 제 이름까지 알릴 필요도 없겠지요."

여기서 찬수는 수첩을 접어서 주머니에 넣으며 선선히 일어섰다.

"밤중에 실례했읍니다―. 한데 하인을 하나 좀 빌려 주실 수 없겠읍니까. 별당에 좀 가서 조사해 보아야겠는데."

두식이는 하인을 하나 불러서 찬수를 별당에 안내하게 하여 내보냈다.

두식이는 찬수를 내보낸 뒤에 문을 잠그고 침대로 돌아와서 몸을 내어 던졌다. 지독한 피곤이 그의 몸을 엄습하였다.

담배를 한 대 붙여 물었던 두식이는 그 담배를 다 태우지도 못하고 그냥 내려뜨리고 옷도 끌르지[52] 않고 잠들었다.

---

52) 끄르지

몹시 곤한 잠에 빠졌던 두식이는 잠결에 무슨 뚝뚝 하는 소리를 들었다.

그 소리에 조금 정신을 차리고 들으매 그것은 자기 침실의 문을 두드리는 소리였다.

"누구야 밤중에."

곤한 듯이 주머니에서 시계를 꺼내어 보니 인젠 밤이 아니었다. 시계는 여덟 시 이십 분을 가리키고 있었다.

두식이는 침대에서 내렸다. 그리고 눈을 부비며 문으로 가서 쇠를 틀고 문을 열었다. 밖에는 하인이 목반에 명함을 하나 받들고 서 있었다.

"이런 분이 좀 뵙자고 왔읍니다."

T서 근무 형사 김찬수— 명함은 어젯밤에 받은 것과 마찬가지였다.

"아직 기침 안했다구 두 시간쯤 지나서 오라구 그래."

몸이 극도로 피곤한 두식이는 이 말만 하고 문을 도로 닫고 침대로 돌아와서 누웠다. 누웠는 순간 다시 잠에 빠지려 하였다.

그러나 그가 잠에 빠지려는 순간에 다시 문을 두드리는 소리가 들렸다.

"누구야."

문이 열렸다. 아까의 하인이 다시 들어왔다.

"긴급한 일이 있다고 삼 분 동안만 뵙구 가겠다고 가지를 않습니다."

"구찮어ㅡ."

그러나 이 순간 두식이는 벌떡 몸을 일으켰다. 세 시간 전에 돌아간 찬수가 벌써 다시 와서 긴급한 일이 있다고 만나잘 적에야 무슨 참으로 긴급한 일이 있을 것이다. 벌써 무슨 단서라도 얻었는지도 알 수 없다.

"응. 내려가서 그럼 응접실에서 기다리라구 내 곧 내려갈께."

이리하여 하인을 도로 내려보낸 뒤에 두식이는 그냥 입고 자기 때문에 구겨진 옷을 새옷으로 바꾸어 입고 아래층으로 내려갔다.

두식이는 응접실로 갔다. 그리고 곤하기 때문에 떨리는 손으로 응접실 문을 열었다.

"?"

응접실 안에는 웬 알지 못할 젊은이가 하나 의자에 걸어앉아 있다가 일어나면서 인사를 하였다. 찬수는 보이지 않았다.

아까 하인에게서 받은 명함을 지금 들고 내려왔던 두식이는 휙 몸을 돌이켜서 하인을 향하여 그 명함을 보이며,

"이분은 어디 계시냐?"
고 물었다.

하인이 머리를 굽혔다―.

"저기 저분이올시다."

"저분?"

순간 온몸의 피가 모두 머리로 확 하니 올라왔다. 절반만치 열었던 응접실 문을 두식이는 도로 닫았다. 그리고 입을 하인의 귀에 갖다대고,

"이봐 내 전화를 다 걸기까지 여기서 지키고 만약 저 안의 저 사람이 뛰든가 하면 용서 없이 두들겨 잡아라."
한 뒤에 얼른 저편 전화로 갔다.

전화를 건 곳은 T경찰서였다. 그러나 아직 서장은 나오지 않았다. 그래서 당직 경부를 전화에 불렀다.

"유두식이외다. 물어 볼 말씀이 있어서."

두식이는 떨리는 목소리로 전화를 통하여 경찰서로 갔다. 경부가 대답하였다—.

"네. 무슨 말씀이오니까."

"그 서에 김찬수라는 형사가 있읍니까?"

"있읍니다."

"그 모습을 좀 말씀해 주실 수가 없읍니까. 다른 게 아니라 어제 김찬수란 형사가 온 일이 있는데 그 사람하고 오늘 아침 온 김찬수하고 딴 사람이기에 말씀이외다."

"김찬수는 키는 후리후리 크고요."

"커요."

"네. 얼굴빛은 감고요 안경을 꼈고요 코 아래 채플린수염이 있고요 또—."

그냥 설명하는 경부의 말을 두식이는 채 듣지 않고 전화기를 걸어놓았다.

지금 응접실에 앉아 있던 사람은 분명히 경부의 말

하는 김찬수에 틀림이 없었다. 잠깐 보아서 똑똑히는 모르되 안경과 채플린수염과 검은 얼굴빛의 소유자였다.

그러면 어젯밤에 왔던 인물은 무엇? 수염도 없고 안경도 안 쓰고 키는 중키밖에 못 되며 얼굴도 비교적 희던 어젯밤의 괴한은 과연 무엇? 적어도 T서 형사 김찬수는 아니었다. 그러면서도 김찬수의 명함을 가지고 와서 시시골골히 사건의 내력을 캐어묻던 그 괴한은 과연 무엇? 잠시 멍하니 서 있던 두식이는 책상을 크게 두드렸다. 하인 한 사람이 달려왔다.

"올라가서 내 나잇 캐비넷 위에 명함ㅡ."

두식이는 손에 든 명함을 내어들었다ㅡ.

"이와 꼭 같은 명함 한 장이 있는데 곧 가져와."

그리고 그 하인이 돌아오기 전에 바빠서 층계까지 따라가서 그 하인을 맞았다. 그리고 두 장의 명함을 들고 응접실로 달려갔다.

"당신이 김찬수 씨요?"

숨까지 허덕이며 이렇게 물었다.

"김찬수올시다."

"이게 당신이 가지고 온 명함이지요?"

두식이는 한 장의 명함을 상 위에 놓았다.

"네."

"이건?"

두식이는 다른 명함을 상 위에 놓았다. 형사의 눈이 둥그렇게 되었다. 형사는 명함과 두식이의 얼굴을 두어 번 번갈아 보았다.

"이보 오늘 새벽 네 시 반에 이 명함을 가진 사람이 나를 찾아왔소."

뒤따라 두식이가 이렇게 설명할 때는 찬수도 꽤 놀란 모양이었다.

"네? 그게—."

하면서 몸을 절반만치 일으켰다.

"네, 새벽 네 시 반에 승낙 없이 가택침입을."

찬수는 두 장의 명함을 다 집었다. 그리고 한참을 들여다보았다. 그가 명함을 도로 놓으며 눈을 뜰 때에는 그의 얼굴은 도로 평온하게 되었다.

"알았읍니다. 명함을 가지고 온 사람을—."

"알았소? 당신 친구 형사요?"

“아니올시다.”

“그럼? 보통 강도?”

“아니올시다.”

“그럼 뭐요?”

“사상적 배경을 가진 중대한 인물— 그저께 밤차에 입경한 서원덕(徐元德)이라는 사람이올시다. 키는 중키나 되고 눈이 광채 나고— 그렇지 않습니까?”

거기 두식이가 머리를 끄덕일 때에 찬수는 무엇을 생각하는 듯이 고요히 눈을 감았다. (미완)

(『삼천리(三千里)』, 1932.10~12)

정희

"최성구 씨에게는 약혼한 처녀가 있으며……."

"최성구 씨는 혼인 문제 때문에 약혼자의 고향인 T군으로 내려갔으니……."

이러한 편지를 처음으로 받았을 때는 정희는 그것을 믿지 않았다. 성구와 근 일 년을 교제(라 할까?)를 하는 동안에 정희는 성구에게서 그맷 이야기는 듣지는 못한— 뿐만 아니라 정희에게는 어떠한 여자와 혼약을 한 사내가 근 일 년이나 다른 여자(정희 자기)와 교제를 하면서 한 번도 혼약한 여자를 찾아가 보지도 않는다는 것은 믿지 못할 일이었다. 만약 그 편지에 있는 말이 사실이라 하면, 성구는 그 근 일 년 동안에(설혹 찾아는 못 갔다 할지라도) 한 마디의 한

숨이라도 지었을 것이었다. 근심과 비련의 눈물이라도 지었을 것이었다. 극도로 이기적으로— 자기와 성구의 사이의 사랑이며 자기의 쉬는 조그만 한숨이며 엷은 웃음에까지 차디찬 이지적 해부안(解剖眼)을 던지느니만치— 이기적으로 생긴 정희 자기의 눈에(만약 성구에게 그런 행동이 있기만 하였더라면) 벗어날 수가 없었을 것이었다.

"변변치 않게……."

얼마를 더 양보하여 약혼자가 있다 할지라도 그것이 과연 무엇일까? 약혼자는 사실 있을지도 모를 일이야. 지금은 친척이며 재산이며 아무것도 없는 성구지만, 구한국 시대의 방백[53] 자리로 돌아다니던 사람의 종자인 그인지라, 혹은 부모끼리 술김에 약혼이라도 한 계집애가 있을지도 알 수 없다. 그러나 그것은 존재와 부존재를 구별할 필요까지 없는 귀찮은 일이다. 일만 명의 약혼자가 있으면 무엇하나.

성구가 T군을 잠깐 다녀오겠다고 내려갈 때에 정

---

53) 관찰사

희가 무엇하러 가느냐고 물으매, 그는 그때에 그저 웃고 버리고 말았다.

성구가 내려간 뒤 사오 일 지나서 정희는 그 괴상한 편지를 받았다. 성구가 다만 웃어 버리던 그 여행의 목적에 대한 구체적 설명에 가까운 것이 그 편지에 있기는 있었다. 이런 편지를 받는 것이 좀 불쾌하기는 하였지만, 그러나 정희의 머리를 지배할 만치 큰 문제는 못되었다. 혹은 파혼하러 갔을 지도 모를 일 이니까…….

한 사나흘 걸릴 줄 알았던 성구의 여행은 의외로 길어졌다. 한 주일이 지나서 열흘이 되어도 성구는 돌아오지 않았다.

성구의 여행이 뜻밖에 길게 됨을 따라 정희의 머리에는 차차 검은 구름이 덮이기 시작하였다. 웬일일까? 파혼하러 갔을 성구이매 문제가 좀 어렵게 되었나? 그러나 문제가 어렵게 되는 것 같은 것은 걱정이 없다. 그에게 무서운 것은 성구의 성격으로써 짜낸 지금의 경우였다. 만약 시인이 되었더면 불세출의 시인이 될지도 모를 만치 열정적 성격의 주인인 성구이며…… 정희의 걱정은 여기 있었다.

상대자와 접촉하는 순간 인스피레이션[54] 그것으로써 그 상대자의 전인격을 추정하며 그 추정뿐으로 그 사람에 대한 관념을 지으려 하는 성구인지라, 그 소위 약혼자라는 계집애가 성구의 첫눈에 어떻게 보였든지, 만약 첫눈에 '마음에 드는 계집애로다'고만 박혔을 것 같으면 거기 정희가 저퍼할 만한 사건이 생겨나지 않을까?

그러나 정희의 근심이 마침내 실현될 때는, 정희는 과히 놀라지 않았다(고 생각하였다). 정희는 그때 '용부(勇婦)파틸리샨의 전기(傳記)'를 읽고 있었다. T군에 친언니와 같이 사괴던[55] 친구가 있었으므로, 거기 성구의 일을 조사하여 달라고 편지를 하였던 그 화답이 정희가 파틸리샨의 전기를 읽을 때에 이르렀다.

그때에 파틸리샨은 에집트[56]에서 외로이 병든 자기의 사랑하는 사람을 위로코자 황망히 고국을 떠났

---

54) inspiration: 영감
55) 사귀던
56) 이집트

다. '파틸리샨도 여인이다. 그의 눈에도 따뜻한 눈물이 무론 있었을 것이다.'

정희는 이렇게 생각하면서 그 페이지에 종이를 끼우고 책을 접은 뒤에 고즈너기 편지 봉을 뜯었다.

정희는, 까딱 안하고 그 편지를 다 읽었다. 그러고는 다시 파틸리샨 전(傳)을 폈다. 온갖 파란과 모험으로 눈이 뒤집힐 듯한 파틸리샨의 항해(航海)이야기도 한 줄기의 얽힘이 없어 정희의 머리에 들어박혔다. 정희의 머리는 편지 때문에 조금도 흐려지지 않았다.

파틸리샨은 에집트의 어느 해안에 닿았다. 파틸리샨은 사랑하는 사람의 병들어 누워 있는 곳을 찾아갔다. 여위고 쇠약한 '그'는 해안 어느 조그만 오막살이에 토인 계집애의 간호로써 고즈너기 누워 있다. '그'는 파틸리샨을 보고 적적한 웃음을 웃었다. 파틸리샨도 고즈너기 웃었다. 그리고 애인의 앞에 가까이 가서 꿇어앉았다.

"파틸리샨, 나는 당신이 오늘은 오실 줄 알았소이다."

"어떻게요?"

'그'는 힐긋 토인 소녀를 보았다. 파틸리샨도 소녀를 보았다. 파틸리샨의 눈에는 약간한 의심의 빛이 있었다.

"이 계집애는 대체 누구예요?"

"파틸리샨, 그 소녀에게 감사의 하례를 드려 주. 앓아 죽어 가는 몇 달 동안 나의 유일의 생명이고 넋이었던 그 소녀에게―."

파틸리샨은 다시 한 번 힐긋 소녀를 보았다.

소녀는 두려운 듯이 '그'의 팔에 자기의 손을 얹으며 머리를 숙여 버렸다.

"저는 당신 때문에 제가 돌보지 않으면 안 될 수백의 생령을 고국에 내버려두고 왔습니다. 물길과 뭍길에 온갖 고생을 겪으면서도 파리하고 여윈 당신을 보고 싶기 때문에 참고 왔습니다. 그런데― 그런데, 그동안에 당신께서는 이 검붉은 계집애의 팔에 붙안겨서 이 파틸리샨 같은 계집은 생각도 안하셨겠지요."

"파틸리샨!"

"단정코 그래요."

파틸리샨은 벌떡 일어서면서 소녀의 머리채를 휘어잡았다.

"파틸리샨!"

파틸리샨은 대답도 안하고…….

정희는 책을 접어 버리고 말았다.

'시기'라는 죄악이라 하여도 과하지 않은, 더러운 감정을 그는 파틸리샨에게서도 발견하였다.

정희는 책을 제자리에 넣은 뒤에 T군 친구의 편지를 서랍 속에 넣고 일어나서 아버지의 서재로 찾아갔다.

"너, 얼굴빛이 좋지 못하구나?"

학자인 정희의 아버지는 서재에 들어오는 딸을 보고 무슨 통계표인 듯한 종이를 밀어 놓으며 빙긋 웃었다.

무론 정희는 아까 그 편지 때문에 아무런 영향도 받지 않았다고 생각은 하였다. 그러나 좋지 못하게 된 얼굴빛은 또한 감출 수가 없었다. 정희는 고즈너기 아버지의 앞에 앉았다.

"아버지."

"왜 그러냐."

"전, 남영식(南永埴) 씨와 결혼하겠습니다."

"호호! 그럼 최성구는 어쩔 작정이냐?"

"그만두지요. 아직 구체적인 혼약이니 무엇이니는 안했으니깐요."

"네 소견대로 해라. 나는 아무 간섭도 안하란다. 젊은 것들은 좀 하면 간섭이니 무엇이니 하기에 나는 그 소리가 듣기 싫어서 간섭은 안하마. 그 대신— 권리를 포기하는 대신, 이 뒤에 책임도 지지 않는다, 하하하하!"

정희는 할 말이 다 성립되었으므로 다시 일어서려 하였다. 그러나 아버지가 다시 그를 찾았다—.

"그런데 너 성구와 무슨 조그만 감정 문제로 그러지 않니? 혼인은 일생의 대사라 그런 조그만 감정으로 좌우해서는 안 된다."

"아버지!"

정희는 이 한 마디뿐으로 아버지의 질문에 대답하였거니 하였다. 사실이 한 마디는 '아버지 내가 그런 천박한 계집애로 아십니까' 하는 뜻을 넉넉히 나타내었다.

아버지는 다시 통계표를 들여다보았다. 그리고 머리는 그 통계표로 향한 채로 다시 찾았다 -.

"성구도 지금 T군에 가 있다지?"

"네."

"네 혼약은 성구가 돌아오기 전에 맺구 싶으냐, 돌아온 뒤에 맺자느냐?"

"일을 급히 하면 며칠이나 걸릴까요?"

"남영식이는 밤낮 조르고 있으니깐 내일이라도 될 수 있지."

"급히 해주세요."

아버지의 눈은 통계표에서 떠났다.

"그렇게 급하냐?"

"……."

"일에는 도리라는 것이 있지 않냐? 내 의견으로 말하면 무론 성구보다는 영식이가 네 서방 재료로는 낫다. 찬성은 하지만— 아직껏 그리 좋아하던 성구를 내버리고 그렇게 싫어하던 영식이에게 가겠다는 네 마음을 알 수 없다. 일시적 감정이 아니냐? 내 의견으로는 성구가 T군에서 돌아온 뒤에 다시 한 번 만나보고 일을 처결하는 것이 옳을 듯싶다."

"……."

"꼭 빨리 해야겠느냐?"

"네."

정희는, 모깃소리만 한 소리로 대답하고 그만 그 자리에 쓰러졌다. 파틸리샨의 시기를 더럽다 한 정희의 가슴에도 시기라 할 수밖에 없는 어떤 불꽃이 타오르는 것을 누를 수가 없었다. 아직껏 감추고 누르고 삭이려던 모든 감정은 일시에 그의 마음에 터져 올랐다. 꺾어지고 부스러진 자존심과 거기 대한 복수에 가까운 무겁고 맹렬한 감정은 그의 마음에 일어섰다. 아직껏 그리 싫어하던 영식에게 갑자기 혼인을 허락하게 마음이 변한 것도 여기서 나온 것이었었다.

"얘 정희야 울 만한, 일이 있으면 울어라. 죽을 일이 있으면 자살이라도 해라. 결코 간섭 안하마. 그 대신 소위 사후 승낙— 아니 사후 설명이란 것이 있지 않니? 영식이와의 혼약도 인젠 성립된 것과 마찬가지이니 사유를 설명해라. 성구와는 어떤 까닭으로 떨어지게 됐는지, 영식이와 결혼하겠다는 까닭은 무엇인지, 그 연유며 이유를 설명해 봐라."

정희는 펄떡 정신을 차리고 머리를 들었다. 이게 무슨 광태냐. 그래도 정희라고 하던 계집애가 세상 보통의 계집애들과 같이 울며 불며, 이런 광태가 어디 있나. 그는 눈물을 얼른 씻고 일어나 앉았다.

"별로이 설명할 일은 없어요. 그저……."

아버지는 종내 통계표를 집어서 서랍에 집어넣었다. 그리고 정희의 편으로 돌아앉았다.

"너 성구한테 버리우지 않았니?"

"……."

"버리웠구나."

"아니예요."

"아니가 아니다. 버리웠다. 자, 사유를 설명해라."

정희는 힐긋 아버지의 얼굴을 쳐다보았다. 아버지의 얼굴은 노여움으로 불곻게[57] 되었다. 버림받은, 사랑하는 가련한 딸 정희 때문에, 아버지의 얼굴은

---

57) 벌겋게

선독과 같이 붉게 되어 있었다.

"경박한 자식!"

정희에게 설명을 듣고 T군에서 온 편지까지 본 뒤에 아버지는 토하듯이 중얼거렸다.

"그런 경박한 자식의 일은 생각할 필요도 없다. 그러나 너는 꼭 시집을 가야겠냐? 안 가고는 못 견디겠냐? 나는 아무리 해도 네가 영식이에게 가겠다는 이유를 알 수 없다. 일시적 감정으로 네가 제일 싫어하던 사람에게로 간다는 것이 한 복수 같은 생각이 들어서 그러지 않냐? 만약 그렇다면 그것은 네 잘못 생각이로다. 결혼은 일생의 대사다. 응, 일생의 대사야."

정희는 걸핏 남영식을 생각하여 보았다. 영식은 그리 미남자라 할 수는 없지만 어디 내어놓아도 뻐젓하니 지낼 만한 풍채는 가진 사람이었다. 대단히 침착하고 점잖은 사람이었었다. 예수교인은 아니지만, 진실한 예수교인에게 뒤지지 않을 만치 신실한 사람이었었다. 재산가이었었다. 실업가이었었다.

훌륭한 인격자이었었다. 그리 웃는 때는 적지만 대

단한 호인이었다. 그리고— 남편감으로는 세상에 드
문 사람이었었다.

자기는 아직껏 왜 영식이를 그렇게 싫어하였나? 싫
어할 점이 어디 있나?

자기가 영식이를 그렇게 싫어한, 다만 한 가지의
이유는 영식이는 성구와 정반대(어떤 점으로 보든지)
의 사람이라 하는 점이었다. 좋아하려면 못 할 일은
아닌 것이다. 억지로, 억지로, 정희는 이렇게 마음먹
고 머리를 아버지에게 돌렸다—.

"아버지, 영식 씨를 저— 애인과 같이 대접할 수는
없지만, 그 지아버니58)로 존경할 수는 있습니다. 저
는 다른 점보다도— 점잖고 신실한 인격자에게……."

아버지는 벙글 웃었다—.

"네 성격에는 영식이가 맞겠지. 그러나 작정은 안
하겠다. 결혼은 일생의 대사야. 너두 좀 더 생각해
봐라. 더 생각해 봐 가지고 다시 작정하자. 급히 작정
했다가는 이후에 마음이 변하게 되었다는 어찌할 수

---

58) 지아비

없잖니? 후회막급— 그 너희들의 문자로는 뭣이라든가, 그, 저…….”

“더 생각할 필요는 없어요. 아버지께서 생각해 보라시니 하룻밤 더 생각은 해보겠습니다만 생각해야 그것이예요.”

“하룻밤뿐? 너무 급행으로 하지 마라. 천천히, 천천히— 너 저 담벼락에 써 붙인 내 표어를 봐라, 무에라구 썼나?”

정희는 아버지의 서재에 들어올 때마다 보곤 하는 아버지의 표어를 다시금 쳐다보았다.

‘관찰(觀察), 해부(解剖), 심사(深思), 숙고(熟考), 연후착수(然後着手)’

“내가 이십 년 이래로 지켜 내려온 것이 저 표어다. 절대로 실패찮고[59] 후회할 일이 안 생기는 유일의 방법이 저 표어를 지키는 것이다. 더 생각해라. 혼인도 일생의 대사다.”

정희는 싱겁게 한 번 웃은 뒤에 아버지의 방을 나섰다.

---

59) 실패하지 않고

며칠 뒤에 정희와 남영식의 혼약은 성립되었다.

그 날 밤 정희는 자기 방에 들어박혀서, 자꾸 울고 있었다. 모든 아름답고 꽃다울 미래는 한나절의 꿈으로 스러져 버렸다.

남편을 존경할 수는 있지만 사랑할 수는 없는 아내와(짐작컨대) 아내를 귀애하며 존경하여 줄 줄은 알지만 사랑할 줄은 모를 남편— 그 두 사람 새에 혼약은 성립되었다. 봄날 꽃밭에서 지저귈 꾀꼬리를 생각하던 성희는 소나무 위에 한가히 앉은 학을 보았다.

'성구 씨, 성구 씨!'

이런 밉고도 또한 그리운 이름이 어디 있을까?

"성구 씨!"

정희는 울면서 소리까지 내어 뇌어 보았다.

'야, 성구야! 아이구 속상해! 성구 사람 살리려무나. 너 때문에 사람 죽는다.'

정희는 이전에 성구와 자기 새에 왕복된 편지들을 쪽쪽 찢었다.

봄날의 짧은 밤은 꽤 깊었다. 그러나 정희는 자리도 펴지 않고 책상에 엎드린 대로 자꾸 울고 있었다.

그러나 낮에는 정희는 천연하다.

날이 지나자 얼굴은 차차 보이게 초췌하였었지만 남 보기에 그리 괴로워하는 듯하지는 않았다.

권리를 포기하는 대신, 책임도 안 진다는 정희의 아버지는 아무 간섭도 안 하였다. 이것이 정희에게는 더욱 적적하였다. 아버지에게서 성구의 이야기라도 나오면 마음껏 성구를 욕을 하여 반어(反語)로라도 성구에게 대한 그리운 정을 토하여 보고 싶으나, 물 없는 곳에서 헤엄칠 수는 없었다. 정희의 쓰리고 아픈 마음은 호소할 곳이 없었다.

어느 날 정희는 이전에, '파틸리샨은 대답을 안 하고'까지 읽고 내버려 두었던 파틸리샨 전(傳)이라도 좀 볼까 하고 책을 펼 때에, 아버지가 정희의 방에 찾아왔다. 정희는 빨리 책을 접어 치웠다.

"또 소설 읽고 있었냐? 한데 누가 널 찾아왔더라."

"누구예요?"

"최성구!"

정희는 눈이 아득하여졌다. 온몸의 피가 모두 얼굴로 모여드는 것을 알 수가 있었다. 정희는 허둥지둥 책상 귀에 의지하였다.

"만나 보기 싫으냐? 싫거든 내쫓아 버리지."

"아니예요. 만나 보겠어요."

"만나 봐? 그럼, 이 방으로 보내련?"

"네."

아버지는 나갔다. 아버지가 나간 뒤에, 정희는 머리를 한 번 쓰다듬은 뒤에 치마 고름을 다시 매고 일어섰다.

성구가 들어왔다. 그러나 이때는 벌써 정희는 마음의 동요를 다 눌렀을 때였다. 정희는, 조금 허리를 굽혀 보고,

"언제 올라오셨어요?"

물었다.

"이제 왔습니다."

성구도 무론 혼약 사건을 알았을 것이었다. 정희에게 대한 차디찬 태도는 그것을 증명하였다.

둘은 먹먹히 서 있었다. 그러나 좀 뒤에 성구가 먼저 입을 열었다ㅡ.

"좌우간 앉으시지요."

"참, 앉으시지요."

정희는 성구에게 자리를 가리키면서 앉았다. 둘은 역시 먹먹히 앉아 있었다. 정희는 자존심만 허락하였더면 이 자리에 쓰러져서 모든 사연을 다 이야기하고 싶었다. 사실 성구가 이때를 당하여 정희를 찾아온 것은 타협할 여지가 있다는 것을 뜻함으로 해석하여도 과히 틀린 일은 아닐 것이었다.

성구도 역시 자존심과 다투는 듯이 먹먹히 앉아 있었으나 종내 입을 열었다―.

"남영식 씨와 혼인을 하겠다지요?"

"네."

정희는 꽤 큰 소리로 대답하였다.

"축하드립니다."

마침내 정희의 감정은 자존심을 깨뜨렸다―.

"네, 마치 성구 씨가 시골서 혼약한 것과 마찬가지로……."

이것은 과연 항복의 제 일보였다. 이때에 만약 성구에게서 정희의 말을 인도할 무슨 한 마디의 말이라도 떨어졌으면 정희는 온갖 것을 내어 던지고라도 다시 성구의 품으로 돌아왔을 것이었다.

성구의 입은 부들부들 떨렸다―.

"축하드리지요."

"네, 고맙게 받겠습니다."

"기쁘겠습니다."

"네, 기쁩니다."

타협은 이리하여 깨어졌다.

잠깐 더 잠잠히 앉았던 성구는 모자를 집어 가지고 일어섰다. 그것을 힐긋 보고 정희는 책상 편으로 모른 체하고 돌아앉고 말았다.

성구의 나가는 문소리가 들렸다. 문은 열렸다 닫혔다. 그러나 닫혔던 문은 다시 열리고 성구의 성나서 떨리는 소리가 들렸다―.

"나는 혼약 안했어요. 아마 영구히 혼약이라는 것은 안하겠지요."

문은 다시 절컥 하니 닫기고 대문으로 나가는 성구의 발소리가 들렸다.

정희는 벌떡 하니 일어서서 문을 열어 젖혔다. 그러나 그때는 벌써 성구의 그림자는 대문 밖에 스러져 없어졌다. 정희는 맥없이 다시 문을 닫고, 자리에 돌아왔다. 쓰라린 눈물이 하염없이 그의 눈에서 솟았다.

사흘 뒤에 K신보에 최삼덕(崔三德)이라는 서명으로 어떤 여성에게 대한 공개장이 발표되었다. 정희는 그 최삼덕을 알았다. 그것은 최성구의 아명으로서 정희와 서로 편지 거래를 할 때에 늘 쓰던 이름이었다.

그 공개장에는 자기는 얼마나 '그대'를 사랑하였는지, 그 정도 문제이며, 아직도 자기의 마음은 조금도 흔들리지 않았다는 말이며, 자기가 T군에서 좀 오래 묵어 있게 된 것은 한 조그만 호기심(호기심 이상이랄지도 모르나, 엄정한 의미로 볼 때는 호기심이라고 명명할 수밖에 없다)에 지나지 못 한다는 이야기를 쓰고─ 그러한 것을 경솔히도 이를 그르친 '그대'를 책망하는 글로 마쳤다. 그는 자기의 마음은 인제 한낱 원망으로 변하였다 하였다. 그는 여인의 영리한 듯한 좁은 마음이 밉다 하였다. 그는 이렇게 썼다.

'아아! 그러나 그때에 그대는 어떤 길을 취하였나? 그대는 나에게 반성할 여유라도 주었나? 반성할 만한 한 마디 주의라도 하였나? 한 걸음 더 나아가서, 그대는 사건의 경위라도 똑똑히 알아보았나? 〈약한 자여! 네 이름은 여인이라〉고 한 사람도 있지만, 오히려 너무 강하여 자기 힘에 넘어진 그대여. 자기의 영리함을 과신하여 한 사람의 장래를 파괴한 그대여. 그대의 과신 때문에 온전히 장래를 잃어버린 자기는 어느 날 어느 곳에 물론하고 자기가 살아 있는 동안은 그대를 원망하고 미워하겠다.

나의 탄 기차는 지금 닫는다. 향한 곳은 어디? 그것은 나는 알 수 없다.

나의 마음은 다사로운 남쪽을 가리키되, 나의 다리는 머리를 가로젓고 북으로 북으로 향한다. 어디로? 무얼 하러? 상처받은 나의 마음은 더욱 찬 인정을 맛보아서 지금의 나의 마음을 얼마라도 위로하려 한 없이 끝없이 북으로 간다.

일생은 길다. 세상은 좁다. 우리 둘이 이후, 어느 곳에서 어떤 경우 아래에 다시 만날지 그것은 알 수가 없다. 그러나— 아아, 이 이상 나는 무엇을 쓸까? 나는 다만 영구히 그대의 불행을 빌면서 이 붓을 놓

는다. 운운.'

그리고 그 날 신문 삼면란에는 조그맣게 '최성구
씨 실종'이라는 제목 아래, 최성구씨는 아무 유서나
전갈도 없이 실종되었단 기사가 있었다.

그 날 밤 정희는 열이 사십 도나 나서, 자리에 누워
서 몹시 신음하였다.

의사는 독감이라 하였다. 그러나 그것은 결코 독감
이라고 간단히 설명할 병은 아니었다.

음식을 먹은 뒤에는 몇 분이 지나지 못하여 모두
도로 게웠다. 한 숟갈의 약을 먹고도 도로 토하였다.
헛소리까지 하였다. 밤에 그의 머리맡에서 그 머리를
짚어 보며 앉았던 그의 아버지는 머리맡에 놓인 신문
을 보았다. 그리고 최삼덕의 공개장을 보았다.

이튿날 아침 정희가 조금 정신이 들어서 눈을 뜰
때에 아버지가 들어왔다.

"너 남영식이와 파혼하려?"

"네?"

"……."

아버지는 물끄러미 딸의 얼굴을 들여다보았다.

"싫으냐?"

"네?"

"남씨하고 파혼하고 싶으냐 말이다."

정희는 얼굴이 새빨갛게 되었다.

"제가 개자식이야요? 이 사람과 파혼하고 저 사람하고 파혼하고……."

"싫으면 그만두어라. 억지로 하라는 것도 아니다."

아버지가 나간 뒤에 정희는 아버지의 말을 다시 한 번 속으로 외어 보았다. 그것은 과연 어떤 뜻이었을까? 무엇을 뜻함이었을까?

그러나 정희의 열 때문에 어지럽게 된 머리로는 정돈된 생각은 할 수가 없었다. 어떤 까닭으로 그런 말을 물었나?

그보다도 더 이상한 일은, 자기는 어떤 까닭으로 남씨와 파혼하겠느냐고 물을 때에, 첫마디로 거절하였나. 자기는 남씨에게 대하여 손톱눈만치도 사랑을 안 가지고 있지 않나? 한때는 남씨를 좋아하려고 마음을 먹어 보기는 하였으되, 그 성구의 센티멘탈⁶⁰⁾한 공개장을 본 뒤에는 눈과 같이 그 생각은 사라지지 않았나? 억지로 그렇지 않다고 생각은 하나 자기의 마음속에는 역시 성구에게 대한 그리움이 불붙듯 타오르지 않나? 이제라도 성구가 두 팔을 벌리고 오기만 하면 자기는 모든 것을 내어던지고라도 그리로 돌아가고 싶지 않나?

그런데 자기는 왜 남씨와 파혼하겠느냐고 할 때에 첫말로 거절하였나?

이 세상에 모든 일은 수수께끼다. 자기의 행하는 일까지 수수께끼다. 위선? 자기는 결코 위선으로 그러지는 않았다. 자기가 파혼을 거절한 일은 다만 돌발적 변태심리로밖에는 볼 수 없다.

정희는 괴로운 한숨을 한 번 내어 쉰 뒤에 돌아누웠다. 무겁고도 상쾌한 졸음이 그의 머리를 눌렀다.

동경(東京)—사흘 뒤에 정신이 좀 똑똑하여지며 괴로운 잠에서 깬 정희는 문득 동경을 생각하였다. 슬퍼하는 자 백만과 기뻐하는 자 백만, 춤추는 자 백만과 통곡하는 자 백만을 포용하고도 조금도 모(甬)를

---

60) sentimental: 정서적, 감상적인

보이지 않는 널따랗고 커다란 '동경'의 품을 그는 생각하였다. 남편 끝에서 수천 호가 타지는 큰 불이 있으되 북편 끝에서는(신문을 보기 전에는) 그것을 알지도 못 하느니만치 큰 동경, 활동사진관만 다 구경하려도 한 달의 날짜를 가지고야 하는 널따란 동경, 하루에 새로운 부부 수백 쌍과 새로운 독신자 수백 쌍을 내면서도 신문 기자까지도 그런 일은 눈며 보지도 않느니만치 분주스런 동경.

—그 가운데 있는 유－토피아 아사꾸사(천초(淺草))며 젊은이의 히비야(일비곡(日比谷)), 긴자(은좌(銀座)), 간다(신전(神田))의 낡은 책방, 더구나 지금이 한창일 야시의 금어(金魚)며 꽃 화분들—이것들은 모두 상처받은 쓰리라고 외로운 정희의 마음에는 봄 동산의 진달래와 같이 떠올랐다.

그리고 그 가운데를 활보하던 이태 전의 자기를, 그는 눈물 머금은 마음으로 회상하였다.

좀 뒤에 아버지가 자기의 방에 들어왔을 때, 정희는 다짜고짜로 동경을 가겠노라고 말하였다.

"동경? 무얼 하러?"

"몸두 좀 쉬이기 위해서……."

아버지는 물끄러미 정희의 옷깃을 바라보았다.

"몸? 몸을 쉬이러 동경을 가?"

그런 뒤에 아버지는 혼잣말같이 중얼거렸다.

"몸을 쉬이려? 마음을 쉬이려?"

아버지는 주머니에서 맛더스 파이프를 꺼내어 담
배를 붙여서 한참 뻐근뻐근 빨면서 가만히 있다가
또 입을 열었다.

"너 최성구 어디 있는지 아느냐?"

"몰라요."

정희는 외마디로 대답하였으나, 이것뿐으로는 부
족한 듯도 하고 혹은 어떻게 보면 모욕당한 것 같기
도 하여 다시 한 마디 보태었다.

"알 수 없어요. 알 필요도 없구……."

"성구가 동경으로 간 듯싶지 않냐?"

"아버지……."

정희는 벌컥 성을 내었다.

"아버지께서 그렇게 생각하시구 의심하시면 전 동
경 그만두겠습니다. 몸을 쉬기 위해서는 동경 아니라

두⋯⋯."

"애, 정희야! 마음을 진정하고 생각해서 말해라. 내 말을 그렇게 해석 할 바가 아니다. 가구 싶으면 가거라. 또 싫으면 그만 두어라— 그것은 하여간, 난 당초에 네 마음을 알 수가 없다. 남영식이와 혼약을 한 것도 네가 한 일이고 결혼 날짜를 정한 것도 네가 한 일이 아니냐? 너도 아는바 결혼 날까지 이제 며칠 남지 않았다. 그런데 이제 갑자기 동경을 가겠다는 것은 결혼을 연기하겠다는 뜻으로밖에는 볼 수가 없지 않느냐? 최성구가 네 서방이 되거나 남영식이가 네 서방이 되거나, 네가 서방을 오늘 맞거나 십 년 뒤에 맞거나, 그런 것은 나는 도무지 모른다. 모르나 — 그, 저⋯⋯."

아버지는 벌떡 일어서서 방안을 거닐기 시작하였다.

"가고 싶으면 오늘 저녁으로라도 가라. 그러나 남 씨한테는 무에라고 말해두랴느냐?"

"⋯⋯."

"어디 대답해 봐라."

"무에랄 것 없지요. 건강만 회복되면 곧 돌아온다

고 그래 두면 그뿐이지요."

아버지는 숨을 한 번 길게 내어 쉬었다.

정희는 아버지를 쳐다보았다. 딸과 연구와 담배—이 세 가지밖에는 이 세상에 아무 오입이라는 것을 알지 못하는 이 늙은 아버지, 아버지의 얼굴은 외로웠다. 자기의 다만 하나의 혈속(血屬)인 정희에게서까지 마음을 열어 헤친 사정을 듣지 못한 아버지의 얼굴은 외로웠다.

정희는 머리를 숙였다.

"아버지 내 마음을 좀 구체적으로 설명해 보겠습니다. 아버지두 말씀하신 바같이 남씨와 혼약을 한 것은 사실— 돌발적— 거시기— 그 무에라고 설명할지는 모르지만 말하자만 돌발적 심리예요. 그러나 저는 넉넉히 남씨를 남편으로 공경할 만한 자신이 있습니다. 소위 사랑은 없다 할지 모르나 믿음과 공경은 넉넉히 바칠 자신이 있습니다. 그리고 부부 생활에는 그 서로 믿는 마음과 서로 공경하는 마음이 무엇보다도 귀한 줄 압니다. 철없는 연애니 무엇이니 하는 것보다 건전한 믿음이 오히려 부부 생활의 기초를 굳게 하는 것인 줄 압니다. 누가 무에라든 저는 남씨와 혼약한 계집애예요. 이번에 갑자기 동경을 가겠다는 것도……."

정희는 말을 끊었다. 하마터면 또 거짓말이 그의 입에서 흐를 뻔하였다.

"한 일 년 동안 동경 가서 좀 편안히 쉬려고 했어요. 그래도 아버지가 그만두라시면 그만두겠습니다. 어저께는 몹시도 가고 싶었지만 지금은 그 마음도 좀 적어졌고……."

아버지는 담배를 털었다.

"누가 가지 말라느냐? 그저 네 마음대로 해라. 나는 전에도 네 자유를 조금도 구속치 않거니와 장래에도 그럴 마음이 없다. 가고 싶으면 가고 가기 싫으면 그만두고一."

"그리 갈 생각도 없어요."

"싫으면 그만둘 뿐이지."

아버지는 간단히 결론하였다.

그러나 한 주일쯤 뒤에 정희는 동경 땅을 밟게 되었다. 이번의 정희의 동경행에 극력으로 찬성을 한 사람은 정희의 약혼자인 남영식이었다. 무슨 까닭으로? 별로이 이유는 없었다. 다만 동경이란 곳은 웬만한 슬픔이며 근심은 저절로 사라지는 곳이라는 남영식 자기의 경험에서 나온 결론의 결과였었다.

동경은 정희가 있던 이태 전보다도 온전히 달라졌다. 시가의 변화, 습관의 변화는 둘째 두고 전차 선로 계통의 변경에는 정희는 적지 않은 괴로움을 받았다.

여름 방학 때로서 귀국한 학생이 많은 때라 어렵지 않게 하숙 하나를 얻은 정희는 그 날 밤으로 아사꾸나(천초(淺草))로 뛰어가서 활동사진관에 뛰쳐 들어갔다.

귀국한 뒤에 한 번도 활동사진이라고는 가보지 못한 정희는 여기서 삼사 년 전의 소녀 시대의 자기를 발견한 듯하였다. 시끄럽고 답답한 숙녀 생활을 이태나 하던 정희는, 여기서 다시 한 학생인 자기를 발견하였다.

'니꼬니꼬 대회(ニコニコ大會)'였었다. 한 칠팔 년 전에 전기관(電氣館)에서 그때의 유행 광대이던 채플린이며 소위 '데부군(テブ君=뚱뚱보)'이며 이런 광대

들의 희극을 몇이 모아 가지고 희극대회를 열 때에 붙인 이 '니꼬니꼬 대회'라는 이름은 명칭 그것뿐으로도 정희의 마음을 매우 젊게 하였다.

"벙글벙글 대회?"

정희는 한 번 그 말을 번역하여 외어 보고 스스로 씩 웃었다. 광대들은 정희의 온전히 모르는 사람들이었다. 하롤드 로이드, 찰스레이, 더글러스―희극의 취미며 플롯도 그 당시와는 온전히 달라졌다. 채플린의 희극 방식이 아직 좀 남아 있는 흔적이 보이기는 하지만 모든 것은 근본적으로 변하였다. 진화(進化)? 퇴화(退化)? 이것은 활동사진이란 것의 정의(定義)를 두기에 따라서 진화로도 볼 수 있고 퇴화로도 볼 수 있지만 그런 어려운 문제는 둘째로 두고 정희는 이 대단한 변화에 일종의 애수와 함께 일종의 즐거움을 얻었다.

'역시 동경은 좋다.'

돌아오는 길에 터질 듯이 좁은 전차에 끼여서 빛나는 거리거리를 꿈결같이 내다보면서 정희는 이렇게 생각하였다.

이튿날 그는 모교(母校)를 찾아가 보려 하였다. 자기보다 삼 년 아래급이던 자기를 극진히도 따르던 S며 K의 앞에 한 개 레이디인 자기를 발표하여 보겠다는 것도 정희의 조그만 자과심(自誇心)[61]의 하나이지만, 그보다도 그는 자기가 사오 년 동안을 고생하던 기숙사며 교사며도 볼 겸 자기를 사랑 혹은 미워하던 선생들에게 한 번 가서 머리를 숙이고 인사를 드려보겠다는 이상한 충동 때문이었다.

조반을 먹은 정희는 곧 전차를 타고 백금대정(白金臺町)까지 왔다. 오른쪽으로 꺾어져서 언덕을 하나 내려서면 그의 정다운 모교가 있는 곳이었다.

그의 가슴은 뛰놀았다. 그는 다리가 허둥허둥 길다란 언덕을 내려서 또 왼쪽으로 꺾어졌다. 거기가 그의 모교였다. 무성한 아카시아 틈으로 정희는 때때로 펄럭이는 남빛과 자줏빛을 보았다. 쿵 하는 소리가 들리며 풋볼이 떠올랐다. 수백의 장래의 레이디들의 깩깩거리는 즐거운 웃음 소리가 들렸다. '아라(アラ)'

---

61) 스스로 과시하고 자랑하려는 마음

'이야(イヤ)' '아레에(アレエ)' '하하하하' 울려나오는 이런 소리들은 모두 환락의 음악이었다.

그 길에는 사람도 적었다. 정희는 아카시아 담장 쪽으로 곁눈질을 하면서 대문 있는 편으로 향하였다.

그러나 대문 앞까지 이른 정희는 문득 더욱 걸음을 빨리하여 곁눈질도 안 하고 도망하듯이 대문을 거저 지나가 버렸다. '누가 나를 보지나 않았을까?' 하는 걱정과 '누가 보았으면' 하는 바람의 생각이 그의 마음을 눌렀다.

정희는 그 학교를 썩 지나가서 몰래 학교쪽을 돌아다보았다. 무성한 포플러— 등수풀— 그 가운데는 정희 자기가 심은 나무도 있을 것이었다. 자기가 기대고 책을 보던 나무, 또는 자기가 숭배하는 사람들의 이름을 칼로 새긴 나무도 있을 것이었다. 정희는 머리를 수그리고 빨리 담장을 돌아서 다시 전차길로 향하였다. 마침 운동시간이 끝났는지 교실에서 땡땡 울리는 종소리가 들렸다.

그 날 밤 정희는 자리에 누워서 울었다. 다시 한 번 추억한 뒤에 눈물로써 장사하려던 '과거'는 그의 모르는 틈에 그의 곁을 빠져 지나가버렸다. 그 꽃동산과 같은 아름다운 클럽에 자기는 참가할 자격은 둘째 두고 참가할 용기까지 없는 할머니였다. 도망하지 않을 수 없느니만치 그것을 오히려 두려워하는 늙은 자기였다.

이틀 뒤 일요일에 정희는 그 모교 생도이며 자기를 퍽 따르던 S를 미쓰코시(삼월(三越))에서 만났다. 그러나 정희는 그를 피하였다. S도 정희를 몰라보는 듯하였다.

'과거'는 역시 멀리서 바라볼 것이었다. 가까이서 그것을 보려던 정희는 거기서 무정과 한숨밖에는 발견한 것이 없었다.

어떤 날 밤, 긴자의 밝은 거리를 돌아다니던 정희는 거기서 문득 같은 해에 한 학교를 졸업한 A라 하는 여편네를 만났다.

"아라(아-)!"

"아라!"

둘의 눈은 똑 마주쳤다. '아라' 소리와 함께 든 손을 서로 잡았다.

"좌우간 잠깐 들어가서 이야기나 해요."

A는 정희를 끌고 그 근처의 어떤 깨끗한 카페로 들어갔다.

"아이스크림!"

A는 웨이터에게 명령한 뒤에 맵시 나는 담배를 한 꼬치 꺼내어 붙여 물었다.

"A씨 담배를 잡수세요?"

정희는 놀라서 물었다.

"네, 정희 씨는 아직?"

"망칙해!"

"잡쇄봐요, 좋으니— 좌우간 참 오래간만이구려."

둘의 사이에는 여편네에게 상당히 오래간만에 만나는 인사가 사귀었다.

"자, 아이스크림 잡수세요. 그런데 정희 씨 결혼하셨어요?"

정희는 대답 없이 적적히 웃었다.

"응, 아직 안 했구먼. 안 했으면 이후에라도 아예 할 생각을 말아요. 참 귀찮어."

"당신은 했어요?"

"했기에 말이지요. 참 결혼은 인생의 무덤이에요."

정희는 A를 자세히 보았다. A는 얼굴이며 그 사상까지 이태 전보다 다름이 없었다. '부인세계(婦人世界)'라는 잡지에서 지식을 흡수하는 그의 정도는 이태 전과 조금도 다름이 없었다.

"난 이제라도 다시 이혼을 하고 독신이 될까 해요. 모든 일이 다 시끄럽고 귀찮고……."

"난 이제 귀국해서 결혼할까 하는데요."

"그만둬요. 필연코 후회할 테니―."

"왜?"

"모든 일이 다 시끄럽고 부자유고―."

"A씨도 부자유예요?"

"부자유고 말고요."

정희는 웃으면서 다시 A를 보았다. 그리고 그 '부자유'라는 것도 의미가 명료치 못한― 다시 말하자면 '여인으로서의 자유'라는 것을 이해치 못하고 잡지 등에서 본 바의 중상(重商)에 지나지 못하는 것임을 알아보았다.

"난 이렇게 생각합니다. 자유 부자유는 둘째 문제

이고 결혼은 사람의 의무라고—."

"무에요?"

"의무에는 부자유가 섞일 테지요."

"정희 씨는 대단히 변했는데요."

"변했지요?"

정희는 아이스크림을 한 술 떠먹었다.

"오래간만에 만나서 토론 그만둡시다. 좌우간 정희 씨의 사상은 구식이에요."

A는 쾌활히 웃었다.

"구식! 진리는 신구가 없어요."

A는 놀란 듯이 정희를 보았다. 사실 오십 년 전 사상을 구사상이 아니라는 사람을 A는 이해할 수가 없었을 것이다.

"정희 씨, 그새 귀국해서 잡지 안보셨어요?"

"아니오."

"그럼 무엇했어요?"

"연애!"

"네?"

A는 다시 한 번 눈을 크게 떴다.

"그 결과로 지금과 같은 결론을 얻었어요?"

"네, 그 결과—."

"그런 별한 결론을?"

"네."

둘은 한꺼번에 크게 웃었다.

"오도로이다(놀랐어)!"

"놀랐지요? A씨 나도 놀랐어요."

사실 정희도 놀랐다. 한 달 전— 아니 이십 분 전까지도 정희는 A와 같은 사상을 가진 여편네였다. 그것이 그 이야기하여 나아가는 중에 어느덧 아직껏 마음속에 잠복하여 있던 새 생각이 머리를 든 것이었다.

"이봐요, A씨. 이 세상은 무섭고 강하고 쓰라려요. 우리가 이 세상을 농담으로 넘겨버리려면 모를 일이지만 경건한 삶을 살아가자면— 마치 사람이 겨울의 찬바람을 막기 위해서 집을 지은 것과 같이 약한 여인에게는 굳센 그 지아버니라는 사람이 필요해요. 그리고 소소하고 좀살스러운 일은 돌아볼 줄 모르는 '사람'에게는 또한 보조벽(補助壁)으로 마누라라는 것이 필요하지 않아요? 그리고 그 강한 힘에 대한 보호벽(保護壁)인 남편과 소소한데 대한 보조벽인 마누라가 서로 돕고 믿고 힘쓰고 하는 데서 생겨나는 사랑— 이것이 참 연애겠지요. 그 밖의 사랑은 아무런 것이든 연애라고 명명치 못할 것이에요. 젊은 남녀의 사랑— 그런 것은 춘정(春情)이라고밖에는 설명할 수 없고— A씨, 나는 얼마 뒤에 돌아가서 결혼해요. 그리고 그것이 내 의무고 권리고 그리고 마지막으로— 말이외다. 내 즐거움으로 생각합니다."

이것은 모두 정희의 참 마음에서 나온 말이지 결코 일시적 반항에서 나온 말이 아니었다. 한때의 흥분으로 떠올랐던 그의 마음이 내려앉는 것과 동시에 그의 사상은 이만큼 변하였다.

A는 달갑지 않은 듯이 듣고 있다가 정희의 말이 끝나는 것을 기화로 보이를 불러서 포도주를 청하였다.

밤 열한 시쯤 그들은 카페를 나섰다. 작별할 때는 정희는 A에게서 한 번 찾아오란 말과 자기는 삼사일 후에 머리를 깎아 버리겠단 말을 들었다.

정희는 하숙인 교회로 향하는 쓸쓸한 전차에 앉아

서 A의 생각을 하면서, 그 얌전하고 사기 없고 쾌활하던 사랑스런 계집애를 이런 비속(卑俗)된 여인으로 변케 한 '시대'라는 것을 밉게 여겼다.

좌평성충[62]

그것은 봄답지 않은 암담한 봄날이었다, 들에는 기화요초가 만발하고 새와 온갖 나비 날아드는– 말하자면 절기로는 봄임에 틀림이 없었지만 백성의 기분에는 봄답지 않은 암류가 흐르고 있었다.

백제 의자왕(義慈王)[63] 십육년 춘삼월. 겨우내 혹독한 추위에 얼었던 땅이 다스한 봄 기운에 녹아남에

---

62) 佐平成忠. 좌평(佐平)은 백제 때 전체 16관등 가운데 첫째 등급이다. 성충(成忠)은 백제 의자왕 때의 충신으로 좌평으로 있으면 왕의 방탕을 여러 번 간하다가 투옥되자 옥에서 외적의 침입을 예언하며, 육로는 탄현(炭峴), 수로는 기벌포(伎伐浦)에서 적을 막으라는 말을 남기고 죽었다.

63) 백제 제31대 마지막 왕(재위 기간 641~660년)으로 642년에 신라를 공격하여 미후성 등 많은 지역을 점령하고, 고구려와 화친하는 등 기울어져 가는 국위의 선양에 힘썼다. 그러나 만년에 사치와 방탕으로 660년 나당연합군에 항복하여 당에 압송되었다가 병사한 것으로 알려졌다.

따라서 추위를 피하느라고 방에 꾹 박혀 있던 백제의 백성들도 길거리로 나다니기는 하지만 얼굴에는 음삼(陰森)한[64] 기색과 근심이 서리어 있었다.

웬만한 근심 웬만한 수심은 모두 녹여 버리는 호시절인 봄이거늘 백제창생의 근심은 이 시절의 힘으로도 녹여 버릴 수가 없었다.

그들의 근심은 다른 것이 아니었다. 국왕의 방탕과 국력의 쇠약에 겸하여 이 백제의 쇠약을 호시탐탐히 기다리는 신라나라의 태도가 그들의 근심의 근원이었다.

지금 왕— 선왕인 무왕(武王)의 아드님으로서 지극히도 담략과 패기가 있는 분이어서 그 등극 초에는 백제의 창생이 그야말로 이 명군의 앞에 삼국 통일의 대업이 이루어지리라고까지 믿었던 바였다.

이 현철하고 용감하고 자비한 왕은 등극 초에는 극력으로 국력 양성과 국토 확장에 힘을 써서 인방(隣邦)[65] 신라 같은 나라는 백제에 병합이 되지 않나

---

64) 분위가가 어둠침침하고 쓸쓸한.
65) 이웃 나라

생각키울이만 하였다. 신라의 변방은 모두 이 왕의 정복한 바 되어 미후(獼猴) 대야성(大耶城) 등 신라의 거성이 모두 이 왕에게 항복한 일이 있었다.

그러나 그 업적이 십 년이 넘으면서부터는 왕은 인제는 안심을 한 탓인지 차차 안일에 빠지게 되었다. 삼천 후궁을 데리고 만날 큰 연회를 열고 혹은 사냥을 하고, 여기 침닉한 왕은 인젠 국사를 돌보려 하지도 않았다.

왕정이 차차 흐리게 되었는지라 국력도 자연히 쇠약하게 되었다.

왕이 현철하기 때문에 숱한 욕을 보고도 감히 대항할 생각을 못하던 신라는 백제의 왕도가 차차 흐려가는 기회를 타서 복수전의 준비를 차리기 시작하였다. 더구나 신라에도 태종 무열왕이 등극하고 명장 김유신 등이 속출하면서부터는 인제는 깔보지 못할 형세인데다가 더우기 복수의 일념까지 강하게 되었으니 백제의 마음 있는 자는 물론 근심치 않을 수가 없었다.

그런데도 불구하고 왕은 나날이 연락만 즐기고 왕

도는 돌볼 생각도 안한다.

이렇기 때문에 백제의 민심은 전전긍긍하였다. 춘삼월— 좋은 시절이지만 백제 백성들의 얼굴에서는 겨울의 음산한 기분이 그냥 사라지지 않았다.

인심은 흉흉하고 암담하지만 그래도 시절은 봄이라고 복사꽃 살구꽃이 민가의 울 너머서 찬란한 빛을 자랑하고 있다.

그 꽃들을 음산한 낯으로 바라보면서 말고삐를 채며 가는 사람— 그는 이 백제의 재상 성충(成忠)이었다.

약간 부는 꽃바람에 나부끼는 백발을 성가신 듯이 왼손을 들어서 쓰다듬으면서 말을 재촉하여 대궐로 대궐로 간다.

주색에 빠진 왕께 마지막 충간을 하여보려고 입궐하는 길이었다. 그새도 누차 간하여 보지 않은 바는 아니었지만 오늘의 최후의 역간을 하여볼 결심으로 입궐을 하는 길이었다.

역간을 하여 그래도 듣지 않으면 자기의 이 늙은 목숨까지도 내어던지려 이미 가족과도 작별을 하고 자식에게는 뒷부탁까지 하고 집을 떠난 것이었다.

지금 입궐이 최후의 길, 만약 임금으로서 자기의 간을 용납하여 주면 이에 더 기쁜 일이 없겠거니와 그렇지 못하면 이 길이 마지막 길이로다.

나부끼는 꽃가지도 마지막 구경이로다. 이 애마의 안장도 마지막이로다.

밝은 일월도 마지막이로다.

나라를 위하여 바치는 목숨이 아깝기는 무엇이 아까우랴만 그래도 이 길이 마지막인가 하면 쓸쓸한 심사는 억제키 어려웠다.

적적한 눈을 들어서 꽃빛을 보는 재상의 눈에는 엷은 눈물의 흔적까지 있었다.

"상감마마."

그 날도 좌우에 궁녀를 늘이고 연락에 잠겨 있는 왕의 어전에 성충은 꿇어 엎드렸다.

"상감마마."

비오듯 쏟아지는 눈물.

"오오. 좌평(佐平—성충의 벼슬 이름) 참 잘 왔소. 마침 무경하던 때에—."

잘 왔다 하나 내심으로는 귀찮다는 기색이 분명하였다. 이 잔소리 잘 하는 재상이 또 무슨 귀찮은 소리를 하려 함인가 하는 기색이 분명하였다.

"상감마마."

"누구 좌평에게 술을 따라라."

"상감마마."

"좌평. 자, 이 꽃 피고 새 노래하는 시절에 술이나 한 잔 받으오."

궁녀가 따라 가지고 성충의 앞에 갖다 놓는 술. 성충은 눈을 들어서 궁녀를 흘겼다. 그 서슬에 뒤로 물러가는 궁녀를 버려두고 이번은 눈을 왕에게로 돌렸다.

"상감마마."

그러나 이 늙은이의 잔소리를 미리 짐작하는 왕은 피하려 피하려 달려들었다. 왕은 성충의 말을 못 들은 체하였다.

"어 취해. 누구 무릎 좀 가져 오너라."

그리고는 마치 취하여 정신을 못 차리겠다는 듯이 그 자리에 드러누울 준비를 시작하였다.

궁녀 한 사람이 빨리 무릎을 왕의 머리 아래로 바치

려고 하였다.

성충은 왕의 내심을 뻔히 안다. 요맛 술로는 왕은 이렇듯 취하지 않을 것이다. 단지 성충 자기를 피하기 위하여 취한 체하는 것이었다.

성충은 무릎걸음으로 왕의 가까이 나아갔다. 그리고 손을 들어서 바야흐로 왕께 무릎을 바치려는 궁녀를 떼밀었다.

"노부의 무릎, 더럽고 뼈투성이지만 충성의 무릎이옵니다. 받으시옵소서."

그리고 자기의 무릎을 왕의 머리 아래로 디밀었다.

한 각.

두 각.

고요한 전내에 왕께 무릎을 바치고 단연히 꿇어앉아 있는 늙은 재상.

머리에는 천 가지 만 가지의 생각이 왕래하였다.

─돌아보건대 이 임군의 통솔 아래 미후성 이하 신라 사십여 주를 정벌할 때에 하늘 아래 이 임군을 당할 자 어디 있었느냐. 항복치 않으면 치고 치면은 반드시 이기는 전승군의 통수자로서의 이 용감하던

임군.

　강대함을 자랑하던 신라도 이 임군의 지휘도 아래
는 마치 수레를 반항하는 당랑과 같지 않았던가. 온
조(溫祚)대왕66) 건국 이래 칠백 년에 가까운 백제가
이 왕의 초년만치 혁혁하였던 때가 언제 있었느냐.

　그렇던 왕의 오늘의 이 난정은 어쩌하냐. 지금 신라
는 호시탐탐히 복수전을 꾀하고 있고 당나라까지 신
라와 연합하여 변방을 침략할 기세가 보이는 이때에
국왕은 국사를 잊고 오로지 주색에만 잠겨 있으니,
마음 있는 자 어찌 가슴 아프지 않으랴.

　임군도 사람인 이상에는 때로는 유혹에 빠지기도
오히려 예사일 것이다.

　신하 된 자가 이런 때에 임군께 역간하여 임군으로
하여금 길을 돌게 하지 못하면 신도(臣道)를 다하지
못하는 배다.

　지금 백제의 조정에는 적지 않은 수효의 신하가

---

66) 백제의 시조(?~28). 온조왕(재위기간 B.C. 18~A.D. 28)은 위례성에 도읍을
　　정하고 나라를 세웠다. 기원전 11년 말갈의 침입을 받았으며, 기원전 5년에
　　서울을 남한산으로 옮기고, 9년에는 마한을 병합하여 국토를 확장하였다.

있다 하지만 신도를 다할 만한 신하가 과연 몇이나 되느냐. 이런 때에 임하여 선왕 적부터 받은 그 큰 은혜에 보답이 없으면 사람이 아니다. 이미 늙은 몸 언제 죽더라도 아깝지 않은 몸— 바치자. 나라와 임군을 위하여 바치자. 이 늙은 머리를 백제의 주춧돌을 삼자.

널따란 전내에서 왕께 무릎을 바치고 고요히 앉아 있는 늙은 재상의 얼굴에는 다시금 결심의 빛이 나타났다.

왕은 누차 눈을 뜨려 하다가는 다시 잠든 체하여 버리고 한다.

아아. 왜 이렇듯 왕은 나를 꺼리느냐. 자기인들 평안하기를 싫어하며 놀기를 싫어하랴. 어의에 맞추어서 더우기 총애나 사면 일신상에야 오죽 평안하랴. 그러나 그런 일을 하지 않고 어의에 거슬리는 일을 하려는 것은 오로지 나라를 위함이요 임군을 위함이거늘 임군께서는 왜 이다지도 자기를 꺼리시나.

또 한각. 두 각.

그냥 성충이 지키는지라 그냥 일어나지 못하는 왕께 그래도 무릎을 그냥 바치고 있는 재상. 발이 저리고 오금이 쏘았다. 늙은 몸 가만 누워 있을지라도 사지가 쏠 것이어늘 이렇듯 움쩍[67]을 못하고 있으니까 인제는 온몸이 거의 쓰지 못할이만치 저리다.

그러면서도 그냥 움쩍을 않고 있는 이 마음을 임군께서는 왜 몰라주시나?

눈물이 핑 돌았다.

그 돌던 눈물은 드디어 눈시울에 맺혔다. 맺혔던 눈물은 툭 떨어졌다.

성충은 깜짝 놀랐다. 눈물이 왕의 이마에 떨어진 것이었다.

순간 왕이 벌떡 일어났다. 아직껏 깊이 잠든 체하던 왕이 한 방울 눈물에 벌떡 일어난 것이었다. 일어나는 순간 소매를 들어 이마를 닦았다.

"엑, 더러워!"

펄떡 놀라서 물러앉는 늙은 재상을 흘기는 왕의 눈

___

67) 몸의 한 부분을 움츠리거나 펴거나 하며 크게 한 번 움직이는 모양

자위는 무서웠다.

"더러워! 비즙(鼻汁)을!"

"상감마마."

"그래 내게 비즙을!"

"상감마마."

"누구 없느냐. 소시할 물을 가져오너라!"

이 소란에 궁녀 몇이 전내로 달려왔다.

"소시할 물을 가져오너라. 좌평이 비즙을 내게 뿌렸다. 에익 더러운 괘씸한!"

"상감마마! 비즙이 아니오라 소신의 눈물이옵니다."

"소시할 물을!"

궁녀의 갖다 바치는 소세[68]물에 왕은 더러운 듯이 얼굴을 활활 씻었다. 그러고는 벌떡 일어서서 내전으로 들어가려 하였다.

인제는 최후의 길밖에 없었다. 인제 임군을 놓쳤다가는 다시는 임군은 자기를 보지 않을 것이다. 이 기회를 놓쳤다가는 이 왕께 다시 간할 기회가 없겠는지

---

68) 梳洗. 머리를 빗고 낯을 씻음.

라 이 마지막 기회는 결코 놓쳤다가는 안 된다. 예사로운 간을 왕이 듣지 않는 때에는 최후의 방도를 쓰려던 그 방도를 쓸밖에 도리가 없었다.

성충은 한 걸음 뛰었다. 떨치는 왕의 소매를 꽉 붙들었다.

"상감마마."

"에익!"

"상감마마. 잠깐만!"

"소매를 놓으오."

"못 놓겠읍니다. 상감마마 잠깐만 앉읍시오."

"누구 좌평을 끌어내라!"

왕명에 좌우로 모여드는 궁액들에게 성충은 몸을 틀어서 돌아보며 고요히 호령하였다.

"물렀거라."

이 늙은 재상의 위세에 주춤하는 궁액들을 깔보며 성충은 몸을 일으켰다.

"상감마마."

일어선 성충. 말로는 상감마마 하나 억압하는 태도였다.

"상감마마. 잠시 진정합시고 소신의 주상하는 바를 들어 주시기를 바라옵니다. 아니, 소신의 주상이 아니오라 선묘 전하의 유탁에 의지하온 선묘의 유지를 소신이 대언하는 배옵니다. 선묘 대점(大漸)시에 소신을 와내(臥內)69)에 소치합시고70) 소신께 상감마마를 부탁합시던 그 유탁을 상감마마도 기억하실 것이나 천추만세 후에 이 성충을 나로 알고 의지하고 믿고 어려운 일이 있거든 의론해라 합시던 유탁, 상감마마는 벌써 잊으셨나이까. 그 거룩하신 유탁에 의지하여 오늘 소신이 주상하옵는 말씀, 이는 소신의 주상이 아니오라 선묘의 어명이옵니다."

"상감! 정신을 차립쇼. 온조대왕 이래로 칠백 년간을 전년히 물려내려온 이 사직이 바야흐로 위태롭지 않습니까? 이 사직 여차하는 날에는 상감은 무엇으로서 사죄를 하시렵니까. 술을 삼갑쇼. 계집을 삼갑쇼. 정신을 차립쇼. 신라의 군비를 경계할 줄을 아십쇼. 당적(唐賊)을 방비할 꾀를 차리십쇼. 지금 정신차

---

69) 침실 안
70) 불러서 오게 하시고

리지 않았다가는 한을 천추에 남기리다. 충신의 충언을 쓰다 마십쇼."

위연히 서서 왕을 호령을 한 뒤에 성충은 뒷걸음쳐 물러서 다시 꿇어 엎드렸다.

"상감마마."

할 말을 다 한 뒤에는 목이 메어 말이 나오지 않았다.

"상감마마, 상감마마."

눈물만 비 오듯 하였다.

성충은 드디어 왕옥(王獄)[71]에 갇힌 바 되었다.

용안에 콧물을 떨어뜨렸다는 것이 제일 죄목이었다.

왕령을 거스렸다는 것이 제이 죄목이었다.

신하의 도리로 왕을 호령하였다는 것이 제삼 죄목이었다.

이 태평성대에 요망스러운 소리를 하여 민심을 소란케 한다는 것이 제사 죄목이었다.

이러한 명목으로 성충을 옥에 내린 뒤에 인제는 더

---

71) 금부옥, 의금부. 임금의 명령을 받들어 중죄인을 신문하는 일을 맡아 하던 관아 또는 감옥.

역간을 할 신하도 없는 시원한 천지에서 왕은 더욱 더 주색을 즐겼다.

마음에 간하고 싶은 생각을 가진 신하도 없는 바는 아니었다. 그러나 간한 댔자 마이동풍[72]이며 효력이 없는 간을 한 뒤에는 제 몸에 재앙이 내리겠는지라 모두들 입을 봉해 버렸다. 그러고는 이 난륜의 왕을 피하기 위하여 조정을 떠나서 농사나 벗을 하였다.

이리하여 인제는 차차 충신은 떠나는 조정에서 왕과 및 소인배들이 제 멋대로 놀아나서 조정은 난잡함이 되고 암담한 기분은 온 백제를 덮었다.

×

옥에 갇힌 성충.

왕의 노염을 사기 때문에 받은 악형으로 인하여 찢어지고 부서지고 무러진[73] 늙은 몸을 옥 안에서 전전

---

72) 馬耳東風. 동풍이 말의 귀를 스쳐 간다는 뜻으로, 남의 말을 귀담아 듣지 아니하고 지나쳐 흘려버림을 이르는 말.
73) 무너진

히 구을면서도[74] 그래도 국사는 잊을 수가 없었다.

가만 생각하면 생각할수록 가까운 장래에 반드시 큰 전쟁이 있을 것이다.

나날이 창성해 가는 신라와 나날이 위축해 가는 백제인지라 반드시 가까운 장래에 전쟁이 벌어질 것이다.

이때를 방비할 자 누구냐. 이때에 임하여 이 국운을 그래도 버티어 볼 자 누구냐. 몸과 마음이 너무도 아프기 때문에 잠도 못 자고 음식도 받지 않았으므로 인제는 손가락 하나 움직일 수도 없도록 쇠약한 성충이었다. 늙은 몸에 받은 외부적 상처와 아울러 불면 불식으로 말미암아 받은 생리적 쇠약까지 겸한 위에다가 심로(心勞)[75]까지 합친지라 인제 다시 생명이 유지되기는 가망도 없다.

어차피 수일 내로 죽을 몸. 단지 그래도 마음에 꺼리는 바는 망국 유신이 되리라는 근심이다.

---

74) 구르다. 바퀴처럼 돌면서 옮겨가다. 마소나 수레 따위가 걷거나 달리거나 할 때에 출썩거리다. 포나 총 따위를 쏠 때 반동으로 그 자체가 뒤로 되튀다. (기본형) 구을다.
75) 마음을 수고스럽게 씀. 또는 그런 수고.

온몸이 쑤신다. 부서진 뼈의 마디마디가 숨쉴 때마다 버걱버걱 한다.

이 고통 아래서 망연히 창으로 우러러보면 그래도 봄이라고 창틈으로 멀리 꽃가지가 보인다.

'봄!'

아아. 백성의 마음에는 언제나 봄이 이르려느냐.

×

며칠이나 지났는지 모른다. 옥 안에서 지내는 날은 짧은 듯하고도 길고긴 듯하고도 짧아서 밝았다가는 어둡고 어두웠다가는 도로 밝는 날이 벌써 며칠이나 지났는지.

그 어떤 날 아침 성충은 간신히 몸을 일으켰다. 부석부석 몸을 일으킬 때에 부러진 다리뼈가 가죽을 버티어 유난히 두드러진다.

몸을 일으킨 성충은 겨우 부비적부비적76)하여 북

---

76) 비비적비비적. 두 물체를 잇달아 맞대어 문지르는 모양. (북한어) 조금 둔하게 잇따라 비비는 모양.

향으로 돌아앉았다. 그리고 잠시 합장을 하고 있다가 간신히 꿇어 엎드려 절을 한 뒤에 자유로이 움직이지 않는 팔을 겨우 써서 어떻게 자기의 속옷을 벗었다.

그 속옷을 무릎 앞에 펴 놓았다. 그런 뒤에 손가락을 입에 넣고 힘을 주어서 깨물었다. 딱! 하는 소리와 함께 입 안으로 뜨거운 피가 수르르 떨어질 적에 성충은 그 손가락으로써 앞에 펴 놓은 속옷에 마지막 상소문을 썼다.

―전하여 마지막 상소로소이다.

전하는 소신을 잊어버리셨으나 소신은 전하를 잊을 수 없어 죽음에 임하여 마지막으로 또 한 번 상소하나이다.

어지럽고 아픈 몸이오라 문식(文飾)[77]은 할 여가가 없사오니 소신의 생각하는 바만 황황히 기록하나이다.

지금 시세의 변함을 살피옵건대 반드시 가까운 장래에 큰 전쟁이 있을 줄 믿사옵니다. 전쟁에는 선공을 상으로 삼되 선공이 불능한 때는 방비라도 충분히

---

77) 글을 아름답게 꾸밈. 실속은 없이 겉만 그럴듯하게 꾸밈.

하지 않으면 안 될 것이오니 우리나라의 지세를 살펴 옵건대 상류(上流)에 진(陳)하여서 적을 막은 연후에 야 능히 국토를 보전할 수가 있을 것이오며 적병이 강역을 침노한다 할지라도 육로(陸路)로는 탄현(炭 峴)78)을 굳게 지키옵고 수로로는 기벌포(伎伐浦)79) 를 힘써 막으오면, 적병이 능히 경도를 침범치 못할 줄 아오니 전하 비록 유연(游宴)80)에서 떠나실 여가 가 없으시더라도 장군 계백(階伯)81)에게 하명하와 이 두 길만이라도 미리 방비하여 두오면 소신 죽을지라 도 능히 눈을 감을 수 있겠사옵니다.

차차 정신이 혼미하와 더 아뢰지 못하옵니다. 전하 만수무강하옵소서. 소신은 황천에서 전하와 백제의

---

78) 백제시대의 지명으로 충청북도 옥천군 군서면과 대전광역시 동구의 경계에 위치한 식장산 중심 산록 중 깊은 자루목이다. 백제시대 전략적으로 중요한 위치로, 성충이 옥중에서 왕에게 탄현과 백마강을 잘 지켜 국방을 게을리 하지 말도록 하였다는 기록이 남아 있다.
79) 백제 때 충남 서천군 장항읍 일대의 지명으로 금강 하구에 해당하며, 사비성을 지키는 중요한 관문이다.
80) 놀이와 잔치. 잔치를 열고 노는 것.
81) 백제 말기의 장군. 의자왕 20(660)년에 나당 연합군이 백제로 쳐들어오자 결사대 오천 명을 이끌고 황산벌에서 신라 장수 김유신과 맞서 네 차례나 격파하였다.

만만세를 축수하오리다.

피가 마르면 다시 손을 깨물고 깨물고 하여 간신히 썼다.

그 뒤에 또 한 장 장군 계백에게도 쓰려고 하였으나 인젠 더 기운이 없었다. 성충은 옥사정을 불러서 이 상소문을 전하였다. 그런 뒤에는 그 자리에 고요히 엎드렸다.

×

성충의 상소문이 대궐에 들어온 때는 왕은 여전히 후원에 자리를 하고 큰 잔치를 할 때였다.

왕은 처음에는 무엇인지 모르고 그 옷소매를 받아 펴보고 깜짝 놀랐다. 옷소매에 아직 마르지도 않은 피의 흔적은 왕의 가슴을 서늘케 하였다.

왕은 그 상소문을 휙 내어던졌다. 무슨 더러운 물건이라도 있는 듯이 손까지 털었다.

그 날 성충을 옥에 내린 뒤에는 성충의 존재를 벌써 잊어버렸던 왕이었다.

왕의 좌우에 모시는 소인들도 성충에 관한 말은 일체 하지 않았다. 그래서 기억에서 사라졌던 일이 이 피 묻은 옷소매 때문에 다시 소생한 것이었다.

"이게 뭐냐. 더럽게, 멀리 집어치워 버려라."

성충의 이 마지막 혈서도 읽어 보려지도[82] 않았다. 그리고 이 즐거운 연회의 흥을 깨뜨린 더러운 물건이라 하여 그냥 내어버렸다.

×

이 날 장군청에 입직해 있던 계백(階伯)장군은 연회장에서 수군수군 새어나오는 이 소문을 어렴풋이 들었다.

뜻 있는 신하들은 한 사람 두 사람 모두 물러간 이 백제 조정에 그래도 아직 한 사람이 남아 있었다. 임군이 황음하다고 나라를 버리면 이 나라를 지킬 자 누구냐. 인제라도 신라의 연합군이 몰려오면 이 나라

---

82) 읽어 보려하지도

를 지킬 자 누구냐. 이러한 마음으로써 동료들이 모두 은퇴하고 소인들만 남아 있는 이 조정에 노장군 계백은 그냥 홀로 남아 지키고 있던 것이다.

그 약관시대(弱冠時代)[83]부터 함께 나라를 지켜 오던 성충을 옥에 보내고 항상 마음을 쓰던 이 노장군은 이 날 이 소문을 듣고 곧 연회장인 후원 근처로 들어갔다. 그리고 궁액을 불러서 아까 성충의 혈서를 어디다 버렸는가 물어 보았다.

장군은 그것을 얻어 내었다.

자자구구가 충국의 글자로 된 피글씨를 얻어 편 노장군은 묵연히 서서 탄식하였다. 그의 굳게 닫긴 눈가에서는 눈물이 줄줄 주름살 잡힌 얼굴로 흘러 내렸다.

"성 좌평. 계백이 아직 살아 있는 동안이야 어찌 귀공의 뜻을 저버리리까? 좌평의 심모원려 전하가 불고하신다 해도 계백이 맡아서 당하리다."

어서 좌평을 가서 만나자. 글로 보매 임종도 경각인

---

83) 젊은 나이 때. 약관은 스무 살을 달리 이르는 말이다.

모양, 임종키 전에 가서 마지막 손이라도 잡아 보고 마지막 위로라도 하여서 눈을 감게 하자.

계백은 성충이 갇혀 있는 왕옥으로 걸음을 빨리하여 갔다.

×

"옥 문을 열어라."

노장군의 위엄 있는 호령에 옥사정은 문을 열어 주었다.

옥사정이 열어 주는 문으로 썩 들어서 보매 성충은 북향하여 고요히 엎드려 있다. 옥에 갇힌 이라 빗질을 못하여 산산히 헤어진 그의 백발의 머리가 움직임도 없이.

계백은 잠시 기다렸다. 성충이 일어나든가 몸을 움직이기를 고요히 기다렸다.

반 각― 거의 한 각이나 지나도 성충은 그냥 그 자세대로 엎드려서 움직이지를 않는다. 여기서 비로소 의심이 덜컥 난 계백이 달려가서 성충을 흔들어 보매 성충의 몸은 벌써 차디찬 주검으로 변하여 있다.

갑자기 옥 안에서 나는 이상한 소리에 옥사정이 놀라서 달려와 보매 노장군 계백이 성충의 시체를 끌어안고 발을 구르며 통곡을 하는 것이었다.

(월간 『애담(야담)』, 1935.7)

죄와 벌

: 어떤 사형수의 이야기

"내가 판사를 시작한 이유 말씀이야요? 나이도 늙고 인젠 좀 편안히 쉬고 싶기도 하고, 그래서 사직했지요, 네? 무슨 다른 이유가 있다는 소문이 있어요? 글쎄, 있을까. 있으면 있기도 하고, 없다면 없고, 그렇지요. 이야기 해보라고요? 자, 할 만한 이야기도 없는데요."

어떤 날 저녁, 어떤 연회의 끝에 친한 사람 몇 사람끼리 제2차 회로 모였을 때에, 말말끝에 이런 이야기가 나왔다. 그리고 그 전 판사는 몇 번을 더 사양해본 뒤에, 이런 이야기를 하였다.

"나는 사법관이지 입법관이 아니었으니깐 거기에 대한 자세한 내용은 모르지만, 법률이 어떤 범죄에 대하여 형을 과하는 것은 현명한 여러 입법관의 머리에서 얼마 동안 연구되고 닦달된 뒤에야 처음으로 명문으로 될 것이 아닙니까? 그리고 우리 사법관은 법률의 명문의 모호한 점을 해석하며, 법률의 명문에 의지해서 범죄를 다스리는 것이 직책이지, 그 법률의 근본을 캐어가지고 이렇다 저렇다 하는 것은 권리에 지나치는 일이겠지요. 그러니깐, 나는 형의 비판이라든가는 하지 않겠습니다. 그리고 다만 내가 재직 때에 당한 한 가지의 예를 들어서, 내가 판사라는 지위를 사직한 이유를 간단히 말해보겠습니다.

내가 복심법원 판사 때의 일이외다. 어떤 날 어떤 사형수의 공소재판이 있어서 그것을 내가 맡게 되었는데, 예비지식으로 피고의 공소 이유와 제1심의 기록 등을 대강 눈에 걸쳐보니깐, 사람 셋을 죽인 살인강도범이었습니다. 더구나 피살자 세 사람 가운데 하나는 아직 철모르는 어린애로서, 그런 철모르는 어린애까지 죽인 살인강도는 성질로 보아 흉포무쌍한 자가 아니겠습니까. 그래서 그저 그만치 알아두었습니다. 대체 사형수라 하는 것은, 하여간 공소는 해보는 것이니깐······.

별로 신기하게 여길 사건도 아니므로, 그저 그만치 해가지고 공소 재판을 열었지요. 그리고 순서대로 주소, 성명, 연령, 직업, 전과의 유무 등을 물었는데, 스물세 살 났다는 젊은 사람이 전과 6범이었습니다.

열두 살 때에 소매치기를 비롯하여, 절도, 공갈, 강도, 등등 온갖 죄악을 다 범한 사람이었습니다. 많은 경험이 아닐지라도 이만하면 벌써 피고의 성질이 짐작될 것이 아닙니까. 그래서 마음으로는 벌써 공소해야 역시 사형이라고 생각하고 있었습니다. 그리고 다만 규칙에 의지해서, 공소한 이유를 물었지요. 그러면서도 피고가 무슨 핑계를 대거나 범행을 부인하는 말을 하려니 하고 있었습니다. 그랬더니 피고는 뜻밖의 대답을 하지 않겠습니까?

피고의 말은, 자기는 사형이 싫어서 공소한 것이 아니다. 다만 자기는 제1심에서 자기의 과거를 한 번 다 이야기해볼 기회를 얻지 못해서 그 기회를 얻으려고 공소한 것이지, 사형이 억울해 그런 것이 아니라고 합니다그려.

자기의 범행은 죽어도 싸다고, 검사가 할 말까지 하겠지요. 그래서 나는 온화한 말로, 공판정은 범행을 조사해서 거기다가 형을 과하는 곳이지 피고의 경력 연구소가 아니니깐 그것은 허락할 수 없다고 거절해버리고 범행에 대해서 조사를 하려니까, 피고는 한참 머리를 수그리고 있더니 그러면 공소를 취하하겠다고 그러겠지요.

그래서 공소는 그만 취하해버렸는데, 한 이삼 일 뒤에 문득 그 생각이 나서, 원 대체 자기의 경력을 이야기 못하면 사형을 달갑게 받겠다던 그 피고의 경력은 어떠한 것인가……고, 호기심이 무럭무럭 나서, 어디 한 번 알아보자 하고, 한가한 틈을 이용해가지고 형무소로 찾아갔지요. 그리고 판사대 피고의 지위가 아니요, 개인과 개인의 관계로서 그 사람을 면회를 했습니다. 그리고 그가 초췌한 얼굴로 기뻐서 내게 이야기한 바로서, 그 사람의 경력이 이런 것이었음을 알았습니다."

그의 이름은 홍찬도라 하였다.

비교적 미남자였고, 얼굴로 보아서는 아무 흉포한 점이 없었다.

그는 사람을 셋을 죽였다. 무슨 큰 원함이 있어서 죽인 바도 아니요, 돈을 뺏으러 들어갔다가 들켜서 그만 세 사람을 죽인 것이었다.

처음에는 어른 두 사람을 죽이고, 달아나려다가 그는 곁에서 날뛰면서 울고 있는 서너 살 어린아이까지 마침내 죽인 것이었다. 이것이 혹은 잔혹한 일이라 할지 모르나, 이것은 그가 그 어린아이에 대한 자비심에서 나온 것이다. 이것이 그의 범죄 사실이었다.

그는 열한 살부터 벌써 죄를 짓기 시작하였다. 소매치기, 절도, 협박, 공갈, 강도, 이러한 모든 죄를 차례로 지으면서 오늘날까지 이르렀다. 범죄에서 감옥으로, 감옥에서 범죄로, 안정되지 못한 생애를 밟아오다가 마침내 스물세 살이라는 지금에 세 사람을 죽였다는 무서운 죄악으로써 사형의 선고를 받은 것이었다.

그러면 그는 천성이 그렇게 못된 사람이었던가. 부모의 유전으로 그런 못된 성질을 물려받았던가. 혹은 사귀던 친구가 나빴던가.

만약 친구가 나빴다 하면, 그런 못된 친구와 사귀는 것을 감독할 만한 부모는 무얼 하였나. 자식을 감독할 줄을 몰랐나. 감독하려 하지를 않았나 또는 못하였나. 가령 못하였다 하면, 그이유는?

그의 아버지는 어떤 운송조에서 마차를 끌어주고 그날그날을 보내는 온량한 시민이었다. 그의 어머니도 역시 참한 여인으로서 남편을 공대하고 자식을 사랑할 줄 아는 온량한 아내였다. 이러한 부모 아래서 가난하나마 아무 부족한 불만을 모르고 그는 열한 살까지 자랐다. 그때 그는 보통학교 5학년생이었다.

그러나 사람의 생활에 병집은 언제 어디서 일어날지 전혀 모를 바였다. 이것은 하느님이 사람으로 하여금 잠시도 마음을 놓지 않도록 주의시키려는 자비심에서 나온 것이지, 혹은 악마가 사람의 세상을 위협하는 수단에서 하는 것인지는 모르나, 사람의 세상은 언제 어떤 곳에서 뜻하지 않은 괴변이 생길지 온전히 모를 바였다.

그의 아버지가 법률의 그물에 걸렸다. 일은 사소한 것이었다. 말하자면 그에게는 아무런 책임도 없는 일이었다. 어떤 날, 그의 부리는 말이 지나가는 자동차에 놀라서 구루마를 단 채로 거리로 달아났다. 놀란 말이 달아나서 돌아다니는데, 체면과 인사가 있을 리가 없었다. 마차에 치여서, 몇 사람은 중상을 당하고, 몇 사람은 죽었다. 그것뿐이었다. 그러나 그 즉사한 사람 가운데에는 불행히 그 지방의 장관이 있었다.

여기서 문제는 커졌다. 놀란 말이 장관을 알아볼 리가 없고, 장관이라 한들 마차에 치이면 죽는 것이 당연하지만, 장관이 죽었다 하는 것은 그 사건의 결과를 좀 더 중대화하였다. 법률은 그를 꼭 벌해야 할 책임을 느꼈다.

그리고 육법전서를 편 결과, 형법 제211조에서, '업무상 필요한 주의를 게을리하여 사람을 사상(死傷)에 이르게 한 자는, 3년 이하의 금고, 혹은 1,000원 이하의 벌금에 처함'이라는 조문을 얻어내고, 그에게 3년 동안을 형무소 안에서 지내기를 명하였다.

이리하여 비극은 마침내 이 집안에도 이르렀다.

인형으로서의 온공함과 얌전함은 배웠지만 아직 주부로서의 권리와 의무와 그것의 행사 방법에 대한 교육과 교양이 없는 찬도의 젊은 어머니는, 이런 일을 당하면 낭패할밖에는 다른 도리는 없었다. 어머니는 낭패하였다. 그리고 그 낭패에 대하여 아무런 방책도 생겨나지 않는 동안에 시간은 거듭하여 날이 되고, 날은 거듭하여 달이 되었다.

법률은 정당한 선고를 찬도의 아버지에게 내린 것이었다. 법률은 사회에서 대하여서나 찬도의 아버지나 모자에 대하여서는 아무런 가려운 일이 없었다. 세상의 질서를 유지하기 위하여 찬도의 아버지에게 내린 선고는, 세상의 정신 못 차리려는 사람들을 정신 차리도록 하려는 한 경종으로서, 이것은 법률의 정당한 사명이었다. 그러나 그 법률이 잊어버린 사람의 축에 한패의 가련한 모자가 있었던 것이었다. 처세학이라는 것을 배우지 못한 때문에 밥을 굶고 옷을 헐벗지 않으면 안 될 가련한 모자가 있었던 것이었다.

그러나 하느님이 사람을 내실 때에, 사람으로 하여금 먹을 것이 없어서 죽게까지는 내지 않았다.

찬도는 어느덧 학교에 안 다니게 되었다. 아니, 오히려 못 다녔겠지. 그리고 단칸방에서 이런 아들과 젊은 어머니가 주린 배를 움켜쥐고 며칠을 참은 뒤에 어떤 날, 어머니는 나가서 쌀과 나무를 사 왔다.

아직껏은 쌀과 나무와 옷감이라는 것은 하늘이 비를 주듯 때때로(어린 찬도는 모르는 틈에) 내려주는 것쯤으로 알고 별로 신기하게 생각하지 않던 찬도는, 이번 사건의 뒤에 처음으로 쌀과 나무는 돈을 주고 사는 것이며, 그것이 돈을 주는 아버지가 없어졌으므로 떨어졌다는 것을 알았던 것이었다. 그랬던 것을, 어머니(며칠을 돈이 없어서 굶고 지내던)가 사왔다 하는 것은, 찬도에게는 뜻밖이었다. 웬돈? 누가 돈을 벌었나? 무엇을 하여 벌었나?

어떤 날 아침, 좀 일찍 깬 찬도는 머리맡에 흩어져 있는 음식 그릇들을 보았다. 찬도는 벌떡 일어났다. 그리고 거기 남은 부스러기라도 고르려고 하다가 갑자기 속이 불유쾌해져서 그만두고 어머니를 보았다. 어머니는 아직껏 깨지 않았다. 그 어머니의 얼굴에는 분이 발려 있었다. 찬도는 속이 몹시 언짢아졌다. 자기도 맛있는 음식을 먹고 싶은 것은 어머니도 잘 알 터인데, 밤에 혼자 사다 먹었다는 것은 찬도의 자존 심에 거슬린 것이었다. 모반함을 받은 것 같은 분한 마음과 얄미운 어머니의 태도에 노염이 난 찬도는, 분김에 옷을 주워 입고 몰래 집을 나섰다. 그리고 노 염과 분함이 차차 더해가는 하루를, 굶으며 그 근처 를 돌아다니면서 어머니가 자기를 찾아 나와서 변명 하기를 기다리다가 밤 10시쯤 하여 할 수 없이 집으 로 돌아왔다.

집에는 웬 잔치가 있었다. 어머니는 웬 사나이와 마주 앉아서 음식을 먹고 있었다. 그러다가 슬그머니 들어오는 아들을 보고,

"온종일 어디 갔었니. 얼른 자라!"
하고 한 마디 꽥 소리를 지른[84] 뿐이었다. 음식을 먹으란 말도 없었다. 배고프지 않느냐는 말조차 없 었다.

찬도는 자리를 윗목에 내려 펴놓고 누웠다.

---

84) 지를

"좀 가만가만 펴지, 몬지 나누나."

어머니는 또 나무람을 하였다. 분함과 노염과 주림으로 자리 속에 들어는 갔지만 찬도에게 졸음이 올 리가 만무하였다. 음식 냄새가 코로 몰려 들어왔다. 그것은 몹시 좋은 냄새였다. 그러나 또한 몹시 역한 냄새에 다름없었다.

울고 싶은 마음, 아니 오히려 죽고 싶은 마음을 이를 악물고 참느라고 찬도는 목덜미를 와들와들 떨었다. 신경, 더욱 귀의 신경은 날카로워졌다. 행여나 '찬도야, 너도……' 하기를 기다렸으나 그것은 헛바람이었다.

마침내 찬도는 일어났다. 그리고 몰래 이불 밖으로 기어 나와서, 문을 연 뒤에 문밖에 나섰다. 그리고 신을 신고 밖으로 막 뛰려 할 때에, 어머니가 따라 나와서 그를 붙들었다. 그리고 손에다 무엇을 쥐어주었다.

"50전이다. 뭘 나가서 사 먹어라."

찬도는 욱하니 울었다. 아직껏 하루 종일을 참고 또 참았던 울음이었다.

"애도 울기는 왜……."

어머니의 태도는 다시 쌀쌀해졌다. 이 한 마디뿐, 어머니는 도로 들어가서 문을 절컥 닫았다.

아무리 어린 찬도일지라도 제 어머니의 하는 일의 의의를 알았다. 그것은 사람의 길에 벗어난 일이었다. 부끄러운 일이었다. 찬도에게는 그런 일을 하는 어머니가 천스러웠다.

그는 생활난과 정조라는 것의 가치를 비교할 만한 진보된 지식은 아직 못 가졌다. 하물며 제 어머니라는 사람과 생활난과 정조 관념의 삼각관계를 이해할 리가 없었다. 그러나 수천 년간 그의 조상들이 신봉해오는 관념의 여파로서, 제 어머니의 하는 일이 지극히 천스럽고 부끄러운 일인 줄은 알았다. 그는 어머니를 경멸하지 않을 수가 없었다.

이리하여 사회의 질서를 유지하고자 행한 바 법률의 처분은, 여기서 그 부산물로서 모자간의 이반이라는 사회질서에 위반되는 일을 해놓았다. 그 뒤부터는 모자의 사이는 차차 벌어졌다. 아들은 제 어머니에게서 어머니의 행동에 대한 변명이 듣고 싶었다. 그러나 어머니는 변명하지 않았다. 그 대신 아들의 양해…… 묵인을 바랐다.

그러나 아들은 양해하지 않았다. 아들은 차차 어머니와 이야기하기를 피하였다. 그것을 갚으려는 듯이, 어머니도 차차 아들과 이야기를 피하였다. 그리고 처음에는 서로 '피하려'던 것이, 차차 어느덧 서로 '악의로써 대하게' 되었다. 어미는 변변찮은 작은 일로도 차차 제 아들을 몹시 꾸짖는 일이 많아갔다. 할 수 있는 대로 이야기를 안했지만, 하게 되면 그것은 꾸중이나 욕설뿐이었다.

그러나 제 어머니를 경멸하는 아들에게는, 그 꾸중이 귀에 들어올 리가 만무하였다. 아들은 꾸중에 머리도 안 숙였다. 변명도 안 하였다. 대답조차 안 하였다. 못 들은 체하고 저 할 장난만 하였다. 이렇게 되면, 어머니는 더욱 성을 냈다. 그리고 발을 굴렀다. 그러나 아들은 제 태도를 고치지 않았다. 그는 어머니를 무시하는 것으로 유일의 대항책을 삼는 것이었다.

어머니는 아들이 그렇게 미워서 그러하였나. 혹은

부끄러움을 감추기 위하여 그런 태도로서 아들을 대하지 않을 수가 없었나. 이것은 알 수 없다. 알 필요도 없다. 다만 이리하여 모자간의 정애가 차차 없어졌다는 것을 알면 그뿐이다.

아들은 차차 '집안'이라는 것을 버리기 시작하였다. 아침에 밖으로 나가서 어두운 뒤에야 집으로 돌아오는 일이 차차 많아갔다. 그러나 찬도에게는 밤에나마 집에 들어오는 것은 할 수 없어서 하는 일이었다. 할 수만 있으면 안 돌아오고 싶었다. 이 사내 저 사내(대개가 노동자)가 이전의 찬도의 아버지가 행한 노릇을 하는 광경은 찬도에게는 보지 못할 노릇이었다. 영업(가령 찬도의 어머니가 하는 노릇을 영업이라 부를 수가 있다면)은 나날이 번성해갔다. 저녁때 사내의 그림자가 그 오막살이에서 뵈지 않는 날이 쉽지 않았다. 낮에는 웬 노파들이 많이 다녔다. 젊은 어머니의 이쁘장스러운 얼굴과 애교와 박리다매주의는, 오늘날 이렇듯 영업의 번성함을 보게 한 것이었다.

찬도는 대게 낮에는 어디 나가 있었다. 그는 처음에는 갈 곳이 없어서 거리거리를 헤맸다. 그리고 공원에서 쉬었다. 점심은 대개 굶었다. 정 견딜 수가 없을 때에는, 제 집 부엌에 와서 도적질하여 먹었다. 그러나 그러는 동안에, 그도 어느덧 섞여서 같이 놀 만한 소년 그것조차 알지 못하였다.

그는 어느덧 소매치기의 첫 시험을 '축'으로 하여, 그전의 생활과 거기 관련된 온갖 군잡스러운 문제는 잊어버린 것이었다. 소매치기와 절도, 이러한 위태한 사다리를 그는 한 걸음 한 걸음 걸어 올라갔다.

그러다가 열일곱 살 나는 해에 첫번 형무소의 맛을 보았다. 형무소 안에는 많은 동지가 있다는 것은 이 소년의 마음을 더욱 든든히는 하였을망정, 손톱눈만치의 후회도 일으키게 못하였다. 뿐만 아니라 형무소는 이소년에게 범죄 방법을 가르치는 한 학교였다.

형무소에서 나온 그는 역시 그것으로 제 밥벌이(?)를 삼았다. 그것밖에는 다른 것을 취할 길도 몰랐거니와, 다른 길은 사회에서 그를 받아주지도 않았다. 이리하여 범죄와 형무소, 이러한 행정을 밟으면서 소년기에서 청년기에 들어선 그는 마침내 살인강도라는 듣기조차 무서운 죄목 아래서 사형의 선고를 받게 된 오늘의 범행까지 지은 것이었다.

그것은 어떤 첫여름이었다. 일없이 공원에 앉아서 낮잠을 자고 있던 그는, 누가 깨우는 바람에 상쾌한 졸음에서 깨었다. 깨어보니, 그것은 며칠 전에 찬도와 같이 출옥한 감옥 친구였다. 두 사람의 사이에는 한 가지의 계획이 성립되었다. 즉 어떤 집에 강도로 들어가 자는 것이었다. 찬도도 아무 뜻 없이 쾌히 승낙하였다. 아직껏 해보지 못한 범죄라 하는 것은, 찬도에게는 매우 흥미 있는 것이었다.

이리하여 그들은 이튿날 밤이 깊어서, 어떤 집에 들어갔다. 그러나 여기서 찬도의 뜻밖의 일이 생겼다. 공범자는 돈을 다 **뺏**은 뒤에 준비했던 칼로 주인 부처를 죽였다. 그리고 유쾌한 듯이 칼을 휙 던져서, 담벽에 꽂아놓은 뒤에 휘파람을 불면서 나갔다.

여기서 물론 찬도도 그 공범자와 함께 달아나는 것이 옳을 것이었다. 그러나 찬도는 움쭉하지 못하였다. 눈앞에 보이는 피는 그의 온몸을 마비시켰다. 그는 마치 그 자리에 발이 붙은 듯이, 눈이 멀찐 멀찐 서 있었다. 공범자는 이런 일에 경험이 많았는지, 칼

맞은 사람은 찍소리도 못하고 한칼에 죽었다. 그러나 근육은 아직 흐물흐물하였다.

피! 그것은 과연 괴상한 물건이었다. 거기에 커다란 충동을 받은 찬도는 정신을 못 차리고 서 있었다. 그는 온 힘을 다하여 정신을 수습해 보려하였다. 그러나 애쓰면 애쓸수록 정신은 더욱 어지러워졌다.

10여 분이 지난 뒤에야 그는 펄떡 정신을 차렸다. 동시에, 아직껏 불같이 울어대는 어린아이가 있는 것을 처음으로 인식하였다. 그는, 발로써, 그 어린아이를 힘껏 찼다. 그리고 도망하려 뛰어나왔다.

그러나 그는, 그 집 문밖에서 순사에게 잡혔다. 순사는 어린아이가 너무도 우는 것이 수상하여, 그 집 문밖에서 동정을 엿듣고 있었던 것이었다.

이렇게 그 찬도의 경력을 이야기해오던 전 판사는, 잠깐 말을 멈추었다가 다시 이었다.

그런데, 그 사람에게는 제 말과 같이(그 제 말을 나는 믿습니다) 공범이 있었는데, 예심 조서 이하 초심 기록 아무 데를 보든 다 저 혼자 범행한 모양으로 됐지 공범의 이야기는 없거든요. 하기는 경찰서의 조사에는 잠깐 그런 이야기가 있었지만, 그 뒤부터는 늘 그것을 부인해 왔어요. 그런데 그 이유로 그 사람이 제 입으로 내게 한 말을 듣자면, 자기는 아무 세상 철없는 순진한 어린애를 죽였으니깐 죽어도 싼데⋯⋯ 자기는 어차피 사형될 터에, 공연히 남까지 끌어넣어서 그 사람까지 죽이면 무얼하느냐고⋯⋯ 그 사람, 공범의 죄를 보자면 역시 열 번 죽여도 싸기는 하지만 그 사람에게는 처자가 있는 것을 생각하니깐, 자기의 어렸을 때의 생각이 나서 차마 불어 넣지 못하겠다고요. '피'를 본다 하는 것은 과연 무서운 것이외다. 아직껏 아무 반성 없이 온갖 죄악을 범해오던 그 사람도, 뜻하지 않은 피를 보고 그만 양심이 일어서면서 동시에 그런 고찰도 생긴 모양이지요.

그 사람은 제 경력을 다 이야기하더니 쓸쓸하게 웃으면서, 이것은 결코 자기가 감형을 받고 싶거나 그래서 한 것이 아니고, 왜 그런지(허영심이랄지) 죽기 전에 한 번 이야기나 해보고 싶어서 한 것이라고. 그러면서 마지막 말로 자기는 죽어도 뒤에 남는 가족이라는 것이 없으니 안심이라고 하면서 도로 감방으로 끌려갔습니다.

　나는 그날 밤 잠을 못 잤습니다. 더구나 그 찬도의 아버지에게 3년의 형을 선고한 것은 나였습니다그려. 내가 지방법원에 재직할 때에 그 사건을 맡아 했는데, 내 생애 가운데 많은 과실상해죄를 처결했으니깐 기억에 없을 듯하나, 그 사건만은 그때에 이 지방의 장관이 마차에 치여 죽었다는 별다른 사건이었으므로 아직 기억에 남아 있어요. 그리고 나는 거기 대하여 손톱눈만치도 후회하거나 부끄럽게 생각지 않습니다. 당시에도 그렇게 생각했지만 지금도 그 일을 부끄럽게 생각지 않습니다. 그것이 내가 나라에서 맡은 책임이요, 온 국민에게 맡은 의무인 이상에 무엇이 부끄럽겠습니까. 찬도의 아버지도 그것을 억울하게 생각지 않았겠지요. 그는 공소도 안 했으니깐……. 그러나 우리가 생각도 안 해던 '이면'에는 이러한 참극이 생겨났다는 것을 어떻게 뜻이나 했겠습니까.

　나는 그 이튿날부터 찬도의 감형 운동을 했습니다. 물론 내 경험에 의지해서, 그 운동이 효과가 없을 줄은 짐작은 했어요. 공범자를 드러내면 혹은 전 판결을 번복시킬지도 모르나 이것은 찬도의 의사가 아니니깐, 다만 찬도는 환경 때문에 못된 죄를 범했으나 잘 지도 하면 좋은 사람이 될 가능성이 있는 것을 유일의 이유로 감형 운동을 했습니다그려. 그리고 그 운동이 실패하게 된 것을 핑계 삼아가지고 판사를 사직하고 말았지요.

분명한 숫자를 모르지만 내가 형을 선고한 죄수만 하여도 20여 년간에 수천 명이 될 터인데, 그 가운데서 우리가 온전히 모르고 뜻도 안 한 비극과 참극이 얼마나 많이 생겼는지 생각하면 속이 떨립디다그려.

내가 사직한 후 사흘 뒤에, 찬도는 사형을 받았지요. 그때 입회하였던 검사의 말을 들으니깐 그 사람, 이름도 부르기가 별합니다, 찬도의 마지막 말은 '마음에 걸리는 것이 없습니다'는 한 마디뿐이었다고요. 그리고 그 검사는 그 말을 회개한 죄수의 말로 해석하는듯합니다. 그러나 나는 그 말을 그렇게 해석하지 않습니다. '나는 처자가 없으니깐, 죽어도 뒤가 근심되지 않는다.' 나는 이렇게 해석합니다. 이미 죽은 사람의 말이니, 어디 가서 뜻을 판단해달랄 수는 없지

만, 어떻습니까, 내 해석이 오히려 그럴 듯하지 않습
니까?

전 판사는 의견을 묻는 듯이 좌중을 둘러보았다.
그러나 거기에는 대답하는 사람이 없었다.

주춧돌

    한바탕 무리매[85]를 친 뒤에, 이 무리매에 대해서도 아무 저항 없이 잠자코 맞고 있는 한 서방에게 더 칠 흥미는 없는지 젊은이들은 그곳에 쓰러져 있는 한 서방을 그대로 버려두고 모두들 우르르 나가 버렸다.

    나감에 임하여 한 젊은이가 여를 향하여,

    "목사님도 가시지요? 저깟 늙은이는 죽으라고 버려두고……."

하고 같이 가기를 권하였다.

    "먼저들 가오. 나는 좀 뒤에……."

---

85) 몰매. 여럿이 무리를 지어 달려들어 때리는 매. (북한어) '뭇매'의 북한어.

하며 여는 젊은이들만 먼저 돌려보냈다.

이곳은 국제도시 상해. 오늘 우리 한교(韓僑) 한 서방에 대한 사문회(査問會)가 이 빈 빌딩 3층에서 열렸던 것이다.

한 서방은 그 근본은 알 수 없지만 이 상해의 중국인 시가의 한 추녀 끝을 빌어서 노동자 상대로 이발을 해먹는 늙은 한교였다.

그 한 서방이 같은 한교로서 이 상해를 근거로 대규모로 부정 약장사를 하는 사람을 일본 영사관 경찰에 밀고를 하여 그 부정 업자는 일경의 손에 붙들렸다. 이것이 한 서방이 사문 받는 죄상이었다.

이곳을 관할하는 중국 경찰에 밀고한다 할지라도 우리 동포의 수치를 외국인에게 알리는 것이니 못할 일이거늘, 하필 우리의 불구 대천의 원수 왜경찰에게 알려서 우리의 수치를 왜인에게 폭로하고 우리 동포를 왜인에게 처벌받게 하고 적잖은 가격의 부정 약품을 왜인에게 몰수당하게 했느냐 하는데 대하여 젊은이들의 노염이 폭발되어 한 서방을 법조계(法租界) 어떤 빈 빌딩으로 끌어다가 사문을 하고 응징 수단으로 무리매를 친 것이었다.

여는 한 서방과 아무런 인연이나 관계가 없는 사람이지만 같이 늙어가는 처지라 그 늙은 몸이 젊은이들의 억센 주먹과 발길에 맞고 차이고 한 것이 가긍하여 그 매 맞은 자리에 그냥 쓰러져 있는 그에게 한 걸음 발을 뗄 때에 쓰러져 있던 한 서방이 비틀비틀 일어섰다. 그리고 거기 그냥 있는 여를 보고 한 서방 특유의 웃음을 얼굴 전면에 나타냈다.

"허어, 목사…… 그래 목사가 더 좋군. 나 운명할 때 염불이 아니라 기도 올려주려 기다리시우?"

"한 노인, 어디 다친 데나 없으시우?"

"다친 데? 위아래 발바닥까지 모조리 맞았으니, 모두 다쳤지. 그러나 이 몸은(차차 노랫조가 되어 가며) 하늘이 주신 쇠 몸뚱이. 내 몸뚱이 때리다가는 때린 주먹이 부서지지. 어어 목사, 나 때린 주먹 앓지 않도록 기도나 드려주우."

하면서 덩실덩실 춤을 추기 시작하였다. 여는, 여의 앞에서 허연 머리카락을 휘날리며 춤추는 한 서방의 모양을 망연히 바라보았다.

부양하는 자손이나 친척도 없이 늙은 몸을 남의 나라에서 외국노동자를 상대로…… 아아, 기박하고 가궁한 신세가 아닌가.

"여보, 한 노인. 왜 하필 왜경에게 밀고하고 욕을 보오?"

한 서방은 춤을 멈추고 여를 향하여 돌아섰다.

"그럼, 어디다 고발하오? 중국 경찰은 벌써 많이 먹은 판이라 고발해야 쓸데없고……."

"우리 사찰 기관."

"아까 나를 친 젊은이들도 모두 (목소리를 낮추면서) 먹었어요, 먹었어요. 목사는 못 자셨소?"

"예끼!"

"허허! 못 자신 모양이군. 그러니 그런 악질 인생이 우리 한교에 있기 때문에 중국인 사이에는 한교 배척심이 날로 자라는구려. 그러나 모두 먹은 판이라 호소무처구려. 그러니까 우리 상전 대일본 경찰에 호소할밖에."

이런 소리를 예사로이 하기 때문에 밀정이라는 혐의를 받아 문초 받은 일도 여러 번 있었지만 밀정의 형적은 없기 때문에 그 문제는 늘 무사하였고, 주책 없는 늙은이로 판이 박힌 한 서방이었다.

"여보 목사, 돈 있소? 한참 매를 맞았더니 허기가 나는군. 뭘 좀 먹여주구려."

"시장한데 춤까지 추니 더하지."

"아 참, 춤! 잊었다."

그는 팔을 벌려 다시 덩실덩실.

동시에 그의 입에서는 한 가닥 노래가 울려 나왔다.

"내 몸은 기둥 아래 감추인 주춧돌. 주춧돌 없이는 집이 못돼요."

늙은이답지 않은, 더욱이 시장한 이답지 않은, 웅장한 멜로디였다. 음악에 소양이 있는 어떤 교포가 한 서방의 우연한 노래를 한 번 듣고 이는 범물이 아니라고 격찬한 일이 있는 그 웅장한 음성은 이 빈방을 더렁더렁 울렸다.

춤을 추느라고 이편으로 몸을 돌릴 때에 보니 춤추는 그의 늙은 눈에는 눈물이 가득히 괴어 있었다.

"여보, 한 노인. 점심 먹으러 갑시다."

"예, 고마워, 아이구 허기야."

과연 허기가 심한 모양으로 춤을 멈추며 몸의 중심을 잡으려는 듯 비츨비츨하다가 털썩 주저앉고 말았다.

　　여는 한 서방을 부축해가지고 그 빌딩을 나왔다.

　　한 서방의 전신을 아는 사람이 없었다.

　　그가 이 상해에 온 것은 국내의 삼일운동 직전이었다 한다. 따라서 현재 이곳에 있는 한교는 모두가 거의 이후의 사람이었다.

　　국내에 삼일사건이 일어나고 많은 망명객이 이 상해로 몰려들어 뒤끓을 동안 한 서방은 처음은 임시정부에 적을 두고 열심히 조국 광복 운동에 활동했다 한다.

　　그러나 일본의 무력 앞에는 열강도 감히 손을 못대어 대한 광복운동도 유야무야로 되어 가고, 이곳에 모였던 젊은 지사들도 맥이 풀려 조국 광복보다도 구복 문제가 앞서서 조국 광복은 부업쯤으로 돌릴 때쯤부터 한 서방의 생활도 차차 영락되었다. 여가 재호(在滬) 한교의 선교사로 상해에 온 것이 꼭 그때였다.

한 서방은 생활의 근거를 잃은 뒤에는 거의 동냥으로 살아갔다.

옷은 중국 노동자의 낡은 것을 한 벌 사가지고 춘하추동을 물론하고 단벌 옷이었다.

상해의 한교들은 이 한 서방의 생활 모양이 한교의 체면과 위신을 잃게 하다고 구박하여 한 서방은 잠자코 법조계를 떠나서 중국인 거리로 잠입해버렸다.

한 서방은 좀하면 일본 영사관에까지 가서 생활비 보조를 구걸하기가 일쑤였다. 이 때문에 한동안 일본 스파이 혐의도 받은 바가 있었다.

상해의 한교들의 질이 차차 저하되어서 금제품 밀매, 싸움, 절도행위를 하는 사람도 적지 않아 갔다. 그런데 이런 문제 때문에 시비가 생기면 그것이 한 서방의 눈에 뜨이는 한 한 서방은 그리로 달려가서 그 시비의 틈에 끼여들어 마지막에는 자기가 시비를 대(代) 맡아 두들겨 맞고 혹은 경찰 신세까지도 지고 하였다.

이렇게 되매 마음보 곱지 못한 한교는 자기가 범한

범죄도 시세 불리하게 되면 애꿎은 한 서방에게 둘러씌워 한 서방은 남의 죄 때문에 경찰 신세를 진 일도 여러 번이었다.

한 서방은 잠자코 모든 불행한 일을 겪고는 덩실덩실 춤 한 번 추고는 잊어버리지만, 그런 범죄의 장본인은 도리어 한 서방은 여사여사한 일(장본인 자기가 행한 일)을 하여서 한교의 체면을 더럽힌다고 한 서방을 욕하였다.

합죽선을 펴들고 '이내 몸은 기둥 아래 감추인 주춧돌'을 부르며 춤 한 가닥 추면 그에게는 온갖 오뇌나 슬픔이나 아픔이 다 사라지는 듯하였다.

'미친 늙은이.'

'주책없는 늙은이.'

'시비 잘 걸고 도적질도 제법 하는 늙은이.'

'한교의 체면과 명예를 더럽히는 늙은이.'

이것이 한 서방에 대한 재호 한교의 대명사였다.

그러나 여가 가만히 생각해보면 한 서방은 재호 한교의 명예를 더럽히지 않았다. 도리어 다른 한교들이 행한 협잡이며 사기며 금제품 매매 등 비법 행위를 대 맡아 처벌받은 가련한 희생자였다.

그해 첫여름 우리의 안 박사가 상해에 왔다. 안 박사는 한국이 일본에게 먹힌 이래 30년, 꾸준히 우리 국권 회복 운동에 노력한 우리의 위대한 지도자였다.

박사를 맞아 이곳 기구의 개편 개조 등의 분망한 며칠을 지낸 뒤에 여는 어떤 날 안 박사를 박사의 호텔로 찾았다.

박사께 인사를 여쭌 뒤에 문득 보니, 박사는 한 서방의 부채(춤출 때마다 펴서 펄럭이는)를 들고 딱딱 장난하고 있었다.

"박사 선생님(우리는 박사의 꾸준한 민족적 사업에 경의를 표하여 반드시 박사 선생님이라 불러 모셨다), 그 부채는 한 서방 한○○의 것이 아니오니까? 그게 어떻게……."

"한 서방? 한○○?"

"네……."

"아니오. 이건 내 친구 김○○ 형의 것인데, 김 형이 아마 왔다가 잊어버리고 갔군요."

"김〇〇?"

"네, 김〇〇."

귀에 익은 이름이었다. 그러나 언뜻 생각나지 않아서 기억 면에서 찾아내려고 애쓰는데 박사는 뜻을 알아본 듯 설명하였다.

"혹 잊으셨으리다. 한 30년 전 이태리 오페라!"

여는 박사의 말을 채 듣지 못하고 벌떡 교자에서 일어섰다.

기억한다. 지금부터 한 30년 전, 이태리 오페라좌에 한국인 김〇〇라는 천재 성악가요 천재 무용가가 혜성같이 나타나서 전 세계의 악단을 놀라게 하였다.

그때는 바야흐로 한국의 운명이 일본 때문에 먹혀 들어가던 비상시절이었더니만치 우리 한국인의 심정을 크게 두드려놓았다.

그 천재는 이태리에서 출발의 길을 터서 파리, 런던을 도는 동안에 '천재'의 위에다 '위대한'이라는 관사가 더 붙어서 명성(明星)처럼 출발한 그가 태양처럼 빛나려는 무렵에 한국은 일본에게 먹혀버리고, 그러자 그 위대한 천재는 다시 세상 표면에 나타나본 적이 없었다.

　이래 30년, 다시 이름 들은 일이 없으매 잊은 것도 또한 당연하였다.

　"박사 선생님, 그 김○○ 씨의 모습이 어떻습니까? 춘추는 어떻습니까?"

　"나이는 나와 동갑, 키 크고, 눈 크고, 그…… 그림에서 본 미국 대통령……."

　"링컨."

　"그렇소, 그렇소."

　"아아, 박사 선생님, 그 김○○ 씨가 이 상해에선 한○○라는 이름으로 지내십니다. 한 서방으로 불립니다."

　"허어, 역시 한국을 잊지 못하는 뜻이겠지. 조, 부, 손, 3대를 녹(祿)자신 한국을…… 그 김○○ 형은 즉 이조 말의 명신 ○○ 공의 영손이요, 김○○ 공의 영윤이구려."

　"그럼 명가의 자제입니까? 아아, 박사 선생님. 그 위대한 천재, 빛나는 가문의 김○○ 씨가 이 상해 한교에서는 미친 늙은이 한 서방, 주책없는 늙은이 한 서방, 정신병자요 절도 상습법 한○○로 영락됐읍니다그려. 한 떨기 들의 백합……."

"미친 늙은? 정신병자? 내가 만나본 지가 한 시간이 못 되는데, 미치긴 왜 미치고 정신병자란 무슨 말이오?"

"박사 선생님, 제 말씀을 들어보세요. 상해 한교뿐 아니라 중국인 사이에도 유명한 광인입니다."

여는 박사께 대하여 김○○ 씨인 한 서방에 관한 여의 지식을 죄 말씀드렸다.

이야기하는 두 시간 남아 동안 박사는 한 마디의 말도 끼지 않고 눈 꾹 감고 듣고 있었다.

여가 이야기를 끝내면서 박사를 보니 꾹 감고 있는 박사의 눈에서 눈물이 눈썹 밖으로 줄줄 흐르고 있었다.

여의 이야기를 다 들은 뒤에 박사는 눈을 뜨며 곁에 놓였던 손가방을 쓸어 열고 거기서 한 개의 앨범을 꺼냈다.

박사가 손가락으로 가리키는 곳을 보니 거기는 구라파의 어느 극장의 무대인 듯한 곳에 서 있는 한 서방 김〇〇 씨의 예복 입은 사진이 있었다.

"한 서방 즉 이이지요, 목사님?"

"그렇습니다. 김〇〇 선생님이십니다."

박사는 앨범을 쳐들었다. 그러나 그것은 결코 사진을 좀 더 잘 보려는 것이 아니고 자신의 눈에서 샘솟듯 솟는 눈물을 여에게 감추기 위해서였다.

문득 박사는 더 참지 못하겠는지 앨범을 다시 펴놓으며 주먹을 들어 앨범을 내리쳤다.

"아, 한 서방아, 김〇〇아! 거룩하고도 황송하고 고마워라. 나는 유랑 30년에 한 개의 일도 치러놓은 것이 없는데, 자네는 이 상해 중국인 거리 한 귀퉁이에서 우리 한인의 명예를 완전히 보호했구나. 자네 보기가 부끄러울세."

박사는 여를 돌아보았다.

"목사님, 한인은 도적질 잘하고 협잡질[86] 잘하고, 싸움 잘하고 불법 행위를 잘한다는…… 우리 동포에게 돌아오는 부끄러운 불명예를 몸소 뒤집어쓰고 '한

---

86) 옳지 아니한 방법으로 남을 속이는 짓

아무개'라는 한국인은 악질의 파락호87)라는 인식으로 돌려서 개인 명예를 희생해서 동족 명예를 보호한 김○○ 형의 기특한 마음을 목사님도 몰라보시고 한 광인으로 아셨구려, 민망하고 황송해라."

너도 그리 눈이 무디냐는 박사의 질책이었다. 이 질책에 여는 잠자코 끊임없이 흐르는 눈물로써 복죄하고 사죄하였다.

"박사 선생님, 얼굴 들기 힘들도록 부끄럽습니다. 전 당장 김○○씨께 가서 사죄할까 합니다."

"주춧돌, 주춧돌, 기둥 뒤에 감추인 주춧돌. 대리석이나 화강석의 화려하게 조각한 벽석이 안 되고 아무의 눈에도 뜨이지 않는 감추인 주춧돌로 자처하는 김○○ 형의 겸손하고 거룩한 심정을 보아 이미 아는 우리나, 알고도 그냥 모른 체하는 게 김○○ 형께 대한 대접일 게요. 망국인으로 자처해서 망국인이 두드러져 나타나면 무얼하랴는 그 심정, 30년 전 김○○는 이미 죽고, 망국 유민 한○○이가 감추인 주춧돌

---

87) 破落戶. 재산이나 세력이 있는 집안의 자손으로 집안의 재산을 몽땅 털어먹는 난봉꾼을 이르는 말.

로 여생을 보내려는 거룩하고 거룩한 심정. 화려한 벽석은 다 떼버려도 집은 서 있지만, 숨은 주춧돌 하나 빼면 그 집은 기울어질 게요. 주춧돌 한 서방. 아아, 거룩하고 황송해라."

여는 고요한 소리로 주춧돌 노래를 불러보았다.

"내 몸은 기둥 아래 감추인 주춧돌, 주춧돌 없이는 집이 못 서요."

스스로 부르며 뜻을 생각하니 표면으로는 주책없는 늙은이라고 수모를 받으면서도 자기 혼자서만은 '숨은 주춧돌'로 자인하던 한 서방의 긍지가 새삼스럽게 느껴지며 새삼스럽게 고맙고 황송해지는 것이다.

박사가 물었다.

"그게 주춧돌 곡조요?"

"네, 한두 번 듣는 동안 저절로 기억하게 됐습니다."

"나도 목사님 부르는 거 한 번 듣고 인젠 알겠소. 우리 한인이면 한 번 들으면 곧 기억할 수 있을, 우리의 심금의 곡조요……."

"박사 선생님, 저는 그 김○○ 선생님의 고마우신 뜻을 그냥 숨은 주춧돌로 감춰두지는 도저히 못하겠습니다. 나타난 주춧돌로 우리 한교들이 감사의 사례 한 번이라도 아니하고야 한교는 인사 모르는 인종이란 욕을 한 가지 더 사는 게 아니오니까?"

박사는 여의 말을 들었는지 못 들었는지 그의 늙은 눈을 굽이 흐르는 황포강으로 향하면서 방금 기억한 주춧돌 노래를 속으로 읊고 있었다.

한 1주일 뒤.

그날도 여는 호텔로 안 박사를 찾아서 이야기를 하는 때에 웬 한 중국 소년이 박사를 찾아왔다. 초라하고 더러운 소년이었다.

이발쟁이 한 서방이 급히 좀 만나잔다는 것이었다.

불길한 예감을 느끼는 듯 박사는 일전에 한 서방이 잊고 갔다는 합죽선을 꺼내 들고 중국 소년을 따라 허겁지겁 나갔다. 여도 박사의 뒤를 쫓았다.

중국 소년의 안내를 따라서 마차를 달려 한 서방의 냄새나고 더러운 방을 찾은 것은 약 한 시간쯤 뒤였다. 마차에서 중국 소년이 한 말에 의지하건대 무슨 독물을 그릇 먹어서 생명이 위독하다, 혹은 벌써 죽었을지도 모르겠다던 한 서방은 뜻밖에도 일어나 앉아서 앞에 박사를 기다리는 의자를 놓고 박사를 기다리고 있었다.

"김 형, 무슨 일인가?"

박사가 들어서면서 이렇게 물으매 한 서방은 몹시 기쁜 듯 박사를 손 쳐서 찾았다.

"박사, 와주어서 고마우이. 목사님도 동행이시니 더욱 고맙습니다. 박사! 나는 지금 임종이야. 박사를 못 보고 죽는가 매우 걱정했는데 빨리 와주어서 고마우이."

"김 형, 그게 무슨 말이람, 난 자네가 잊어버린 부채를 가지고 왔는데."

"박사, 부채는 내 기념품으로 박사께 드리려고 두고 온 건데. 좌우간 임종 전 와주셔서 황송하이. 고마우이. 박사를 보지 못하고 죽으면 난 눈을 못 감을 겔세."

"무얼, 내게 전하고 싶은 말이 있는가? 좌우간 의사 하나 부르세."

"아니! 아니! 의사는 벌써 늦었어. 내 지금 의지의 힘으로 버티고 있지. 이미 송장일세. 박사께 마지막 보일 것이 있어서 못 죽고 있지."

"보일 게란 무엔가?"

"음, 나 좀 부축해 일어세워주게. 목사님도 거기 앉으셔요. 박사, 그렇지, 그렇게 나를 일어세워주게. 그리고……."

한 서방은 박사의 부축을 받으면서 비츨비츨 일어섰다. 직업상 많은 임종을 본 일이 있는 여의 눈에는, 한 서방의 얼굴에 분명 죽음의 그림자가 서려 있는 것을 보았다.

온 의지의 힘으로써 죽음을 잠깐이라도 연기해보려는 노력을 보았다.

"박사, 20년 전 우리 조국이 일본에게 먹힐 때 나는 망국인으로 숨어버리며 한 가지 결심한 게 있되, 장차 우리 조국이 광복되는 기꺼운 날이 있을 때 그날 조국 서울 남대문에서 육조 앞 지나 광화문까지 춤추며 들어가서 광화문 앞에서 심장마비로 쓰러지고자…… 조국 광복 만세를 부르며 춤추며 춤추며, 조국 서울에서, 조국 동포의 앞에서 이내 김○○의 마지막 춤을 보여주고자 그리 꾸민 춤, 꾸민 이래 사람의 앞에서 아직 추어보지 않은 비장의 춤…… 조국 광복의 날, 조국 서울에서 추려던 춤이었지만, 불행 광복도 보지 못하고, 조국은커녕 노예 도시 상하이에서 빈민굴 이발쟁이 한○○로 쓰러지는 이 김○○…… 이 운명, 울어주게. 그러나 조국의 운명을 짊어진 박사의 앞에서 박사께나마 보일 수 있는 게 그래도 약간 만족일세. 또 요행 목사님도 계시니 내 크리스천은 아니지만 나 넘어지거든 이 죄 없는 불쌍한 영혼 받아달라고 여호와께 기도나 드려줍시오. 나는 조국 광복날 조국에서 추려던 춤을 마지막 선사로 나 자신을 위해 추고 그러고서 넘어지겠네…… 자, 박사, 내 하나 둘 셋 부를 테니 그 셋을 부를 때 나를 놓아주게."

한 서방의 옷은 이 종족이 가장 강하고 화려하던 시절인 고구려의 무사의 옷을 본뜬 것이었다. 그가 손을 움직여 양 소매에서 꺼낸 것은 우리 민족의 심금을 떨리우는 아름다운 태극기였다. 그 태극기를 양 손에 갈라 쥐고 한 서방은 불렀다. 하나, 둘, 셋…….

이 군호로 박사의 부축에서 벗어난 한 서방은, 양손의 태극기 아름답게 펄럭이며, 임종의 사람답지 않게 얼굴에는 홍조를 띠고, 눈은 정열로 빛나며 힘 있게 발을 내짚었다.

이 가운데서 추어지는 '조국광복지무(祖國光復之舞)'!

위대한 음악가요, 위대한 무용가 김○○ 씨가 과거 30년간 닦고 갈고 하여서 임종의 자리에서 비로소 조국 광복의 책임자 앞에서 피력하는 감격의 춤이었다.

빨갛게 비치는 황혼의 방 안에서 죽음과 싸우며 춤추는 한 서방의 모양은 진실로 숭엄하였다.

박사와 여의 입에서는 서로 의논한 바 없이 저절로, 이 애처로운 혼을 위로하는 노래가 흘러나왔다.

"이 몸은 기둥 아래 감추인 주춧돌, 주춧돌 없이는 집이 못 서요."

증거

　피고는 사실을 부인하였다.

　그것은 복심법원이었다. 사건은 살인이었다.

　어떤 사람이 교외 외딴곳에서 참살을 당하였다. 흉기는 날카로운 칼로서, 그 칼은 범행의 현장 부근에서 발견되었다. 그 피해자는 교외에 사는 사람으로서, 짐작컨대 밤늦게 돌아가다가 그런 변을 당한 듯하였다. 피해자에게서는 시계와 돈지갑이 없어졌다. 반지도 끼었던 자리는 있는데, 현품은 없었다.

　그 피의자로 잡힌 것이 S였다. S의 집에서 피해자의 돈지갑과 시계와 반지가 발견되었다. 더구나 강도 전과, 협박 전과 등등 몇 가지의 전과는 그의 범행을 이면으로 증명하는 증거까지 되었다.

그리하여 피고는 제1심에서 사형 선고를 받고 공소하여 여기까지 온 것이었다.

1심에서부터 피고는 꾸준히 범행을 부인하였다. 자기는 그날 밤 우연히 그 곳을 지나다가 웬 참살당한 사람이 있는 것을 보고, 달빛에 그 가슴에 금시곗줄이[88] 번쩍이는 데 욕심이 나서 그것을 떼었으며, 그러는 가운데 욕심이 더욱 나서 몸을 뒤진 결과 돈지갑과 반지를 얻었다. 이것이 피고의 변명이었다.

그러나 이 변명은 아무도 믿지를 않았다. 더욱, 그의 이전의 거친 생활은 듣는 이로 하여금 그의 말을 더 불신하게 하였다.

검사의 요구로써 몇 사람의 증인도 불렸다.

한 사람은 어떤 카페의 여급이었다. 그 여급은 범행이 있은 날 저녁에 그 피해자도 자기네 카페에서 술을 먹었으며, S도 같은 시간쯤 하여 술을 먹은 것을 증명하였다. 그리고 피해자가 셈을 할 때에 돈이 수북이 든 지갑을 S가 보고,

---

88) 금시계 줄이

"어떤 놈은 돈이 저리도 많은가."

고 탄식하였다는 말까지 하였다.

둘째 증인이 나섰다. 그것은 현장 근처에 살던 어떤 노인이었다. 그 노인은 그날 밤, 잠이 오지 않아서, 밤이 깊도록 문밖에 나와 앉아서 밝은 달을 우러러보며 자기의 젊었을 때의 추억에 정신을 잠그고 있었다. 새벽 3시쯤 하여 그 노인은 제 앞으로 사람이 지나가는 소리에 펄떡 정신을 차렸다. 그 때에 지나가던 사람은 무엇에 정신을 잃은 듯이 허든허든 앞만 바라보면서 저편으로 가버렸다. 그 사람이 분명 S라 하였다.

의사에 검증에 의지하건대, 범행은 3시 전후하여 생긴 것이었다.

이리하여 S에 대한 불리한 증거는 두세 가지가 나타났다. 그러나 유리한 증거는 없었다.

S를 위하여 일어섰다는 변호사조차 시원한 변론은 안 하였다. 변호사는 자기부터가 S의 범죄를 시인하였다. 그러나 그것은 S의 불행한 환경이 낳은 결과이지 S가 나쁜 것은 아니라 하였다. 그리고 S의 환경을

한참 설명한 뒤에, 이러한 환경 아래서 자라난 S가 비록 살인이라는 무서운 죄악까지 범했다 할지라도 거기에는 용서할 점이 없지 않으니 현명한 각하는 그런 점을 잘 이해하고 관대한 처분이 있기를 바란다, 결론하였다.

검사의 논박은 물론 극단의 것이었다. 검사는 S가 아직껏 범한 모든 죄악을 차례로 엮어내리고, 이러한 상습적 범죄자, 더구나 마지막에는 살인까지 한 범죄자를 그냥 살려둔다는 것은 양의 무리 가운데 이리를 섞어둠과 마찬가지이니, 법의 목적이 선량한 인민을 보호하는 데 있는 이상에는 이러한 무서운 사람을 사회에 그냥 사려둘 수는 없다. 따라서 원 판결의 사형이 지극히 적당하니, 공소를 기각해 달라 하였다.

재판장 I씨는 묵묵히 그것을 들은 뒤에, 다시 피고에게 향하여 변명할 말이 없느냐 물었다.

피고는 다시 자기의 무죄함을 역설할 뿐이었다. 죄가 있다면 횡령이나 절도이지, 살인강도는 아니라 하였다.

공판은 이리하여 끝이 났다.

그것은 재작년, 어떤 몹시도 달 밝은 가을 저녁이었다. 30년을 동고동락하던 사랑하는 부인을 얼마 전에 잃고, 쓸쓸하고 애끊음에 참지 못하여 I씨는 밤에는 늘 교외에 산보를 다니는 것이 어느덧 버릇이 되어 있었다. 더구나 이런 달 밝은 밤은, 그로 하여금 더욱 집에 들어박혀 있지를 못하게 하였다. I씨는 교외에 산보를 나갔다.

피곤하고 쓸쓸한 다리를 이리저리 끌고 다니던 I씨는 어떤 솔밭까지 이르러서, 거기서 잠시 몸을 쉬려 하였다.

잠시 쉬려던 I씨는 좀체 일어서지 않았다. 그 자리에 주저앉으면서 묵상에 잠긴 I씨는 다시 일어서기를 잊어버린 것이다. 이곳저곳으로, 윗관청의 명령 한 마디에 떠나 다니지 않을 수 없는 불안정한 하급 관리 생활의 몇 해…… 그때의 많고 많은 고생이며 어려움을 한 마디의 쓰단 말없이 참고 지낸 부인, 현숙하고도 온순하던 부인, I씨의 일생을 통하여 수없이 만난 많은 곤란 앞에, 잘못하면 I씨가 거꾸러지려 할 때마다 뒤에 숨어서 그를 격려하던 부인, I씨가 오늘

날 겨우 얻은 복심법원 수석판사란 지위의 뒤에는 부인의 쓰리고 아픈 참을성이 얼마나 많이 섞여 있는지 알 수 없었다. 그 부인을 겨우 지위가 좀 안정된 오늘에 잃었다는 것은 I씨에게는 무엇보다도 큰 원통한 일이다.

그 잃은 부인의 추억에 잠긴 I씨는 세상만사를 잊었다. 그리고 묵묵히 앉아서 눈물겨운 생각에 한숨을 짓고 있었다.

몇 시간이나 지났는지 I씨는 무슨 소리에 정신을 차렸다. 그리고 눈을 들어보니까, 저편 앞 길에서 어떤 두 사람이 다투고 있었다. 때때로 들려오는 마루기로, 계집에 대한 원한으로 서로 다투는 모양이었다.

그러더니 한 사람이 괴상한 부르짖음을 발하며 넘어졌다. 넘어지지 않은 사람의 손에는 달빛에 칼이 번쩍였다.

I씨는 옴짝[89]을 못하였다.

'꿈일까.'

---

89) 몸의 한 부분을 옴츠리거나 펴거나 하며 작게 한 번 움직이는 모양. 꼼짝을 뜻하는 제주도 사투리.

몽마(夢魔)90)의 습격을 받은 듯이 가슴이 서늘하게 되면서, I씨는 옴쭉91)을 안 하고 망연히 그곳만 바라보고 있었다. 그사이에 많은 범죄 사건을 취급해온 그였지만, 눈앞에서 실행된 이 사건에 대하여는 I씨는 꿈과 같이 바라보고 있을 따름이었다.

가해자는 달아났다. 그러나 I씨는 그냥 망연히 앉아 있었다.

좀 뒤에, 또 한 사람이, 그 길에 나타났다. 비츨비츨 술 취한 사람으로서, 갈지자걸음으로 지나가다가 방금 그 현장 앞에까지 이르렀다. 그리고 눈앞에 누워 있는 사람에 몸을 흠칫한 그는, 발로써 툭 한 번 차본 뒤에, 이해하지 못하겠다는 듯이, 연하여 쓰러지려는 몸을 그곳에 버티고 섰다. 그런 뒤에는 눈의 초점을 맞추는지 머리를 이리 기웃 저리 기웃, 한참 그 송장을 내려다보고 있다가 문득 송장 위에 몸을 굽히더니 주머니를 뒤졌다. 그리고 몇 가지의 물건을 얻어내서

---

90) 게르만 민속에서 등장하는 사악한 존재로, 잠자는 사람의 가슴 위에 올라가서 악몽을 꾸게 한다.
91) 몸의 한 부분을 옴츠리거나 펴거나 하며 한 번 움직이는 모양.

제 주머니에 집어넣은 뒤에, 그제야 겁이 났던지 뒤도 돌아보지 않고 시가 쪽을 향하여 달아나버렸다.

이리하여 법률의 대행인인 I씨의 눈앞에서, 한 가지의 살인 사건과 한 가지의 절도 사건이 생겨난 것이었다.

그때의 그 살인의 범인은 체격이 장대한 사람이었다. 그런데 범인으로 잡힌 S는 단단하게는 생겼지만 키가 작았다.♣

I씨는 자기가 맡은 이 사건이 2년 전에 제 눈앞에서 실행된 그 범죄 사건임을 깨닫는 순간에, S가 진범인이 아니고 한낱 절도에 지나지 못함을 알았다. S의 공술[92]이 사실임을 인정하였다.

그러나 그 사실을 남에게 인정시킬 만한 증거가 하나도 없었다. 있다면 그것은 피고의 공술뿐이었다. 피고의 공술뿐을 증거로 인정하기에는 현대의 법률은 너무 영리하였다.

---

92) 供述. 진술.

한 가지, 그 범행에 쓴 칼에 다른 사람의 지문이라도 있으면 피고의 유리한 증거가 될 것이지만, 그것조차 피에 뭉그러져서 똑똑하지를 않았다.

이리하여 피고에게 불리한 증거는 여러 가지가 있는 대신에, 유리한 증거는 하나도 없었다.

"아닌 밤중에, 무얼 하러 교외에 나갔더냐?"

하는 질문에도 피고는 우물쭈물 잘 대답하지 않았다. 그리고 몇 번을 질문을 받은 후에 겨우, 그 피해자에게 돈이 많이 있는 것을 보고 강도를 할 목적으로 피해자의 집으로 가려던 것을 자백하여 자기의 입장을 더욱 불리하게 하였다.

I씨는 이번의 이 사건이 2년 전에 자기가 목도한 그 사건임을 알고, 몇 번을 그때에 자기가 본 바를 모두 피력해버릴까 하였다. 그러나 생애의 거의를 사법계에서 보낸 그는, 자기의 말뿐이 얼마나 피고에게 이익을 줄지, 그 정도를 알았다.

'물적 증거.'

이것이 아니면, 사법계에서는 통용이 안 되는 것이었다. 그러면 자기의 그 증언을 인정시킬 만한 물적 증거는?

뿐만 아니라 그날의 자기의 본 바를 다 말하려면, 그는 자기의 눈앞에서 무서운 범죄가 실행되는 데에도 그것을 막거나 방지할 아무런 행동도 취하지 않고 방관자의 태도를 취한 그때의 자기에 대하여 변명할 만한 재료가 없는 것이었다. 차디찬 사법관으로서의 I씨의 머리에는 이런 생각조차 일어났다.

설혹 백 보를 양보하여, 사건이 무사히 해결이 되어 S씨가 무죄로 석방이 된다 할지라도, 그 뒤에는, 법률의 위신상, 그 진범인을 어떻게든지 찾아내지 않으면 안 될 것이었다. 그리고 설혹 다행히 그 진범인을 붙든다 할지라도, 그 사람을 형에 처할 만한 증거가 나설는지, 이것은 미리 판단함을 허락하지 않는 문제였다. 그럴진대, (자기 혼자만은 사실을 부인하지만) 온갖 방면으로 자격이 있고 증거가 충분한 S를 그냥 진범인이라 하여 내버려두는 것이 오히려 온당하지 않을까.

재판의 평의가 열렸다.

법률이 작정한 바에 의지하여, 그 중 지위가 낮은 판사 ○씨부터 먼저 의견을 말하였다. ○씨는 비록 나이는 적다하나 그 수완에 있어서 명민한 판사라는 일커름93)을 받는 사람이었다.

그는 일어서서 이 사건에 대한 자기의 의견을 말하였다. 그러나 거기에는 법의 해석도 없었다. 법이론도 없었다. 이만치 증거가 갖추어진 사건에, 무슨 다른 이론이 필요가 있을까. ○씨는 간단히, 온갖 부인할 수 없는 증거가 갖추어진 점을 설명하고, 결론으로 공소를 기각함이 좋겠다 하였다.

다른 판사들의 의견도 대동소이하였다. 그리고 결론은 모두 다 ○씨와 마찬가지였다. 마지막에, I씨가 일어섰다. 점잖게 수염을 한 번 쓰다듬은 뒤에, 한참을 먹먹히 섰다가,

"여러분은 피고의 공술을 어떻게 해석하시오?"
하고 천천히 물었다.

이 의외의 재판장의 말에, 다른 판사들은 모두 멍멍

---

93) 일컬음

해졌다. 그리고 I씨의 임만 바라보았다.

"내 생각 같아서는, 피고의 공술도 좀 연구할 필요가 있다고 생각합니다."

I씨는 한 마디 더 보탰다. 그러나 다른 판사들은 역시 멍멍히 재판장의 입만 바라보았다.

잠깐의 시간이 흘렀다. ○씨가 일어섰다.

"네. 혹은 피고의 공술이 사실일는지도 모르겠습니다. 어떻게 보면 사실로 보이는 점도 없지는 않아요. 그렇지만 그 말을 세울 만한 증거가 어디 있습니까? 우리는 설혹 그 말을 신용한다 하나, '법률'은 증거가 없는 공술은 신용을 안 하니까요."

○씨는 이렇게 재판장의 의견에 반대하였다.

I씨는 또다시 손을 들어서 수염을 쓸었다. 그러나 구태여 ○씨의 말을 반대하려고도 안하였다.

"아니, 그렇겠다는 것이 아니라…… 그럴지도 모르겠다는 의견뿐이외다."

I씨도 제 말을 흐려버렸다.

그리고 평의한 결과로는, 한 사람의 반대도 없이 '피고의 공소는 기각함'에 일치되었다.

1주일 후에 판결이 내렸다.

판결은 물론 '피고의 공소는 이를 기각함'이었다.

그날 오후, I씨는 어떤 신문기자를 재판소의 복도에서 만나서, 그 기자에게서,

"S사건이 낙착이 됐습니다그려."

하는 축하를 받았다.

"하늘의 섭리. 제가 죄를 지은 뒤에야 벗어날 수 있나."

I씨는 법률의 대리인이라는 엄격한 얼굴로, 손을 들어 허연 수염을 쓸면서 이렇게 대답하였다. 그러나 그의 얼굴 뒤에는 어딘지 모를, '부끄러움'에 근사한 표정이 숨어 있었다.

집주릅

1

　김연실이가 친구 최명애의 집에 몸을 기탁하고 있
다가 하마터면 명애의 남편과 이상한 사이가 될 뻔하
고, 그 집에서 뛰쳐나와서 문학청년 김유봉이 묵고
있는 패밀리 호텔을 숙소로 한 다음 한동안은 연실에
게 있어서는 과연 즐거운 세월이었다.
　첫째로 김유봉의 연애하는 태도가 격에 맞았다. 아
직껏 김연실이라는 한 개 여성을 두고 그 위를 통과
한 여러 남성이 첫째로는 열다섯 살 난 해에 그에게
국어를 가르쳐주던 측량쟁이에서 시작하여 농학생
이 모며 그 밖 누구누구 할 것 없이 모두 평범한 연애였다. 연실이가 읽은 많은 소설 가운데 나오는 그런 달콤하고 시적인 연애는 불행이 아직 경험하지 못하였다.

여류 문학자로 자임하고, 문학과 연애는 불가분의 것으로 믿고 있는 연실이에게는 그럼 평범한 연애는 그다지 달갑지 않았다. 문학자인 이상은 연애는 해야 하겠고, 다른 신통한 상대자는 나서지 않아서 부득불 불만족하나마 그 연애로 참아온 것이지, 결코 만족할 바가 아니었다.

그 비감이 김유봉으로 비로소 만족하게 해결이 된 것이었다. 달밤의 산보, 꽃 아래서의 속살거림, 공손히 바치는 꽃다발, 무수한 '아아'와 '어어'의 감탄사, 그 가운데서 미소로써 그를 굽어보는 자기를 생각할 때는 연실이는 만족감을 금할 수가 없었다.

자기를 에워싸고 모여드는 청년들도 연실이를 만족하게 하였다. 청년들이라 하는 것이 죄다 명애의 집에 드나드는 그 무리였지만, 연실이가 명애의 집에 있을 동안은 명애가 여왕이요, 연실이는 한 배빈에 지나지 못하였는데 호텔에서는 연실이가 유일한 여왕이요 중심인물이며 뭇 청년은 그를 호위하는 기사였다.

조선으로 돌아올 때에 그가 품었던 커다란 포부 – 첫째로는 연애를 죄악으로 아는 우매한 조선 사람의 사상을 타파하고(연실이는 이것이 문화의 제일보요, 여성해방의 실체라 믿었다), 둘째로는 연애의 실체문인 문학을 건설하고, 셋째로는 이리하여서 조선 여자의 수준을 세계적으로 끌어올리려는 이 대이상은 착착 진전되는 듯이 믿었다.

이러한 가운데서 때때로 그로 하여금 불안을 느끼게 하고 초조한 생각을 일으키게 하는 것은, 즉, 자기 자신의 지식 정도에 대한 의혹이었다.

뭇 청년들이 입에 거품을 물고 논쟁하는 이야기가 연실이에게는 알아듣지 못할 말이 퍽이나 많았다. 토론의 내용, 토론의 의의, 토론의 주지만 이해하기 어렵다는 것이 아니라…… 아니, 주지, 내용에 대해서는 태반이 모를 것뿐이었지만, 심지어 그들이 토론하는 이야기의 말귀도 알 수 없는 것이 많았다.

그들의 이야기 가운데 어떤 것을 무슨 형용사로 알

고 듣고 있노라면 사람의 이름인 수도 있고, 낯선 말을 누구의 이름인 줄 알고 듣고 있노라면 나중에 그것이 무슨 주의의 외국 말인 수도 있고…… 요컨대 이 나라 말 저 나라 말이며, 학술상의 술어며 고유명사를 막 섞어가면서 토론하는 그들의 이야기는 연실이에게는 거지반이 알아듣기 힘든 것이었다. 같은 선각자로서 더욱이 만록총중의 일점홍으로 이 그룹의 중심이 되는 연실이라, 그 입장으로도 침묵만 지킬 수가 없거니와, 그의 자존심으로 때때로 말을 끼여보고 싶고, 더욱이 뭇 청년들은 연실이에게 듣기기 위하여 더 애써서 토론을 하는지라, 자연히 연실이는 말을 참견하지 않을 수가 없는 경우가 적지 않았다.

그래서 처음 몇 번은 참견을 해보았다. 참견하였다가 덧없이 움추러든[94] 일이 여러 번 있었다. 공연한 맞장구를 치다가 머쓱해진 적도 적지 않았다.

연실이 자신도 무료해서 딴 말로 돌리고 했지만 그들도 민망해서 좌석이 싱겁게 되고 하였다.

---

94) 움츠러든

그런 일을 누차 겪은 뒤부터 연실이는 퍽 주의해서 그들이 연실이 모르는 토론들을 할 때에는 연실이는 편물을 한다든가 독서를 한다든가 그런 시늉을 해서 개입할 기회를 피하고 하였지만 마음으로는 불안을 느끼지 않을 수가 없었다. 망신스럽다는 일 자체도 불안하거니와 조선의 여류 문학가요 선구자로 자신하고 있는 자기가 그렇듯 모를 일이 많다는 점이 불안스러웠다.

이러한 가운데서 김유봉과의 공동생활의 1년이 지났다. 1년이 지나고는 김유봉과 갈라지게 되었다.

2

갑자기 생긴 일이 아니었다. 그게 1년간 쌓이고 쌓인 여러 가지의 원인이 합하여서 연실이와 김유봉이 갈라지게 된 것이다.

공동생활을 시작하여 석 달 넉 달은 그야말로 꿀과 같고 꿈과 같은 살림이 계속되었다. 유봉은 문학청년

다운 온갖 재롱과 아첨에 애무를 연실이에게 퍼부었
다. 영화에서 본 바, 또는 소설에서 읽은 바 온갖 서양
식 연애 재롱과 연애 방법을 다하여 연실이를 애무하
였다.

거기 대하여 연실이도 또한 자기 아는 바 온갖 서양
식 연애 기술을 다하여 유봉이에게 갚았다. 서양식
걸음걸이와 서양식 몸가짐과 서양식 표정 태도 등을
배우느라고 주의도 많이 하고 애도 퍽 썼다.

"아아. 김 선생님 보다 더 행복되게 보다 더 아름답
게 우리들의 라이프를 전개시키기 위해서 베스트를
다합시다요."

"그렇습니다, 연실 씨. 현재에도 우리는 행복스럽
거니와, 더 큰 행복을 향해서 매진합시다."

"아이, 참. 저는 김 선생님을 만난 것이 사막에 헤매
던 사람이 오아시스를 만난 것 이상으로 환희의 절정
이에요. 암흑에서 길을 잃고 갈 바를 모르던 사람에게
천(天)의 일각(一角)에서 한 줄기 성화(聖火)가 비쳐서
길을 인도하는 것과 같아서 가슴이 환해집니다."

"오오, 하늘에 명멸하는 무수한 별이여. 그대 어찌

타 꺼질 줄을 모르나뇨!"

"아아, 김 선생님."

달도 없고 불도 없는 캄캄한 노대에서 주고받는 속살거림은 과시 서양식이고, 서양식인지라 연애다운 연애이고, 연애다운 연애인지라 문학미가 충일된 것이었다.

이런 생활이 두 달, 석 달, 넉 달이 계속되었다. 그러고는 차차 틈 살이 생기기 시작하였다.

유봉이에게 있어서는 연실이의 무학과 무식이 차차 눈에 뜨이기 시작한 것이었다. 연애에 달뜬 동안은 그런 흥들이 모두 눈에 안 뜨이거나 혹은 뜨일지라도 흠으로 보이지 않거나 했던 것이, 차차 일자가 지나서 냄새가 나기 시작하면서 인제는 현저히 보인 모양이었다. 가장 평범한 이야기 하나 변변히 알아듣지 못하여 동문서답이 태반이어니와, 연실이가 가장 문학적 회화를 하노라고 많은 형용사와 조사와 감탄사를 끼워가지고 아름다운 청과 곡조로 하소연하는 미언여구가 또한 본뜻과는 적지 않게 거리가 있는 것으로서 여류문학가라는 것은 꿈에도 욕심내지 못할 얕은 정도였다. 연애에 취하였을 때는 눈에 안 뜨이던 이런 흠이 차차 냄새가 나면서 나날이 더 현저하게 눈에 거슬리며, 그뿐더러 심상히 보자면 흠잡지 않을 것까지 흠으로 보이고 수효도 늘어가는 한편 흠의 정도도 크게 보여갔다.

처음에는 모르고 지내고, 그 뒤는 실수쯤으로 가볍게 보고, 또 그 뒤는 간간 고쳐주었고, 또 그 뒤는 핀잔을 주던 것이, 마지막에는 흠 잡히지 않을 일까지도 흠을 잡아 핀잔을 주고 무식하다 매도하고, 일부러 큰 소리로 웃어주어서 망신을 시키게까지 되었다.

말하자면 유봉이는 연실이에게 인젠 흥미를 잃었기 때문에 흠이 눈에 뜨이고 대수롭지 않은 흠이 아주 크게 보인 것이었다.

유봉이의 심정이 이렇게 변함과 같은 보조로 연실이의 심경도 변하였다.

유봉이의 태도가 차차 불학무식한 사람과 같아갔다. 처음에는 아주 귀공자다. 이 단아하고 우미하던 유봉이가 날이 갈수록 차차 조야하고 황포해갔다.

처음 여왕을 보호하는 기사와 같던 태도는 차차 사

라쳐 없어지고 조야한 본성이 드러나면서부터는 그의 도량까지도 자취를 감추어 버렸다. 연실이에게 대해서 문학을 토론하기를 차차 피하였다. 이것은 토론한댔자 연실이가 잘 알아듣지 못하는, 말하자면 연실이의 실력이 발견된 탓도 있겠지만 연실이가 알아들을 만한 이야기도 저희들끼리만 토론하였지 연실이에게 향하는 일이 줄어갔다. 물론 문화적 연애의 가지가지의 재료도 점점 적어지고 시도 없어지고, 달도 몰라가고 별도 몰라가고 꽃도 몰라가고…… 연실이가 '문학적 감동'으로 알고 있는 기분이며 정서는 물에 씻기는 듯이 줄어들었다.

이 비문학적인 유봉이에게 대하여 연실이가 차차 소원하게 되어 가는 것은 당연한 일이었다.

석 달, 넉 달이 지나고 반년, 열 달이 지나면서부터는 서로 기괴한 사이가 되어서, 극도의 증오와 극도의 배척심을 품고 서로 대하게 되었다.

물론 한자리에서 잔다. 한 식탁에서 식사를 한다. 그러나 한 번 미소도 없이, 한 가닥의 '자연 찬송사'도 없이 한 마디의 시도 없이 제각기 제 감정 제 꿈으로 날을 보낸다. 그리고 이튿날도 또 같은 프로그램이 반복되는 뿐이었다. 문학으로 서로 얽혀지고 사랑으로 얽혀졌던 그들에게서 문학의 수준의 균형을 잃고 사랑에 공명점을 잃었으니(애당초부터 사랑이란 것은 존재하지도 않았지만) 웃음이 있을 까닭이 없고 기쁨이 있을 까닭이 없었다.

동부인하고 나다니는 일도 없어졌다. 유봉이의 친구들이 모여서 연실이를 중심에 두고 문학론들을 지껄이던 일도 지금은 전과 달라져서 연실이는 따로 젖혀놓고 저희들끼리만 지껄였다. 그렇지 않으면 연실이만 호텔에 남겨두고 저희들끼리 밖으로 나갔다. 연실이가 명애의 집에서 뛰쳐나와 유봉이와 함께 패밀리 호텔에 기류한 처음 한동안은 명애의 살롱에 모이던 그룹이 패밀리 호텔을 집합소로 삼고 거기서들 놀았다. 그러던 것도, 연실이와 유봉이의 사이가 식어갈 때는 차차 다른 곳으로 모였다.

연실이는 차차 문학과 떨어졌다. 선구자라는 긍지에도 꽤 흔들림이 생겼다. 문학을 호흡하고 문학을 음식하려는 것이 연실이의 이상이요 희망이어 늘 결과는 그 반대였다.

패밀리 호텔에서 이런 대중 잡지 못한 생활의 1년을 보낸 뒤에 그 생활의 파국이 이르렀다.

파국이랬자 그 이른 방법은 너무도 싱거웠다. 다툼하다 못해 언쟁 한 마디도 없이 사실로는 연실이는 그것이 유봉과의 이별인 줄도 모르고 이 국면을 맞은 것이었다.

어떤 날, 유봉은 갑자기 고향 평양에 잠깐 다녀오겠다고 하였다.

"가면 언제쯤 와요?"

연실이는 이렇게 물었다. 인젠 존경사도 서로 약해 버리는 처지였다.

"글쎄…… 한 1주일 걸릴까, 한 반 삭 걸릴까? 혹은 반년이 될지두 모르구……. 혼자 있기 무서운가? 무서우면 장정이나 하나 시침시키지."

농담인지 진정인지도 알 수 없었다. 그리고 요처로 쓰라고 몇 백원 집어주고 짐은 말짱히 꾸려가지고 나갔다.

"곧 다녀오면 무슨 짐이 그리 많소?"

하도 시시콜콜히 제 물건은 다 꺼내어 싸므로 이렇게 연실이가 물으매 그는,

"도로 가져오면 되지."

하곤 하나도 남김없이 싸가지고 떠났다.

연실이는 거기 무슨 의심을 두지 않았다. 며칠을 다녀오려는지, 그동안 오래간만에 좀 홀로 지내는 자유를 향락하고 싶었다. 정거장에나 나가봐야 할 것이나 유봉이가 한사코 말리므로 그것 좋다하고 그만두었다.

그랬는데 그로부터 나흘 뒤 오정쯤 J라는 사람이 호텔로 찾아왔다. J는 어느 민간 신문 기자였다. 성격은 좋게 말하자면 호협[95] 남자요 나쁘게 말하자면 뻔뻔한 사람이었다. 현재는 연실이가 유봉이와 남이 아니고 유봉이는 시골 간 줄 알면서 찾아왔으니 미루어 알 것이다.

"김 소사(召史)."

칭호부터 괴상하였다. 연실이는 영문 몰라 번히 쳐

---

95) 豪俠. 호방하고 의협심이 강함

다보았다. J는 모자도 쓴 채로 의자 걸상 다 버리고 침대에 덜컥 가서 앉았다. 그러고는 편안한 듯이 두어 번 들썩들썩 춤을 추어보고는 지팡이로 침대보를 두드리며,

"사숙이구 여관이구 어서 하나 정해야지 않소?"
하며 머리를 기울이고 연실이를 들여다본다. 여전히 알 수 없었다.

"이 호텔은 하루 방세 4원, 식사까지 하면 칠팔 원 이상이 걸릴 테니 어떻게 방침을 대야지 않겠소?"
여전히 모를 말. J는 비로소 유쾌한 듯이 한 번 크게 웃었다.

"여보 긴상, 시바이(연극)는 그만두고, 내 양천대소할 만한 뉴스를 하나 긴상께 알리지. 다른 게 아니라 유봉이가 시골 갔다는 건 일장 시바이구, 녀석 동에다가 오보록하니 ○○ 신접살림[96] 꾸려놓구 소꿉질 살림에 정신 빠졌답니다."

"재미나겠군요."

---

96) 新接--: 처음으로 차린 살림살이

연실이는 가볍게 대답하였다. 대포를 잘 놓는 J라 거짓말로 알았다.

연실이가 믿건 말건, J는 여전히 연실이의 얼굴을 들여다보면서 제 말을 계속하였다.

"게다가 이 로맨스 유출유기(愈出愈奇)[97]해서 미금 앙천대소(未禁仰天大笑[98])니 소꿉살림의 마담이 누군가 하면 전 Y전문학교 문과 교수 고창범 씨의 영부인 최명애 여사, 어떻습니까?"

"참 재미나는걸요. 신문 기사는커녕 소설 재료도 될걸요."

"자, 산보나 나갑시다. 구더기 나겠소이다."

"오늘은……."

"머리가 아프지요? 두통에는 산보가 제일 약입니다. 자, 어서……."

연실이는 웃지 않을 수가 없었다.

"다리가 아파 못 나가겠는걸요."

"그렇지, 종일 누워 있으니 다리도 저리리다. 운동

---

97) 점점 더 괴상하게 변함
98) 仰天大笑: 하늘을 쳐다보고 크게 웃음. 어이가 없어 크게 웃는 모습.

을 해서 펴야지."

서두는 바람에 연실이는 하릴없이 따라나섰다.

J는 연실이를 끌고 걸어서 이리저리 돌아다녔다. 적잖은 길을 걸었다. 그리고 어떤 골목 앞에까지 이르러서 J는 걸음을 느리게 하며 연실이를 돌아보고,

"자, 이 도적놈을 보세요."

하며 지팡이를 들어서 그 앞집의 문패를 가리켰다.

연실이는 지팡이 끝을 따라 눈을 들었다. 새로 이사 온 집인 양하여 거기는 문패 달렸던 자리만 희게 남고 그 대신 명함이 한 장 붙어있었다. 보니,

'김유봉'이었다.

연실이는 거기서 넘어지지도 않고 비틀거리지도 않고 호텔까지 돌아옴에 누구에게 부축 받은 기억도 없고, 자동차나 인력거를 탄 기억도 없고, 요컨대 평상과 조금도 다름이 없이 돌아왔다. 그러나 이상한 것은 돌아온 행보며 노순이며 길에서 보고 들은 것에 대해서는 하나도 기억에 남는 것이 없었다. J와 함께 돌아왔는데 그 기억조차 없었다.

3

유봉이를 잃은 것이 아깝지도 않았고 헤어지게 된 것이 서럽지도 않았다.

냉정히 생각하자면 인젠 냄새나던 처지라 도리어 시원한 편이었다. 그러나 너무도 가볍게 마치 헌신 버리듯 버려진 것이 분하였다. 자기가 헌신같이 버려졌으면 자기는 유봉이를 걸레같이 버렸다 생각하였다.

이튿날 호텔에서 나왔다. 새로 적당한 주인을 잡기까지 며칠을 자기의 주인집에 있으라는 J의 권고를 따라서 짐을 임시 J의 하숙에 부렸다.

정조 관념에는 전연 불감증인 연실이는 J와의 동서(同棲)생활도 그저 그렇고 그럴 것이라고 꺼려지지도 않는 대신 달갑지도 않았다. 다만 문학적 생활(연애를 하고 달을 찬송하고 별을 노래하며 꽃을 사랑하는)에서 꽤 멀리 떨어진 것이 매우 섭섭하였다. 다시 그 생활에 들어갈 기회를 포착하기에 마음을 썼다. J는 문학미는 전혀 없는 사람이었다.

4

시대의 물레바퀴는 쉼 없이 돌아간다. 한눈팔기만 하면 한 걸음, 절룩하기만 하면 시대는 그 위를 용서 없이 타고 넘어서 정신 차릴 때는 벌써 까마득한 앞에 달려가 있다.

연실이가 패밀리 호텔에서 유봉이와 연애에 골몰한 1년을 지내고 다시 인간 세계에 나와서 둘러볼 때는(그 사이가 단 1년의 짧은 기간이나마) 조선의 사회도 적지 않게 변하였다.

문사의 수효가 놀랍게 많아졌다. 한 10여 일 J의 하숙에 몸을 기탁하고 있다가 성 밖 어떤 조용한 늙은 과부의 집에 방 하나를 얻고 자리를 잡자 유명무명의 문사들이 유숙하여 연실이를 찾았다.

그 어떤 날, 그날도 사오 명의 청년 문학도들이 연실이의 살롱(그들은 이 집 마루를 살롱이라 불렀다)에 모여서 잡담들을 하던 끝에, 그 가운데 안경 쓰고 얼굴 창백한 친구가 연실이를 찾았다.

"미스 연(그들은 이렇게 연실이를 부른다), 여류 문

사 친목회를 조직 해보시지요?"

"글쎄요."

연실이는 얼굴에 썩 점잖은 미소를 띠고 대답했다. 그 표정은 근일 거울과 의논해가면서 수득한 것이었다.

"누구…… 어디 사람이 있어야지요."

사실 만록총중의 일점홍으로 연실이 자기밖에는 여류 문사가 있다는 것을 모른다. 이 연실이의 의향에 창백한 청년이 반대의 뜻을 보였다.

"왜요? 많진 못하지만 몇 분 되시지요."

"누구누구?"

"저, 최명애 씨라구 모르세요? 전 고창범 씨 부인!"

"네, 알기는 알지요."

알기는 아나 최명애가 문사라는 것은 금시초문이었다. 연실이는 의아하여 반문하지 않을 수가 없었다.

"뭐 쓴 게 있습니까?"

"예. 아마…… 있지요."

그리고 곁의 뚱뚱한 친구들 돌아보았다.

"K군, 최명애 씨가 언젠가 ○○○에 뭘 썼지?"

"그렇지. 아, 아니야, ○○○이 아니구 ○○○창간 호야."

"그렇던가?"

"분명히 그래. '고향 부로(父老)들은 삼성(三省)하라'는 제목으로 아마 서너 페이지 넉넉히 돼."

"응, 나두 생각나눈. (다른 청년이 끼여들었다.) 조리정연하게 명문이던 걸."

"그럼, 선각자구 말구, 여자충의 지도자지. 또 친목 횔 하자면 또 있습니다. 송안나 씨라구, 글 쓴 건 못 봤지만 아주 웅변가구 활발하지. 또 있습니다. ○○○씨, ○○○씨…… 대여섯 분은 넉넉히 될 걸요. 우선 그 몇 분만으로 조작하구 차차 더 입회시키면 여남은은 남게 되리다. 그만했으면 회가 되지 않겠습니까?"

"그러세요. 미스 연이 주창하셔서 여류 문사 친목회를 조직하세요."

연실이는 솔깃하게 들었다. 첫 순간은 최명애 등등에게 작품이 없이 어찌 문사라고 하랴누 생각도 들었으나 그렇게 따지자면 자기도 이렇다 할 작품이 없기는 일반이었다. 자기에게 작품이 없는 것은 그런 시간이나 기회가 없었기 때문이지 결코 문사가 아니기 때문은 아니다. 언제든 찬스만 있으면 작품은 얼마든지 나올 것이다…… 연실이는 이렇게 알고 있다.

따라서 명애며 그 밖의 지금 말썽된 사람들도, 기위 연애를 이해하고 연애를 사랑하고 자유로운 환경과 새로운 지식 가운데서 사는 사람들이니 문사회의 회원 될 자격은 넉넉하리다. 좀 꺼리는 바는 최명애를 만나기가 열적은 점과 그보다도 명애를 만나려면 또한 필연적으로 만나게 될 유봉이를 대하기가 뭣한 점이었다.

"미스 연, 꼭 조직하세요."

"글쎄올시다. 누구가 조직하면 난 회원이나 되지요."

"그게 될 말씀입니까? 가장 화형이 되실 분이 뒤에 숨어서야 됩니까? 꼭 선두에 나서야 합니다."

"글쎄올시다."

이만치 해두었다.

그러나 그 밤은 연실이는 많은 공상 때문에 얼른

잠이 못 들었다. 연실이에게는 쉽잖은 경험이었다. 한창 처녀 시절에도 그다지 공상의 세계를 모르고 지낸 그였지만 이 저녁은 공상이 일어났다. 생활 환경 때문에 한동안 문학계에서 떠나 있다가 다시 그 길로 돌아가렴에 임해서 자기의 전도에 다시금 비치는 찬연한 광휘에 현혹되어 잠이 잘 못 들었다.

그로부터 며칠 뒤에 여류 문사의 친목회가 조직되고, 제1회 회장으로는 송안나가 뽑혔다. 멤버는 전부 과거의 동경 유학생이고 법률이 보호하는 남편이 없는 사람들이었고 환경이 지극히 자유로운 사람들로서 나이는 스물다섯을 전후하였다.

회의 집합 일자며 장소도 특별히 없고 몇 사람이 우연히 모이면 서로 찾아가서 모이게 되고, 모이면 남자 문사들을 찾아가지고 산보를 간다든가 식사를 한다든가 하는 것이 그 회의 행사였고, 이 회원의 단 한 가지의 특징은 서로 의논해가면서 빛깔 같은 옷을 입는 것뿐이었다.

이 회 첫 회합에서 오래간만에 명애를 만난 연실이는 열적은 것을 참고,

"김 선생님(유봉)도 안녕하세요?"

하고 물어보았다. 여기 대하여 명애는,

"너 몹시 보고 싶어하더라."

하고는 픽 웃어버렸다. 그리고 이것으로서, 이 두 여인의 사이에 막혔던 막은 단숨에 없어져버렸다. 둘의 교제는 다시 시작되었다.

5

하늘은 인생이라 하는 것을 커다란 키에 담아가지고 끊임없이 키질을 한다. 그 키질로써 가라지,[99) 죽데기, 껍질, 먼지 등은 날려버리고 알맹이만 따로 추려낸다.

너무도 급격히 수입된 신문화의 선풍과, 그때 때를 같이하여 전개된 대경기의 덕택으로 족하였던 가라

---

99) 거친 땅이나 밀밭에서 자라는 독보리. 1년생 잡초로 생장 초기에는 그 외형이 잘 구별되지 않으나 자라서 이삭이 피면 키도 웃자라고 색깔도 짙어져서 식별이 쉬워진다. 성경에서 예수께서는 가라지 비유를 통해 하느님 나라의 도래와 최후의 임할 불심판을 가르치셨다(마테오복음 13: 24~30).

지며 죽데기는 이 키질100)에 모두 정리되었다. 세계적으로 이르렀던 대경기의 반동으로 전세계는 전고미문101)의 불경기 시대를 현출하였다. 큰 회사 큰 재벌들이 푹푹 넘어지고 파산자가 온 세상에 충일되었다.

불경기는 자숙을 낳는다. 한때 경기에 생겨났던 부박한 세태와 경표한 풍조는 한꺼번에 쓸려나갔다.

신생 조선문학도 이 영향을 크게 받았다. 금전의 여유가 있어서 자연 출판계가 흥성하였고, 그 덕에 어중이떠중이가 모두 주판을 던지고 마치를 던지고 붓대를 잡았는데, 한풀 꺾인 다음에 그들은 다시 예로 돌아가지 않을 수가 없었다. 백에 하나가 겨우 이 키질에도 자기의 명맥을 보존하였지 나머지의 대부분은 좀 우(優)하다는 신문기자로, 그에 버금한 자는 광고 문안자로, 또 그 아래로는 과거 대경기 시대에 몇 번 제 이름이 활자화해본 것을 연줄로 억지로 그냥 매달려 있는 사람으로…… 이렇듯 그냥 붓대를

---

100) 키로 곡식 따위를 까부르는 일
101) 前古未聞: 지난날에는 들어보지 못한 일

잡는 사람도 있지만 대개는 각기 제 재분에 따라서 새 직업을 찾아갔다.

그런 가운데서 연실이는 '여류 문사'라는 특별한 지위의 덕으로 그냥 문사의 한 사람으로 남아 있기는 하였다. 조선에서 가장 처음의 여류문사로 연실이의 이름은 하도 크게 알려 있었기 때문에 한 개의 작품 행동도 없었음에도 불구하고 이 정리 통에도 그냥 남아있기는 하였다.

그러나 경제상의 압박은 피할 수가 없었다. 연실이는 아직껏 경제 곤란이라는 것을 전혀 모르고 지냈다. 언제 누구가 어디서 주는지는 자기로도 기억이 흐리지만 언제든 주머니에 여유가 있었다. 주머니에 여유가 있는 외에 또 필요한 물건은 어디서 언제 생기는지, 늘 저절로 부족을 모를 만치 준비되어 있었다. 물질상의 곤란이라는 것이 존재한 줄조차 모르고 살아왔다.

이러다가 갑자기 생전 처음으로 경제 곤란이라는 것에 직면하니 어찌해야 될지 전혀 도리가 생각나지를 않았다. 온갖 사물에 대해서 지극히 감수성이 둔

한 연실이요, 현실의 경제 곤란에 직면해서는 갈팡질팡하였다. 경기 좋은 시절에는 그 살롱에는 늘 청년들이 우글우글하였고 경제 곤란을 모르고 지냈는데, 불경기 선풍이 불자 살롱이 차차 적막해갔고 동시에 연실이의 주머니도 가벼워갔다. 간간 2원, 3원, 5원 등 생기기는 하였지만 요런 부스럭돈[102]으로는 생활비가 되지를 않았다.

주인집의 하숙비를 한 달은 잊어버린 체하고 그저 넘겼다. 매일 대문을 드나들 때마다 채근 받는 것 같아서 간이 조막만 하게 되고 하였다.

한 달이 지나고 두 달 만에 종내 채근을 받았다.

빚 채근이 평생 처음인 연실이는 저녁때 드리마 하고 그냥 나왔다.

저녁때라고 돈이 생길 까닭이 없었다. 저녁때까지 이 동무 저 동무네 집에 일도 없이 돌아다니다가, 저녁때도 하숙으로는 돌아가지 못하고 어떤 동무네 집에서 밤을 지내고, 이튿날 아침은 역시 갈 데가 없어

---

102) 부스럭돈: (북한어) 부스러기와 같은 돈이라는 뜻으로, 쓰다 남은 얼마 안 되는 돈을 이르는 말.

서 식전 새벽에 명애네 집을 찾아갔다. 명애는 유봉이와 갈려서 다른 사람과 동서하는 때였다.

꼭두새벽에 침침한 얼굴로 찾아오는 연실이를 명애는 놀라면서 반갑게 맞았다.

"웬일인가? 자, 건넌방으로 들어가세."

겨우 지금 자리에서 일어나는 모양이었다.

"안녕하세요?"

"웅, 안녕할세만 연실이는 진새벽103)에 웬일이야?"

연실이는 씩 웃었다. 적당한 대답이 없었다.

연실이가 자기의 가슴에 품은 근심을 명애에게 하소연한 것은, 점심때도 거진104) 되어서 명애의 남편(?)이 외출을 한 뒤였다.

"에이, 바보야."

연실이의 하소연을 듣고 명애는 명랑한 웃음을 한가닥 웃은 뒤에 이렇게 내던졌다.

"상판대기 빤질하구 나이두 아직 젊었것다, 이 좋은 세상에서 돈 걱정을 한담? 죽어 불여(不如)라, 이

---

103) 진새벽: '어둑새벽'의 잘못. '어둑새벽'의 북한어.
104) '거의, 거의 다'의 경상도 사투리.

생(爾生) 하(何)쓰리오?"

"그럼 어떡허우?"

"그만 지혜도 안 나나? 녀석들 가운데 그중 어수룩해 보이는 녀석하구 단 둘이서 있을 기회를 타서 한번 장태식(長太息)을 하는 게지. 우리 천사여,

왜 한숨을 짓는 겐가? 아아 선생님, 인간엔 왜 이다지 고초105)가 많사외까? 무슨 고초외까, 우리 천사여? 말씀드릴 바가 아니외다. 꼭 말씀……. 아니……. 꼭……. 아니……. 두세 번 사양을 하다가 마지못해 한숨의 곡절을 설명하게나. 거기 주머니를 벌리지 않는 녀석은 따귀를 갈길 겔세."

연실이는 탄식하였다.

"그래도 염치에……."

"염치? 뒤집어씌울 땐 언제구 점잔 뽑을 땐 언젠가? 말이나 말아라, 상놈에 자식 같으니."

남의 감정을 생각지 않고 함부로 내던지는 농담에 저절로 찌푸려지려는 눈살을 감추려고 연실이는 외

---

105) 고난

면을 하였다.

물론 명애에게서 무슨 해결을 얻자고 찾은 바는 아니었다. 갈 곳도 없고 하도 클클해서 왔던 바였다. 왔다가 말말결에(가슴에 뭉쳤던 근이라) 저절로 터져 나온 것이었다.

놀랍게 짧은 가을 해가 서편 하늘에 춤을 출 때에 연실이는 명애의 집을 나섰다. 그냥 있을 수가 없어서 나서기는 하였지만 갈 곳이 없었다. 앞이 딱하였다. 다른 단련은 퍽이나 경험했지만 빛 단련은 처음 겪은 것이라 집으로 돌아갈 용기는 나지 않았다. 엊저녁에 갚으마 한 것을 오늘도 빈손으로 들어갔다가 주인 노파에게 채근 받으면 뭐라 대답할까. 황혼에서 어둠으로…… 각각으로 변하는 하늘 아래서 연실이는 지향 없이 헤매고 있었다.

또 누구의 집을 찾아가서 이 밤을 보낼까. 혹은 눈 딱 감고 집으로 돌아갈까. 이렇게 헤매다가 저편 길모퉁이에, 전당국 간판이 있는 것을 보고, 부끄럼을 무릅쓰고 그 집으로 들어갔다.

팔목에 찼던 시계를 20원에 잡혀서 비로소 길게

숨을 내쉬고 주인집으로 향하였다.

6

시계를 잡혀서 간신히 눈앞의 불은 껐다. 그러나 사람이 삶을 경영하는 동안은 언제까지든 의식의 종노릇을 해야 하는 것이라, 한 개의 불을 껐다고 문제가 아주 해소되는 것이 아니었다. 연실이의 소유물이 차차 줄어가기 시작하였다.

처음에는 값지고 경편한 물건이 차례로 없어졌다. 그러나 나중에는 물건을 선택할 처지가 못 되었다. 육중하고 값 안 나가는 물건, 내놓기 싫은 기념품까지도 차례도 나갔다.

전당국 출입이 처음에는 부끄럽기도 했고 남의 눈을 피하느라고 돌림길도 해보았지만, 차차 어느덧 비위가 생기고 값을 다루는 재간까지도 체득하였다.

명애는 '녀석의 주머니에서 돈을 따내라'고 권고하였다. 그리고 명애며 안나며 그 밖 이전 여류 문사회의 멤버 또는 같은 성질의 여인들이 모두 그 수단으로 삶을 경영한다.

그러나 연실이는 그러기가 좀 어려웠다.

차마 용기가 안 났다. 예전 여류 문학자가 되기 위해서는 그렇게도 용감스럽게 그렇게도 비위 좋게 능동적으로 정복적으로 남자에게 접근하였지만 금전과 의식을 위해서는 그럴 용기가 당초에 나지 않았다. 저편 쪽에서 요구해 오면 피하거나 사양할 연실이가 아니었지만 이쪽에서 능동적으로 나갈 용기는 없었다.

그런데 저편 쪽에서는 연실이에게 대해서만은 선착수를 피하려는 눈치가 분명하였다. 그 연유는 연실이가 너무도 유명하기 때문이었다. 실정에 있어서는 명애나 안나나 그 무리들의 방종한 행위가 연실이보다 훨씬 더 심했지만, 인간으로서 연실이가 더 유명했기 때문에 소문이 더 널리 퍼지고 많이 퍼지고, 에누리가 붙고 덤이 붙고 하여, 소문으로만으로는 연실이에게 걸려들었다가는 큰코를 다치게 되는 듯이 알려졌으므로 상종하기를 피하는 사람이 적지 않았다.

무서워까지는 않는 사람일지라도 연실이가 하도 유명한 여인이라 그와 사귀었다가는 소문이 높아질 것을 꺼려서 피하였다. 그렇지 않은 사람은 또 '유명한 김연실'이에게 마음을 두었다가 방을 맞을까 보아 마음도 안 두었다. 이런 관계들로 연실이는 피동적 입장에 서기는 어려운 처지였다.

능동적으로 자기가 못 나서고 피동적으로는 부르는 사람이 없으니 이 길로는 단념할밖에는 없었다.

어찌어찌해서 만나게 되는 사람도 하루이틀에 끝이지 오래 계속 되는 사람이 없었다.

연실이의 생활은 차차 참담해갔다. 전당 잡힐 물건도 인젠 다 잡혀먹고, 어찌어찌하다가 요행 얻어 만나는 이성 친구는 오래 계속 되어 주는 사람이 없고, 그의 친구들도 모두 옛날 경기 좋은 세월과 달라서 자기네의 경제 문제 해결에도 허덕이는 판이니 거기 덧붙을 수도 없고…… 풀 죽은 치마에 굵은 양말, 검정 고무신, 헝클어진 머리칼…… 전당질 생활 1년 뒤에 그의 모양은 초라하기 짝이 없이 되고, 그 위에 근심과 영양불량으로 안색까지 초췌하고 야위어서 딴 사람같이 되었다. 물론 하숙 생활을 그만두고 밤껍질만한 셋방 하나를 얻고 자취 생활을 한 지도 오래였으며, 주머니의 시재 결핍으로써 굶은 끼니도 적지 않았다.

본시부터도 몽상과 공상을 그다지 모르고 지냈지만 생활고에 부대끼면서부터는 그런 마음의 여유조차 없었다. 요 주머니를 털고는 그 뒤는 무엇으로 먹고 무엇으로 사나…… 딱 눈앞에 닥쳐 있는 이 문제는 다른 생각(근심까지도)을 할 겨를을 주지를 않았다.

문학? 문학을 박차버린 지는 벌써 오래다.

자신을 잃은 것이었다. 옛날 자기를 에워싼 청년들과 자기 자신 사이에 지식의 차이를 인정하면서도 남자와 여자 사이에는 그만한 차이는 있어도 될 것이다…… 이만치 생각하고 불안 가운데서도 스스로 위로하고 안심하고 있었는데, 그것은 순전히 그의 그릇된 생각이었다. 조선 여류 문사 제1기생인 연실이며 최명애, 송안나, 누구, 누구, 이 사람들이 밟은 전철을 경계 삼아 출발한 제2기생의 걸음걸이는 훨씬 견실하였다.

견실한 것이 더 문학적인지 혹은 방종한 것이 더 문학적인지는 잘 모르겠지만, 견실하니만치 더 이지적이요 이지적이니만치 더 현실적이요 굳세고 믿음성 있는 것만은 사실이었다.

제1기생들이 '작품 없는 문학 생활'에 골몰한 동안 제2기생들은 영영 공공 습작에 정력을 기울이고 있는 것이었다.

연애도 잃어버리고 문학도 박차버린 연실이는 굶주림을 면하기 위하여 갖은 애를 썼다.

그러나 잡힐 물건도 인젠 동이 났고, 연애 수입은 몇 푼 되지도 않거니와 대중도 할 수 없고, 장차는 굶거나 동냥을 하거나 둘 가운데 하나의 길밖에는 남지를 않게 되었다.

어느 편을 취하나.

굶을 수도 없다. 동냥도 차마 못하겠다. 남은 길은 둘밖에 없는데 둘 다 취할 수가 없었다. 그 밖에는 인생의 최후의 길, '죽음'이 남아 있을 뿐이었다.

이 막다른 골에서 연실이는 비로소 고향 평양에는

부모와 동생이 있다는 일이 생각났다. 음신조차 끊기기 10년이 가까우면 혹은 그들 중에는 작고한 사람도 있을는지도 모를 일이다. 그러나 다야 작고하였으랴. 남보다는 그래도 혈기가 나을 것이다.

며칠 뒤 연실이는 간신히 차비를 마련해가지고 평양으로 내려갔다.

7

연실이는 평양에서 열흘도 못 있고 도로 서울로 올라왔다. 평양에는 아버지, 계모, 다 작고하고, 오라비 동생(이복)도 하나만이 아내를 얻어가지고 순사를 다니고 있었다.

연실이가 행색이라도 좀 나았으면 그래도 좀 대접이 달랐을지도 모르나, 간신히 거지나 면한 듯한 꾀죄죄한 꼴로 들어서고 보니 다시 말할 필요도 없었다.

진실로 불쾌하였다. 전혀 모르는 사람이면 도리어 나을 것이다. 제 손아랫사람에게 마치 거지같은 대접을 받으면서 간신히 열흘을 참다가 도로 서울로 올라왔다. 이튿날로 곧 돌아서고 싶었으나 불행히 차비가 없어서 못 떠나고 있다가 길가에서 옛날 동무를 만나서 염치를 무릅쓰고 동냥하여 차비를 마련해가지고, 떠나노라는 말도 않고 나와버렸다. 평양에 내려갔던 것이 후회막급이었다.

동무에게 10원을 꾸어서 차비를 쓰고 오륙 원 남은 것을 신주와 같이 귀중히 품고 경성에 다시 발을 내려놓을 때는 눈앞이 아득하였다.

어찌하랴.

그 옛날 커다란 포부와 희망을 품고 동경에서 이곳으로 돌아올 때는 얼마나 희망과 기쁨으로 가슴이 뛰었던고.

그 뒤 수년간을 조선 유일의 여류 문학자로 이 땅을 활보할 때에 이 땅은 얼마나 아리땁고 향기로웠던고.

겨우 수삼 년의 일이다.

같은 땅, 같은 사람이다. 그렇거늘……

천만의 발이 활기 있게 걸음을 재촉하는 길바닥을 풀이 없이 걸었다.

안잠이라도 자리라. 밥데기106)라도 되리라. 동냥만은 결코 안 하리라. 더욱이 동기네 집의 신세는 안 지리라.

그사이 열흘 오라비네 집에 있으면서 연실이는 쓴 일 단 일 마다 하지 않고 다하였다. 남의 집에서 그만치 시중해주었으면 치사받기에 겨를이 없을 것이다. 그렇거늘 동생네 집에서는 해준 일에는 공이 없고 받은 신세는 자세가 된다. 그만큼 속을 쓰고 마음을 쓰고 몸을 쓰면 왜 배가 고프고 옷이 남루하랴. 내 배를 내가 채우리라. 내 몸을 내가 장식하리라.

동생네 집 열흘에서 갖은 수모 다 받은 연실이는 다시 상경해서 하인 자리를 해서라도 독립하여 살고자 굳게 결심하였다.

우선 셋방 하나를 얻어서 몸 둘 곳을 장만하고, 그 뒤 직업(음악 개인교수나 국어 교수쯤의 좀 고등한 직업에서 안잠자기, 찻집 등의 낮은 직업에 이르기까지 피하지 않고 닥치는 대로)을 구하려고 차표를 역

---

106) 밥데기: '부엌데기'의 잘못. 부엌일을 맡아서 하는 여자를 낮잡아 이르는 말.

부에게 주고 그 뒤는 오륙 원의 돈과 몸에 걸친 남루한 벌밖에는 아무것도 없는 조촐한 몸을 백만 장안으로 끼여들었다.

집세가 헐한 ○○정 근처로 찾아갔다. '복덕방'이라는 휘장이 바람에 펄럭이는 것을 들치고 들어서면서 주인을 찾았다.

매달 한 3원짜리 사글셋방 하나를…… 이런 경험이 없기 때문에 몹시 서툴렀다. 복덕방 주인은 쉰 내외쯤 되는 중노인이었다. 그는 이 하이칼라 같기도 하고 초라하기도 한 젊은 여인을 위아래로 훑어보면서 동저고리 바람으로 나섰다.

연실이는 집주릅의 뒤를 따라서 묵묵히 걸었다. 가면서 생각하였다. 중개인이 몹시 낯익었다. 어디서 많이 본 듯하였다.

"방은 한 달에 3원이지만 석 달 월세를 깔아야 합니다."

중개인은 이런 말을 하였다. 그러나 웬 까닭인지 중개인의 뒷모습에 몹시 흥미를 일으키고 그것이 누군지 알아내고야 말겠다는 욕구 때문에 그 말은 듣는

둥 마는 둥 하였다.

방은 보았다. 마음에 드는지 안 드는지도 똑똑히 안 보았다.

그날 밤, 이 초라한 행색을 쉴 곳도 없어서 경성역 대합실에서 밤을 보내다가, 연실이는 문득 아까 그 중개인의 정체를 알아냈다.

지금부터 10여 년 전 연실이에게 국어를 가르치던 측량쟁이, 열다섯 살 나는 소녀 연실이에게 처음 '이성'을 알게 한 사나이…… 그 인물의 10년 후의 모양이었다.

연실이는 미소하였다. 노엽지도 않았다. 그렇다고 반갑지도 않았다. 웬일인지 미소가 저절로 떠오를 뿐이었다.

"두마라나이 모노테수 응아 도우조(별 재미없는 것입니다만 아무튼)……."

그때 그가 가르치던 괴상야릇한 발음을 입속으로 한 번 외어보고 작은 소리까지 내어서 웃었다.

이튿날 다시 그 복덕방을 찾아가서 그를 보고,

"나 몰라보세요?"

하고 물어보았다.

"왜 몰라, 김연실이지."

그는 태연히 대답하였다.

"언제 알아보았수?"

"어제 진작 알아봤지."

"그럼 왜 모른 체했어요?"

"아는 체하면 뭘 하오?"

딴은 그렇다.

"그래 벌이는 어떠세요?"

"그저 굶지나 않지."

"댁은 어디세요?"

"홀아비도 집이 있나."

"가엾어라."

"임자는 왜 혼자서 집을 얻소? 소박맞았나요?"

"과부도 소박맞나요?"

"과부라? 가엾어라."

그날도 그만치 해두고 집은 얻는다 안 얻는다 말없이 또 갈렸다.

또 그 이튿날 연실이는 또 갔다. 그날 이런 말이

있었다.

"과부 홀아비…… 한 쌍이로구먼."

"그렇구려."

"아주 한 쌍 되면 어떨까?"

"것두 무방이지요."

이리하여 여기서는 한 쌍의 원앙이 생겨났다.

포플러

어떤 날 김 장의네 집에서 볏섬들을 치우느라고 야단일 적에 최 서방이 우연히 밥을 한 끼 얻어먹으러 그 집에 들어갔다.

원래 근하고 정직한 최 서방은 밥을 얻어먹은 그 은혜를 갚기 위하여 볏섬치우는 데 힘을 도왔다. 아니, 도왔다는 것보다 오히려 최 서방이 달려든 다음부터는 다른 사람들은 물러서서 최 서방의 그 무서운 힘을 놀란 눈으로 바라보고 있을 뿐이었다.

이것이 인연이 되어 최 서방은 그 집에 머슴으로 들어가게 되었다.

최 서방은 마흔두 살이었다.

짧다면 짧고 길다면 긴 40여 년이라는 최 서방의

생애는 몹시 단조하고도 곡절 많은 생애였다. 여남은 살에 어버이를 다 여의고 그때부터 그는 독립한 생활을 시작하였다. 촌집 머슴으로서, 도회의 자유노동, 행랑살이, 그러한 유의 온갖 직업에 손을 안 대본 적이 없었다.

정직한 이는 하느님이 아신다 하지만, 최 서방의 존재는 하느님도 잊어버렸다. 부지런한 자는 성공함을 본다 하지만, 최 서방의 부지런은 그의 입조차 넉넉히 치지를 못하였다.

유랑에 유랑, 이 직업에서 저 직업으로, 이 집에서 저 집으로…… 최 서방의 생애를 간단히 설명하자면 이것이었다.

도회 친구들은 그의 너무 솔직함을 웃었다. 그리고 이 세상을 살아나가기에는 5할의 부정직함과 5할의 비위가 있어야 한다 함을 가르쳤다. 그것이 영리함이라 하였다. 그리고 그도 그것이 진리임을 보았다. 그러나 그는 그러한 삶은 살 수가 없었다. 그러한 삶을 살아보려고 노력까지 해보았으나 못하였다. 얼굴이 뜨거워오며 스스로 속으로 불유쾌하여 할 수가 없었다.

천성을 어쩌나, 그는 단념하였다.

김 장의네 집에서도 그의 정직함과 근함은 곧 나타났다.

그는 소와 같이 일하였다. 씩씩 말없이 일하였다. 일이 없을 때에는 뜰을 쓸었다. 그러고도 일이 없으면 뜰의 돌을 주웠다. 그래도 그냥 일이 없으면, 추녀 끝 토방 아래, 담장 모퉁이의 거미줄까지 없이 하였다.

잠시도 그는 쉬는 때가 없었다. 정 할 일이 없으면 그는 부러 일을 만들었다. 볏섬이 곱게 가려지지 않았다고 혼자서 헐어가지고 다시 가렸다. 뜰이 낮다고 앞재107)에 가서 흙을 파다가 뜰을 돋우었다. 대문에서 김 장의의 방 앞까지의 길은 돌로 깔았다. 최 서방이 돌아온 뒤부터는 김 장의의 집은 깨끗하기 한이 없었다.

봄에 최 서방은 버들(포플러)을 한 가지 어디서

___
107) 집이나 마을 앞에 있는 높은 고개나 산마루.

얻어다가 자기 방 앞에 심었다. 그리고 매일 농터에서 돌아와서는 물을 주고 아침 농터에 나갈 때에도 물을 주고, 순이 나오나 하여 가지 끝을 꼬집어보고 하였다.

그의 부지런함과 정직함을 몰라보던 하느님도 이 포플러에 대한 정성은 저버릴 수가 없었던지 심은 지 한 20일 만에 순 끝에서 노란 진이 돌며 벌어지기 비롯하였다. 아침에 농터에 나가기 전에 이것을 발견한 최 서방은 그날 농터에서도 틈만 생기면 집에까지 달려와서 껍진껍진한108) 진을 만져보고는 빙긋 웃고 하였다.

아아, 소유권이라 하는 것은 과연 기쁜 것이었다. 이전 도회에서 노동을 할 때에 지게라는 것을 소유해 본 일이 있고, 그다음에는 이 버드나무가 너른 천하에 최 서방의 유일한 소유물이었다.

순이 벌어진 다음부터 포플러는 눈에 보이게 컸다. 처음에는 최 서방의 키보다 조금 더 크던 것이 늦은

---

108) 〈북한어〉 자꾸 끈적끈적하게 들러붙다.

봄에는 지붕마루만 하였다. 여름에는 지붕 위에서 쑥 더 올라갔다.

여름, 나무 그림자에 멍석을 펴놓고 누워서 그 포플러에서 죄죄 거리는 참새 새끼들을 바라보면서 혼자서 기뻐하는 양은 다른 사람들도 하여금 웃음을 금하지 못하게 하였다.

최 서방은 버드나무를 끔찍이 귀애하였다. 다른 작인들이 모르고 그 나무에 지게라도 기대어놓으면 최 서방은 큰 변이 났다고 그 지게를 다른 데 옮겨놓고 하였다. 잎 하나가 떨어지는 것을 아꼈다.

40이 넘도록 여인이라는 것을 가까이 해보지 못한 최 서방은 자기의 가지고 있는 온 사랑을 그 버드나무에 바쳤다. 멀리서 김을 매더라도 지붕 너머로 보이는 버드나무를 바라보고는 씩 웃고 하였다.

어떤 날, 주인 김 장의의 열 살 난 외아들이 그 버드나무를 한 가지 꺾어서 채찍을 만들었다. 이것을 발견한 최 서방은 주인의 아들이라 차마 어찌하지는 못하고, 그 아이를 붙들고 무서운 눈으로 흘겼다. 아이는 악하고 울었다. 김 장의도 그것을 보았다. 그러나 오히려 자기 아들을 꾸짖었다.

가을이 되었다.

낙엽이 시작되었다. 한 잎 두 잎씩 떨어질 때에 최 서방은 그 잎을 모으기까지 하였다. 그러나 낙엽이 차차 많아지면서는 일일이 모을 수도 없었던지, 나날이 성기어가는 나무를 바라보고는 적적한 얼굴을 하고 하였다.

어떤 날, 김 장의가 최 서방을 불렀다.

"임자, 이 국화꽃 임자네 방에 갖다놓게."

"……?"

"버드나무보다— 낫지."

최 서방은 애써애써 주인이 가꾸던 국화 화분 하나를 자기 방에 내갔다.

그러나 버드나무의 낙엽 때문에 생긴 그의 마음의 외로움은 조금이라도 사라질 리가 없었다.

"봄에 가서……."

그는 때때로 혼자서 중얼거리면서 인젠 샛노란 잎이 가지 끝에만 두셋씩 달린 버드나무를 쳐다보고 하였다.

이듬해 봄이 되었다.

나무 끝에는 또 노란 진이 돌기 시작하였다. 동시에 최 서방의 얼굴에도 나날이 화기가 돌기 시작하였다.

순이 퍼지면서 잎이 피는 동시에 그 버드나무는 새 끼까지 쳤다. 땅이 이곳저곳 터지면서 새끼 버드나무 도 너덧 개 나왔다. 이 기이한 현상을 물끄러미 들여 다보다가 최 서방은 그 일을 알리러 주인한테 갔다. 주인에게는 손이 서너 사람 와 있었는데 그 일을 최 서방이 알리니까 주인은,

"흠."

할 뿐 그다지 기이히 여기지 않았다. 그리고 손들을 돌아보며,

"이 사람이 마음이 아라삿버들같이 직하니깐 그 버 드나무를 좋아하거든."

하고 웃었다.

최 서방은 물러나왔다. 그러나 마음은 춤출 듯이 기뻤다. 자기는 마음이 곧아서 오직 한 줄기로 벋는

아라샷[109) 버들을 좋아했거니 하고는 혼자 벙글벙글하였다.

그다음부터는 그것을 '내 버드나무'라 하였다.

새끼 버드나무가 한 뼘씩이나 자랐다.

위연히 서 있는 큰 나무 아래 새끼 나무가 너덧 개 둘러 있는 것은 마치 제왕과 신하와 같았다. 혹은 어버이와 자식과 같았다.

어떤 날, 그 새끼 버드나무의 곁에 돋아나는 잔풀을 뽑고 있을 때 김 장의가 나오다가 그것을 보고 섰다. 최 서방도 손을 멈추고 일어섰다.

잠깐 우두커니 서 있던 주인은 입을 열었다.

"임자두 장가를 들어서 저런 새끼들을 보아야 하지 않나."

최 서방은 얼굴이 벌개지며 씩 웃었다.

"임자 장가가구 싶지 않나? 갈래믄 내 주선해주마."

"뭐……."

---

109) あらい(거칠다, 거칠고 사납다; 난폭하다, 난폭하고 절도가 없다).

할 뿐 최 서방은 너무 부끄러워서 그 자리에 웅크리고 다시 풀을 뽑기 시작하였다.

그날 밤 최 서방은 흥분되었다. 40년 동안을 숨어 있던 성욕이 한꺼번에 터져 올랐다.

살진 엉덩이, 두드러진 젖통, 탄력, 기다란 머리털…… 최 서방은 혼자서 흥분되어 숨을 씩씩거리며 이런 생각을 하다가 몸을 떨면서 그 자리에 쓰러졌다.

이튿날 머리가 아픈 것을 참고 일어나서 최 서방은 주인에게 인사를 갔다.

그리고 어제 이야기하던 일의 뒤끝이 또 나오기를 기다렸다. 그러나 주인에게서는 거기 대하여는 아무 말도 없었다.

그 뒤 최 서방은 여러 번 주인에게 채근 비슷이 해 보았다.

"버드나무 새끼가 한 자나 됐지요."

하여도 보았다.

"자꾸 새낄 더 치거든요."

하여도 보았다. 마지막에는,

"버드나무는 에미네 없어두 새낄 낳거든요."
하여까지 보았다.

그러나 주인은 그 말귀를 한 번도 채어본 일이 없었다.

이러는 동안에도 최 서방의 자독 행위는 나날이 심해갔다.

낮에는 그는 천연하였다. 정직하고 부지런하고 정돈을 좋아하는 그의 성격에는 조금도 흔들림이 없었다.

그러나 낮을 지배하는 신경과 밤을 지배하는 신경은 확실히 달랐다. 밤만 되면 그의 마음은 흥분되어 온몸은 학질 들린 사람같이 떨리고 하였다. 잠깐 사이에 그의 성욕에 대한 지식은 놀랄 만치 많아졌다. 그는 별별 기괴한 환상을 마음속에 그려보고는 흥분되어 정신을 못 차리고 그 자리에 쓰러지고 하였다.

그는 길에서 젊은 여인을 보기만 하더라도 숨쉬기가 답답해지고 하였다.

그리고 그는 그 여인의 앞모양보다 뒷모양에 더 마음이 끌렸다. 젊은 여인의 커다란 엉덩이를 뒤를 밟으며 볼 때에는 어떤 때에는 너무 기가 막혀서 눈이 어두워질 때도 있었다. 젊은 여편네들이 김을 매느라고 넓적다리까지 걷고 논에 드나드는 것은 그로서는 차마 보지 못할 광경이었다.

어떤 날, 그는 밭에서 김을 매다가 너무 더워서 멱을 감으려 개천으로 갔다.

개천까지 이르러서 자기와 개천 사이에 막혀 있는 무성한 쟁비나무[110]에 옷을 벗어 걸려다가 그는 개천에서 물장구 소리가 나므로 목을 틀어서 내다보았다. 그는 흥분으로 몸이 떨렸다.

개천에는 어른과 아이의 중간쯤 되는 계집애가 두드러진 두 젖을 내놓고 멱을 감고 있었다. 혼자서 무엇이 유쾌한 듯이 물장구를 치면서……

그는 부지불각 중에 그리로 달려갔다.

그날 밤이 깊어서야 그는 눈이 퀭해서 집으로 돌아왔다. 어디를 어떻게 다녔는지 자기도 알지 못하였다. 신이 다 해졌다. 옷이 모두 찢어졌다.

---

110) 지식백과에는 "평안남도 증산군 청산리 북쪽에 있는 골짜기, 모리현 마을 뒤로 뻗어 있다. 지난날 쟁비나무가 많이 자랐다", "평양시 중화군 장산리 자개골 북쪽에 쟁비나무가 많이 자라고 있다"고 기록되어 있다.

그는 곧 자리를 쓰고 누웠다.

이튿날 건넛동네의 복실이가 개천에서 멱을 감다가 욕을 보고 참살당하였다는 소문이 근방 일대를 놀라게 할 때에 최 서방은 자리 속에서 신열이 몹시 나서 앓고 있었다.

의생이 그를 보고 몸살이라 하여 산약 몇 봉지를 주고 갔다.

이튿날에 그는 일어났다.

어제까지는 정신을 잃고 앓았지만 일어난 날에는 그는 그런 기색은 없이 부지런히 일을 하였다.

천연스러운 한 달이 지났다. 밤에는 역시 좀 흥분이 되기는 되지만 전과 같지는 않았다. 그러나 한 달 뒤 어떤 날 밤, 그는 정신없이 후덕덕 집을 나섰다.

이튿날 건넛마을 뉘 집 며느리가 밤에 뒤를 보러 가다가 겁간을 당하였다는 소문이 퍼졌다.

그 뒤에 이어서 다른 동네에 또 그런 사건이 생겼다.

이리하여 복실이의 사건부터 그해 가을 추수할 때까지 그와 같은 일이 20여 건이 생겨났다. 그 가운데 살인은 겸한 것이 여섯 건이었다.

동네에서도 모두 잠을 못 잤다. 경찰에서도 온 힘을 썼다. 그러나 의심할 만한 사람조차 발견할 수가 없었다. 다만 밝은 때에 생긴 일에는 피해자가 모두 참살까지 당한 것을 보면 그 근방에 모두 얼굴을 아는 자라는 짐작은 갔지만 누구라고 의심할 만한 사람은 없었다.

최 서방의 생활은 여전하였다.

그런 괴변이 있을 이튿날마다 머리가 아프고 불유쾌하기가 짝이 없으나 생활 상태에는 변화가 없었다.

후회? 어젯밤의 몽롱한 기억이 이튿날 소문으로서 자기 귀에 들어올 때마다 가슴이 선뜩 내려앉으며 혼자서 혀라도 깨물고 죽고 싶은 생각이 끝이 없지만, 밤이 되면 몽유병자와 같이 정신없이 일어나서 새로운 피해자를 구하러 나가고 하였다.

그러나 경계하는 동네 사람들도 최 서방만은 의심하지 않았다. 직하고 부지런하고 천치스러운 최 서방이 그런 일을 하리라고는 뜻도 하는 사람이 없었다. 김 장의네 최 서방은 그 근방 일대에서는 정직함으로

소문난 사람이었다.

그러나 그의 정직함을 상 주지 않고 그의 부지런함에 응답하지 않은 하느님도 그의 죄만은 결코 용서하지를 않았다. 그에게 일찍 한 마누라를 주어서 죄를 미전(未前)에 방지하지는 못하였을망정 이미 지은 죄는 그대로 내버려두는 하느님이 아니었다.

어떤 날, 또한 어떤 집 처녀의 방에 뛰어들어갔던 그는 그만 그곳에서 붙들렸다. 그리하여 그는 경찰의 손으로 넘어갔다.

세상은 최 서방의 가면에 모두 입을 벌렸다. 사람의 일이란 모를 것이야, 하고 탄식하였다.

신문은 그를 가리켜 색마(色魔)라 하였다.

김 장의도 혀를 차며 고약한 놈이라고 호통을 하였다.

그리고 누구 한 사람, 그의 과거 40년의 정직하고 부지런하고 천진스러운 삶에 대해여 한 마디의 칭찬조차 하는 사람이 없었으며, 그에게 일찍 한 마누라를 주어서 그로 하여금 그런 광포성을 발휘할 기회를 없이하지 않음을 후회하는 사람이 없었다.

이듬해 봄, 최 서방이 심었던 포플러가 여러 새끼 나무들과 함께 다시 새순이 나오려는 때에, 최 서방은 마흔다섯 살이라 하는 나이를 마지막으로 사형대 위의 이슬로 사라졌다.

김동인

(金東仁, 1900~1951)

소설 작가, 문학평론가, 시인, 언론인.

본관은 전주(全州)이며 호는 금동(琴童), 금동인(琴童仁)이며, 필명으로 춘사(春士), 만덕(萬德), 시어딤을 썼다.

평안남도 평양 출생.

1919년의 2.8 독립선언과 3.1 만세운동에 참여하였으나 이후 소설, 작품 활동에만 전념하였고, 일제강점기 후반에는 친일 전향 의혹이 있다. 해방 후에는 이광수를 제명하려는 문단과 갈등을 빚다가 1946년 우파 문인들을 규합하여 전조선문필가협회를 결성하였다. 생애 후반에는 불면증, 우울증, 중풍 등에 시달리다가 한국전쟁 중 죽었다. 평론과 풍자에 능하였으며 한때 문인은 글만 써야 된다는 신념을 갖기도 하였다. 일제강점기부터 나타난 자유연애와 여성해방운동을 반대, 비판하기도 하였다. 현대적인 문체의 단편소설을 발표하여 한국 근대문학의 선구자로 꼽힌다.

1907~1912년 개신교 학교인 숭덕소학교

1912년 개신교 계통의 숭실학교에 입학

1913년 숭실학교 중퇴

1914년 일본에 유학하여 도쿄학원 중학부에 입학

1915년 도쿄학원의 폐쇄로 메이지학원 중학부 2학년에 편입

1917년 아버지의 사망으로 일시 귀국 많은 재산을 상속받음. 메이지
　　　　학원 중퇴

1917년 9월 일본으로 재유학, 일본 도쿄의 미술학교인 가와바타화숙
　　　　에 입학하여 서양화가인 후지시마 다케지의 문하생이 됨

1918년 12월 이광수·최팔용·신익희 등과 함께 2.8 독립선언을 준비함

1919년 2월 일본 도쿄에서 주요한을 발행인으로 한국 최초의 순문
　　　　예동인지 『창조』를 창간, 단편소설 「약한 자의 슬픔」을 발
　　　　표하며 등단함

1919년 2월 일본 도쿄 히비야 공원에서 재일본동경조선유학생학우
　　　　회 독립선언 행사에 참여하여 체포되어 하루 만에 풀려남

1919년 3월 5일 귀국한 후 26일 동생 김동평이 사용할 3.1 만세운

동 격문을 기초해 준 일로 체포되어 구속되었다가 6월 26일 집행유예로 풀려남

1919년 「마음이 옅은 자여」, 1921년 「배따라기」, 「목숨」 등을 발표하면서 예술지상주의를 표방함

1923년 첫 창작집 『목숨』(시어딤 창작집, 창조사) 발간

1924년 8월 동인지 『영대』를 창간, 1925년 1월까지 발간함

1925년 「명문」, 「감자」, 「시골 황서방」 등 자연주의 작품 발표

1929년 「근대소설고」 발표(춘원 이광수의 계몽주의문학과에 대립되는 예술주의문학관을 바탕)

1930년 「광염소나타」, 「광화사」 등의 유미주의 단편 발표

1930년 9월~1931년 11월 동아일보에 첫 장편소설 「젊은 그들」을 연재하였으며, 1933년 「운현궁의 봄」, 1935년 「왕부의 낙조」, 1941년 「대수양」 등은 연재한 대표적인 작품임

1932년 7월 문인친목단체 조선문필가협회 발기인, 위원 및 사업부 책임자를 역임. 동아일보 기자

1933년 4월 조선일보에 입사 조선일보 기자 겸 학예부장으로 약 40여 일 동안 재직

1934년 이광수에 대한 최초의 작가론 「춘원연구」 발표

1935년 월간잡지 『야담』을 인수하여 1935년 12월부터 1937년 6

월까지 발간

1937년 수양동우회 사건으로 구속되었다가 풀려난 뒤 전향의혹을
　　　　 받음

1942년 일본 천황에 대한 불경죄로 두 번째 옥살이

1946년 1월 전조선문필가협회 결성을 주선하는 한편, 일제 말기에
　　　　 벌어진 문학인의 친일행위 등을 그린 「반역자」(1946), 「만
　　　　 국인기」(1947), 「속 망국인기」(1948) 등의 단편을 발표

1951년 1월 5일 서울 성동구 하왕십리동 자택에서 사망

1955년 사상계사에서 그의 문학적 업적을 기려 동인문학상을 제정

도쿄 유학시절 이광수·안재홍·신익희 등과 친구로 지낸 김동인. 1919
년 창간된 『창조』를 중심으로 순문학과 예술지상주의를 내세웠으며,
한국어에서 본래 발달하지 않았던 3인칭 대명사를 처음으로 쓰기 시
작한 게 김동인이다.

김동인은 평소 이상주의에 깊은 공감을 가지고 있었으나 파리강화회
의에 김규식 등 한국인 대표단이 내쳐졌다는 소식을 듣고 상심하여
회의적이고 냉소적으로 변했다고 전한다.

1920년대부터 가세가 몰락하면서 대중소설에 손을 대기 시작했다.

신여성의 자유연애에 부정적인 태도를 표출했던 김동인은 신여성 문사 김명순을 모델로 삼은 김연실전에서 주인공 연실을 "연애를 좀 더 알기 위해 엘렌 케이며 구리야가와 박사의 저서도 숙독"했지만, 결국 "남녀 간의 교섭은 연애요, 연애의 현실적 표현은 성교"라는 관념을 가진 음탕한 여자, 정조관념에는 전연 불감증인 더러운 여자로 묘사한다. 이러한 부정적인 언급은 김명순 개인을 넘어 자유연애와 자유결혼을 여성해방의 방편으로 여겼던 신여성들과 지식인들 전반을 겨냥한 것이었으며, 나아가 김명순을 남편 많은 처녀, 혹은 과부 처녀라고 조롱하기도 하였다.

그는 풍자와 조롱을 잘 하였고, 동료 문인이나 언론인들, 취재 기자들과도 종종 시비를 붙기도 했다고 전한다. 그 중 단편소설 「발가락이 닮았다」는 염상섭을 빗댄 작품이라고 하여 설전이 오가기도 했다고 전한다. 당대 문단을 주도했던 이 두 사람의 설전은 무려 15년 동안이나 계속 되었다고 한다.

김동인의 친일행적: 김동인의 친일행적은 일제강점기 말기 중일전쟁 이후부터다. 1939년 2월 조선총독부 학무국 사회교육과를 찾아가 문단사절을 조직해 중국 화북지방에 주둔한 황군을 위문할 것을 제안했다. 그 제안이 받아들여져 3월 위문사(문단사절)를 선출하는 선거에

지은이: 김동인(金東仁, 1900~1951)   415

서 뽑혔으며, 4월 15일부터 5월 13일까지 북지황군 위문 문단사절로 활동하여 중국 전선에 일본군 위문을 다녀와 이를 기록으로 남겼다. 이후 조선총독부의 외곽단체인 조선문인협회에 발기인으로 참여했으며, 1941년 11월 조선문인협회가 주최한 내선작가간담회에 출석하여 발언하였고, 1941년 12월 경성방송국에 출연하여 시국적 작품을 낭독했다. 1943년 4월 조선총독부의 지시하에 조선문인협회, 조선하이쿠협회, 조선센류협회, 국민시가연맹 등 4단체가 통합하여 조선문인보국회로 출범하자, 6월 15일부터 소설희곡부회 상담역을 맡았다. 또한 총독부 기관지 매일신보에 내선일체와 황민화를 선전, 선동하는 글을 많이 남겼다. 1944년 1월 20일에 조선인 학병이 첫 입영하게 되자, 1월 19일부터 1월 28일에 걸쳐 매일신보에 「반도민중의 황민화: 징병제 실시 수감」의 제목으로 학병권유를 연재하기도 하였다. 이 밖에도 김동인은 친일소설이나 산문 등을 여러 편 남겼다. 1945년 광복 이후 8월 17일 임화와 김남천이 주도하는 중앙문화건설협의회 발족회에서 이광수 제명을 반대하였으며, 해방 직후 이광수에 대한 단죄 분위기가 나타나자 이광수를 변호하는 몇 안 되는 문인 중 한 사람이기도 했다. 김동인은 말년에 사업에 실패하고 불면증에 시달렸다고 한다. 수면제에 의존해 살다가 수면제에 대한 박사가 되었다고 한다. 이후 중풍으로 쓰러졌다 반신불수가 되어 1951년 1월

생을 마감하였다.

**2002년 발표된 친일문학인 42인 명단과 2008년 민족문제연구소가 선정한 친일인명사전 수록예정자 명단 문학 부문에 포함되었다. 친일반민족행위진상규명위원회가 발표한 친일반민족행위 704인 명단에도 포함되었다.

**1955년 『사상계』가 김동인의 이름을 딴 동인문학상을 제정하여 1956년 시상을 시작했다. 이후 동인문학상은 1956년부터 1967년까지는 사상계사, 1979년부터 1985년까지는 동서문화사, 1987년부터는 조선일보사가 주관하여 매년 시상되고 있다.

큰글한국문학선집: 김동인 단편소설선

좌평성충

© 글로벌콘텐츠, 2018

1판 1쇄 인쇄__2018년 03월 10일
1판 1쇄 발행__2018년 03월 20일

지은이__김동인
엮은이__글로벌콘텐츠 편집부
펴낸이__홍정표

펴낸곳__글로벌콘텐츠
　　등　록__제25100-2008-24호

공급처__(주)글로벌콘텐츠출판그룹
　　이사__양정섭　　기획·마케팅__노경민　　편집디자인__김미미
　　주소__서울특별시 강동구 풍성로 87-6(성내동) 글로벌콘텐츠
　　전화__02-488-3280　　팩스__02-488-3281
　　홈페이지__www.gcbook.co.kr

값 35,000원
ISBN 979-11-5852-176-9 03810